祕·密·花·園

The Secret Garden

Frances Hodgson Burnett

法蘭西絲・霍森・柏納特 著／郭庭瑄 譯

在你種下玫瑰的土地上,不會長出荊棘。

目錄

1 空無一人

瑪莉・蘭諾克斯剛被送到密蘇威特莊園和姑丈一起住時，所有人都認爲她是他們這輩子見過長相最不討喜的孩子。事實上也眞的是這樣沒錯。瑪莉的臉蛋瘦削，身材乾癟，頭髮稀疏，又老是臭著一張臉，加上她是在印度出生的，而且時時刻刻都在生病，所以她的頭髮是黃色的，臉也是黃色的。她的父親在英國政府部門工作，總是忙得昏天暗地，讓自己累到病魔纏身；她母親則是個只想到處參加派對、喜歡與人交際的大美人。她根本不想養女兒，一生下瑪莉就把她交給保母照顧。保母終於明白，討夫人歡心的方法就是盡可能不要讓夫人看到小孩。因此，無論瑪莉是個病懨懨又煩人的醜陋小嬰兒，還是長大成爲一個病懨懨又煩人的學步小女娃，她都很少出現在母親面前。她眼中唯一熟悉的身影就是保母黝黑的臉和其他印度僕人。這些人不敢讓瑪莉的哭聲吵到夫人，因此對瑪莉百依百順。到了六歲的時候，瑪莉變成有史以來最自私、最蠻橫、最難搞的小孩。第一位教瑪莉讀書寫字的英裔家庭女教師很討厭瑪莉，只教了三個月就放棄，後來接任的家庭女教師全都撐不到三個月就離開了。要不是瑪莉自己眞的很想學讀書，她應該永遠都是文盲，一個字也不認識。

瑪莉九歲的時候，某天早晨，炎熱的氣溫讓剛起床的她非常煩躁，一看到床邊站著的僕人不是保母，她就更加煩躁。

「妳來這裡幹嘛？」瑪莉對那個陌生的女人說。「妳不准待在這裡。叫保母過來。」床邊的女人一臉害怕，結結巴巴地說保母不能來了。瑪莉氣急敗壞地對那個女人又踢又打，但那女人只是嚇得不知所措，嘴裡不斷重複說著，保母再也不可能來找小姐了。

那天早上，空氣中瀰漫著一股神祕的氣息。一切澈底脫序，完全沒有依照過去的慣例進行，還有幾個印度僕人就這樣消失了。瑪莉看著那些面如死灰、表情驚恐的傭人，他們不是偷偷摸摸，就是匆匆忙忙地溜走，沒有人停下腳步告訴她究竟發生了什麼事，保母也沒有出現。整個早上，瑪莉都是孤零零的一個人。最後她漫不經心地走進花園，在靠近露臺的樹下自己玩了起來。她把盛開的豔紅色朱槿花塞進小土堆裡，想像自己正在建造花圃，可是她越塞越生氣，開始喃喃唸著要在保母回來後對她說的話。

「蠢豬！蠢豬！妳這個蠢豬養大的女人！」瑪莉氣沖沖地大叫。對印度人來說，被罵豬是最嚴重的侮辱。

她齜牙咧嘴地重複這段話，唸了一遍又一遍，直到她看見母親和另一個身影一起走出屋子，踏上露臺。站在瑪莉母親身邊的是一位俊俏的年輕男子，兩人正用一種奇怪又低沉的語調說話。瑪莉知道這個看起來跟男孩一樣的美男子是誰，聽說他是剛從英國過來、年輕有為的軍官。瑪莉盯著他看了好一會，但其實她的眼神大多落在媽媽身上，因為夫人（瑪莉通常都是這樣叫她的）不僅面容姣好、纖瘦高䠷，總是穿著漂亮的衣服，而且還有一頭如絲綢般滑順柔亮的髮髮，一雙充滿笑意的大眼睛，小巧高挺的鼻子彷彿不屑於世上所有人事物，所以只要母親出現在視線範圍裡，瑪莉就會盯著她猛看。她每件衣服都輕飄飄的，瑪莉用「很多蕾絲」來形容那種衣服。這天早上，媽媽衣服上的蕾絲看起來比「很多蕾絲」還要多，但她的大眼睛裡卻一點笑意也沒有，反而流露出恐懼和懇求，望著軍官如男孩般俊秀的臉孔。

「情況眞的那麼糟嗎？噢，眞的嗎？」瑪莉聽見媽媽問道。

「眞的，」年輕軍官用顫抖的聲音說。「糟透了。蘭諾克斯太太，妳應該在兩週前就去山丘的。」

蘭諾克斯太太不停扭絞著雙手。

「噢，我就知道！」她哭著說。「我居然爲了那個愚蠢的晚宴留在這裡，我眞是個傻瓜！」

就在這個時候，傭人房傳來一聲響亮的哭號，蘭諾克斯太太緊抓住年輕軍官的手臂，瑪莉站在樹下瑟瑟發抖。哭號聲越來越大，越來越激烈。

「怎麼了？發生什麼事了？」蘭諾克斯太太倒抽一口氣。

「有人死了，」年輕軍官回答。「妳沒跟我說妳的傭人也被感染了。」

「我不知道啊！」蘭諾克斯太太大喊。「跟我來！快跟我來！」她一邊說，一邊轉身跑進屋子裡。

瑪莉終於知道早上爲什麼會有種神祕感了。駭人的消息接連傳來，霍亂以致命的姿態降臨，人們像蒼蠅般一個個死去。昨天晚上，保母一病不起，剛剛傭人房之所以會出現那陣哭喊，正是因爲保母死了。今天又死了三個僕人，其他僕人都害怕地逃離宅邸。恐慌籠罩著每一個角落，到處都是垂死的生命。

第二天，周遭依舊充滿混亂與困惑。瑪莉一個人躲在兒童房，大家都忘了她還在那裡。沒有人記得她，沒有人要她，又發生了這麼多她無法理解的怪事。她哭到睡著，睡醒再哭，哭完又睡，就這樣過了好幾個小時。她只知道很多人生病了，外面還一直傳來詭異又嚇人的怪聲。她偷偷溜進飯廳，發現那裡一個人也沒有。餐桌上杯盤狼藉，擺著沒吃完的食物，椅子也東倒西歪，看起來就像用餐的人遇上某些突發事件，急急忙忙地離開了。瑪莉吃了一些水果和餅乾，又因爲口渴喝了點紅酒。她不知道原來甜甜的紅酒後勁這麼強，所以喝了幾乎滿滿一杯。過沒多久，她就覺得昏昏欲睡，於是便走回兒童房，再次把自己關在裡面。傭人房的哭喊及外頭倉促的腳步聲讓她覺得很害怕，但紅酒帶來的沉重睡意壓得她睜不開眼睛。她躺在床上不省人事，就這樣睡了好久好久。

瑪莉熟睡的這段時間發生了很多事，可是她深陷夢鄉，完全沒有察覺到那些哀號與搬運物品進出房間的碰撞聲。

她醒過來的時候，只是靜靜躺在床上盯著牆壁看。整棟房子一片死寂，沒有任何人講話或走動的聲音。這棟房子從來沒有這麼安靜過。瑪莉心想，會不會是大家的病已經好了，所有問題都解決了呢？她的保母死了，之後又會是誰來照顧她呢？應該會有一位新保母才對，或許新的保母有些新的故事可以講，舊的故事她已經聽膩了。瑪莉沒有爲了保母的死而哭。她不是個情感豐沛的小孩，也不太關心別人。霍亂肆虐所帶來的噪音、騷動和哭喊讓她感到害怕，沒有人記得她還活著讓她感到憤怒。大家都太過恐慌，完全忘了這個沒人喜歡的小女孩。一旦染上霍亂，人人都只想到自己，無暇顧及其他；等情況趨緩、病患都痊癒後，一定會有人想起她，過來找她的。

可是沒有人出現。瑪莉躺在床上，房子變得越來越安靜。就在這個時候，草蓆上傳來窸窸窣窣的聲音。她低頭一看，有條小蛇一邊滑行而過，一邊用如寶石般晶亮的眼珠盯著她。她一點也不害怕，因爲她知道這條小蛇是個沒有惡意的小傢伙，不會傷害她，而且牠看起來似乎想趕快離開這個房間。瑪莉看著小蛇從門縫底下鑽出去。

「眞奇怪，家裡好安靜，」她喃喃自語。「好像整棟房子裡一個人也沒有，只有我和那條蛇而已。」

話一說完，瑪莉就聽見一陣腳步聲匆匆穿過庭院，踏上露臺。聽起來像是一群男人的腳步聲。那群人走進屋子裡，用很小的聲音交談。宅邸內沒有任何人去接待他們，或是跟他們說話。那些人好像開始逐一打開房門，查看房間。

「太慘了！」瑪莉聽到有個聲音說。「那麼美的女人！我猜她的小孩應該也一樣。聽說這裡有個小孩，從來沒有人看過她呢。」

過沒多久，他們打開兒童房房門，發現瑪莉就站在房間正中央。她因爲飢餓與被遺忘的恥辱感而皺著眉頭，看起來就是個醜陋又壞脾氣的小鬼。第一個走進房間的是位體格魁梧的軍官，瑪莉曾見過她父親和這位軍官聊天。心力交瘁的他一看到瑪莉，整個人嚇了一大跳，差點往後倒。

「巴尼！」他放聲大喊。「這裡有個小孩！有個小孩一個人在這裡！在這種地方！老天保佑。她是誰啊？」

「我是瑪莉・蘭諾克斯，」瑪莉回答。她覺得這個人很沒禮貌，居然把她爸爸的房子稱作「這種地方」。「我在大家感染霍亂的時候睡著了，剛剛才醒來。爲什麼沒有人來找我？」

「她就是那個從來沒有人看過的小孩！」軍官轉身對其他同伴說。「她完全被遺忘了！」

「爲什麼我會被遺忘？」瑪莉用力跺腳。「爲什麼沒有人來找我？」

那位名叫巴尼的年輕男子用悲傷的眼神望著她。瑪莉覺得巴尼好像試圖用眨眼來隱藏淚水。

「可憐的孩子！」他說。「因爲沒有人能過來找妳了。」

瑪莉就在這種詭異的情況下發現自己突然成了孤兒。她的爸爸媽媽都死了，屍體當天晚上就被運走，幾個僥倖逃過一劫的傭人也都火速離開宅邸，沒有人記得這個家的小姐還在這裡。這就是爲什麼剛才會這麼安靜的原因。除了她和那條小蛇之外，這棟房子裡眞的沒有其他人了。

2 彆扭的瑪莉小姐

瑪莉喜歡遠遠地看著媽媽，她覺得媽媽很漂亮，可是卻一點也不了解她，所以她當然不可能因為母親驟逝就愛上她，或開始想念她。她完全不想念她的母親。事實上，瑪莉是個很自我中心的孩子，她向來都只想到自己。假如她的年紀大一點，一定會因為獨自一人被遺留在這個世界上而焦慮不安，可是她現在還太小，再加上一直以來都有人照顧她，因此她認為未來也不會有什麼不同。她只想知道以後照顧她的是不是好人，會不會對她彬彬有禮，給她所有她想要的東西，就像她的保母和其他印度僕人一樣。

一開始，瑪莉被送到英國牧師家。她馬上就知道自己不會在那裡住太久。她根本不想待在那裡。英國牧師家裡很窮，還養了五個小孩，這些小孩的年紀都跟瑪莉差不多，總是穿著破破爛爛的衣服，整天都在吵架和搶玩具。瑪莉很討厭這棟髒兮兮的房子，讓她更不開心的是，她剛到這裡的頭一、兩天都沒人跟她玩，而且第二天那群小孩還幫她取了一個綽號，讓她怒火中燒。

最先想到這個綽號的是貝索。貝索有雙放肆又粗魯的藍眼睛和勾勾的朝天鼻，瑪莉恨死他了。那天，瑪莉就像霍亂爆發時那樣獨自一人在樹下玩耍，貝索出現的時候，她正在用泥土建造花園小徑和小丘。他站在瑪莉身旁，興味濃厚地看著她，接著突然開口建議道：「妳不在那裡堆些小石頭做成假山嗎？就是中間那裡啊。」貝索靠近瑪莉，想指給她看。

「走開啦！」瑪莉大喊。「我不想跟男生玩。你走開！」

貝索臉上閃過一絲憤怒，然後開始嘲笑瑪莉。他經常這樣調侃他的姊妹。他手舞足蹈地繞著瑪莉轉圈圈，一邊唱歌一邊嘻笑，還不時做鬼臉。

瑪莉小姐眞彆扭，
花園蓋得如何啦？
小貝殼和銀鈴香，
整路遍布金盞花。

其他孩子聽到了也紛紛起鬨，放聲大笑。瑪莉越生氣，他們就唱得越開心。自此之後，他們只要講到瑪莉，都會用「彆扭的瑪莉小姐」來稱呼她，甚至連跟她本人說話時也會這麼叫她。

「妳這禮拜就會被送回老家了，」貝索告訴瑪莉。「我們都很高興妳終於要走了。」

「我也很高興終於可以離開這裡了。」瑪莉立刻回嘴。「你說的老家是哪裡呀？」

「她不知道老家是哪裡耶！」貝索用七歲小孩的嘲諷口吻說。「當然是英國啊！我們的奶奶住在那裡，去年梅寶姊姊被送去跟她一起住了。但是妳不能跟妳奶奶一起住，因爲妳沒有奶奶。妳要去妳姑丈家，他的名字叫亞契伯德．克雷文先生。」

「可是我根本不認識他啊！」瑪莉氣呼呼地說。

「妳當然不認識啦，」貝索回答。「妳什麼都不知道。女生就是這樣，什麼都不懂。我聽我爸媽說，他住在鄉間一棟又大又荒涼的老房子裡，沒有人敢接近他，而且他脾氣很壞，不喜歡跟別人打交道，就算他想，其他人也不想，因爲他是個可怕的駝子。」

「我才不信呢！」瑪莉轉過身背對貝索，用手指塞住耳朵，不想聽他講話。

瑪莉雖然嘴上抗拒，心裡卻不斷想著這件事。當天晚上克勞福太太告訴她，再過幾天，她就要搭船到英國去找住在密蘇威特的亞契伯德．克雷文姑丈了；瑪莉表情漠然，一點興趣也沒有，害大家不知道該怎麼辦才好。他們試著對她友善一點，但瑪莉卻在克勞福太太湊上前想親她時把臉轉開，之後又在克勞福太太拍拍她的肩膀時全身僵直，完全沒反應。

「瑪莉是個很平庸的孩子，」克勞福太太同情地說。「她媽媽長得很漂亮，舉止也很高雅，但她眞的是我見過最不討人喜歡的小孩了。其他孩子都叫她『彆扭的瑪莉小姐』，雖然是調皮的玩笑話，但也不是沒道理。」

「要是她媽媽當初多到兒童房走走，展現一下自己的美麗和優雅，或許瑪莉多少能學會一點也說不定。只可惜現在那個可憐的美人已經死了，而且很多人根本不知道她有個小孩，眞的很慘。」

「我想她應該從來沒有好好看過她女兒吧，」克勞福太太嘆了一口氣。「保母過世後就沒有人關心她了。想想看，所有傭人都逃走了，留下她一個人孤零零地待在廢棄的房子裡。

麥克格魯上校說，他一開門看到瑪莉站在房間裡的時候，嚇得差點連魂都飛了。」

瑪莉就這樣踏上了遠渡重洋、前往英國的長途之旅。旅程中照顧她的是一位要帶小孩回英國念寄宿學校的軍官妻子，一路上光是注意自己的孩子就已經讓她筋疲力盡，所以一到倫敦，她就迫不及待地前往約好的私人飯店，把瑪莉交給亞契伯德・克雷文先生派來的人。來接瑪莉的是密蘇威特莊園管家梅洛克太太，她的身材結實，臉頰紅潤，黑色眼眸散發出銳利的光芒；除了身上穿的豔紫色洋裝外，她還披了件黑色的絲質流蘇斗篷，戴著黑色軟帽，只要她的頭一動，帽子上的紫色天鵝絨花飾就會晃來晃去。瑪莉不喜歡她；事實上，瑪莉幾乎沒有喜歡過任何人，所以不喜歡她也沒什麼好奇怪的，況且梅洛克太太顯然一點也不在乎瑪莉。

「天哪！她還眞是個不起眼的小傢伙呢！」梅洛克太太說。「聽說她母親是大美人，看樣子她好像沒有遺傳到她母親的外貌。妳說是吧，夫人？」

「說不定她長大後會變漂亮呢，」軍官妻子溫和地說。「如果她的皮膚沒那麼黃，表情沒那麼僵硬的話……其實她的本質還不錯，女大十八變呀。」

「我看要七十二變才夠，」梅洛克太太回答。「要我說的話……密蘇威特可不是個能讓小孩變漂亮的地方。」

這個時候，瑪莉正站在飯店窗邊看著外面來來往往的人潮、巴士和計程車。她離她們有點遠，所以她們以爲瑪莉沒有聽到這段對話。其實她全都聽見了。她對姑丈和姑丈的房子非常好奇，那是個什麼樣的地方呢？姑丈又是什麼樣的人？什麼是駝子？她從來沒看過駝子。

也許印度沒有駝子吧。

瑪莉已經寄人籬下好一段時間了，身旁又沒有保母陪伴，心裡覺得好寂寞，不由得冒出各種前所未有的奇怪念頭。為什麼就連爸媽還活著的時候，她都有種自己不屬於任何人的感覺呢？其他小孩似乎都是父母的小孩，但她好像從來沒有眞正屬於過任何人。她有傭人、有食物，也有衣服，可是沒有人關心她。瑪莉不知道，過去之所以沒人關心她，是因爲她很討人厭，或者應該說她根本不知道自己很討人厭。她常常覺得別人很討厭，卻不知道其他人也很討厭她。

瑪莉覺得梅洛克太太是她見過最討厭的人。她討厭她平凡無奇的紅潤臉頰和平凡無奇的精緻軟帽。第二天，她們出發前往約克郡。從車站走到火車車廂這段路上，瑪莉一直高高地昂起頭，盡可能和梅洛克太太保持距離，越遠越好。她不希望自己看起來像是梅洛克太太的小孩。一想到別人可能會認爲她是梅洛克太太的女兒，她就一肚子火。

然而梅洛克太太完全不受瑪莉的想法影響，她是那種「絕不容忍小孩子胡鬧」的人，至少她自己是這麼說的（如果有人問她的話）。其實她根本一點也不想來倫敦，因爲她妹妹瑪麗亞的女兒要結婚了，但爲了保住自己待遇優渥又舒適的管家工作，她只能答應亞契伯德·克雷文先生的要求，連問都不敢問。

「蘭諾克斯上校和他太太死於霍亂，」克雷文先生簡潔冷酷地說。「蘭諾克斯上校是我太太的哥哥，我現在是他們女兒的監護人。那個孩子會被送來這裡，請妳務必親自去倫敦接她。」

於是梅洛克太太就拎著她的小行李箱到倫敦去了。

瑪莉坐在火車座位上，小小的臉蛋寫滿冷漠與不耐。車廂裡沒有任何可以閱讀或觀察的東西，她只好把戴著黑色手套的細瘦雙手交疊在大腿上；稀疏的頭髮從黑色縐絲帽下緣散落出來，身上那件黑洋裝則讓她的皮膚看起來更加蠟黃。

「我這輩子從來沒見過被慣壞兒成這樣的孩子。」梅洛克太太心想（「慣壞兒」是約克郡方言，用來形容人被過度溺愛、很任性的意思）。她從來沒看過有小孩能像瑪莉這樣一動也不動地坐著，什麼事都不做。最後她覺得這樣盯著瑪莉看很無聊，於是便開始用一種急促又生硬的語氣跟瑪莉說話。

「我可以跟妳聊聊妳要去的地方，」她說。「妳有聽過妳姑丈的事嗎？」

「沒有。」瑪莉說。

「妳的爸爸媽媽都沒有跟妳講過他的事嗎？」

「沒有。」瑪莉皺起眉頭。自她有記憶以來，爸媽從來沒有特別告訴過她什麼事。事實上，他們從來沒有告訴過瑪莉任何事。

「喔。」梅洛克太太望著瑪莉陰鬱又冷淡的小臉，嘟囔了一聲。她沉默了好一陣子，然後再度開口。

「我想應該有人提醒過妳了吧，好讓妳有點心理準備。妳要去的是個奇怪的地方喔。」

瑪莉不發一語。這種漠不關心的態度讓梅洛克太太覺得很不舒服，但她深吸了一口氣，繼續說：

「雖然莊園又大又陰沉，但克雷文先生非常引以爲傲——他這個人也是滿陰沉的。那棟房子已經有六百年的老歷史了，就座落在荒原旁邊，裡面有上百個房間，不過大部分房門都鎖上了。房子裡還有很多精緻的老家具、畫作和各種陳年舊物，房子外面則是一大片園林，有很多花園和樹木，有些樹的樹枝還會垂到地上，」梅洛克太太停下來，又吸了口氣，「除此之外沒有其他東西了。」她就這樣突然畫下句點。

自從梅洛克太太開始講話後，瑪莉就按捺不住自己的好奇心，認眞地豎起耳朵。那個地方聽起來一點也不像印度。瑪莉對新事物很感興趣，可是她不想讓別人看出自己很感興趣，這也是她不討喜的原因之一。所以她依然靜靜地坐著。

「那，」梅洛克太太說。「妳覺得怎麼樣？」

「不怎麼樣，」瑪莉回答。「我對那種地方不熟。」

梅洛克太太噗哧一聲笑了出來。

「哎！」她說。「妳的反應就跟老女人沒兩樣。妳一點都不在意嗎？」

「我在不在意都沒差。」瑪莉說。

「妳說得對，」梅洛克太太說。「是沒差。我不知道爲什麼要讓妳住在密蘇威特莊園，可能這是最簡單的辦法吧。不過我很確定他不會爲了妳費心，他從來不爲任何人費心。」

梅洛克太太像是突然想起什麼似的閉上嘴巴。

「他是個駝子，」她再度開口。「這件事讓他變得不太正常。他年輕時個性很刻薄，那些錢和大房子對他一點好處也沒有，一直到他結婚後狀況才有所改善。」

瑪莉不想流露出在意的神色，但眼神還是不由自主地飄向梅洛克太太。她有點驚訝，因爲她沒想過原來駝子也會結婚。梅洛克太太注意到瑪莉的反應了，她是個很愛聊天的人，再加上講話也算是個打發時間的方法，於是便興致勃勃地繼續講下去。

「克雷文太太是個溫柔、善良又漂亮的女人。克雷文先生走遍全世界，只爲了找到她想要的一株小草。大家都沒想到她居然會嫁給克雷文先生，但她確實嫁給他了，很多人都說她是爲了錢才嫁給他的。但她不是……眞的不是。」梅洛克太太的語氣非常肯定。「她過世的時候——」

「啊！她死了嗎？」瑪莉失聲驚呼，忍不住跳了起來。她想起一個名叫《鬈髮里克》的法國童話，故事主角是個可憐的駝子和一位美麗的公主。瑪莉突然有點同情克雷文先生。

「是啊，她死了，」梅洛克太太回答。「她的死讓克雷文先生變得比以前更陰沉。他不在乎任何人，也不願意見任何人。他大部分時間都不在密蘇威特，一旦回來就把自己關在莊園的西廂房，只讓皮契爾服侍他。皮契爾是照顧克雷文先生長大的老傭人，很了解克雷文先生的脾性。」

瑪莉覺得克雷文先生的遭遇聽起來好像故事書，而且這個故事讓她快樂不起來。一棟有一百個房間的大房子，但幾乎所有房門都上了鎖，又位在荒原旁邊（雖然她不知道什麼是荒原）——總之聽起來好乏味，更別說還有個整天把自己關起來的駝背男主人！瑪莉緊抿著嘴脣望向窗外，窗外應景地下起傾盆大雨，灰色的雨絲斜斜地打在窗戶上，沿著玻璃往下流。假如美麗的克雷文太太還活著的話，她可能會像她母親一樣在大房子裡忙進忙出，穿著「很多蕾絲」的洋裝到處參加宴會，爲這個家帶來一絲活潑的生氣。可是她已經不在了。

「其實妳也不用想太多，因爲妳八成不會見到克雷文先生，」梅洛克太太說。「也不要期待會有人陪妳聊天，妳只能自己跟自己玩。我們會告訴妳哪些房間可以進去，哪些不能進去。戶外有很多花園，夠妳玩的了。記住，千萬不要在房子裡到處亂跑或亂翻東西，克雷文先生不會容許這種事的。」

「我才不會亂翻東西呢！」瑪莉忿忿不平地反駁，剛才突然對克雷文先生所產生的同情又突然消失了，現在她覺得克雷文先生是個討厭的傢伙，遇到這些事都是他活該。

瑪莉再次轉頭面向爬滿雨水的車廂玻璃窗，看著窗外那似乎永遠不會結束的灰色暴雨。她動也不動地盯著雨點，直到灰濛濛的景色越來越暗、越來越沉……她不知不覺地睡著了。

3 荒原之旅

瑪莉睡了很久，醒來的時候，梅洛克太太已經從其中一個停靠站買了一籃午餐上來，她們一起吃了一些雞肉、牛肉冷盤和奶油麵包，又喝了點熱茶。雨勢似乎越來越大，車站裡的人都穿著濕濕的雨衣，看起來閃閃發光。列車長點亮車廂裡的燈；梅洛克太太因爲吃了很多雞肉和牛肉，又喝了熱茶，所以心情非常好，過沒多久，她就自顧自地睡著了。瑪莉坐在座位上盯著梅洛克太太和她那頂歪到一邊的精緻軟帽，聽著雨點落在車窗上的聲音，然後又沉沉睡去。她再次醒來的時候，窗外一片漆黑。原來火車已經到站了。她是被梅洛克太太搖醒的。

「妳睡夠了吧！」梅洛克太太說。「快張開眼睛！威特站已經到了，我們還有很長一段路要走呢。」

瑪莉努力睜開眼睛，站在一旁看著梅洛克太太收拾行李。她沒有過去幫忙，因爲以前都是印度僕人負責幫她打包和提行李，她覺得站在旁邊無所事事地等人伺候是很正常的事。

威特車站很小，在這裡下車的乘客只有她們兩個。站長用一種親切、粗獷且發音非常奇怪的濃重口音向梅洛克太太打招呼（瑪莉後來才知道那是約克郡口音）。

「妳回來兒啦！」站長說。「這就是那個小女孩兒啊？」

「對哎，就是她。」梅洛克太太用約克郡口音回答，同時快速地撇撇頭，朝瑪莉的方向示意。「你太太還好嗎？」

「好得很咧。車子已經在外頭等著兒了。」

一輛馬車安靜地停在小小的月臺外面。瑪莉覺得這輛馬車很漂亮，協助她上車的僕從也很帥。僕從身上長長的雨衣和防水帽不斷滴水，閃爍著晶亮的光芒，就跟那位粗魯的站長和周遭其他事物一樣。

僕從關上門，跟車夫一起上車，然後駛離車站。瑪莉坐在角落舒服的軟墊上，可是她不想再睡了。她靜靜地望向窗外，沿途的景致激起了她豐沛的好奇心。這條路正通往梅洛克太太所說的那個陰沉又古怪的地方。瑪莉不是什麼膽小鬼，也沒有被嚇到，只是覺得前方充滿未知，不知道那棟座落在荒原、有近百個上鎖房間的大房子裡會發生什麼事。

「什麼是荒原？」她突然問梅洛克太太。

「妳繼續看著窗外，大概十分鐘後就會看到了。」梅洛克太太回答。「我們要先越過八公里的密蘇荒原才會抵達莊園。因為晚上很暗，可能看不太清楚，但多少可以瞄到一點。」

瑪莉沒有再問其他問題。她雙眼緊盯著窗外，默默坐在角落等待。馬車的車燈在前方流瀉出縷縷微光。一路上瑪莉只瞥見一小部分的景物，他們離開車站後經過了一座小鎮，她看到幾間粉白磚牆砌成的農舍和酒館透出的光亮，接著是一座教堂、一棟牧師宿舍及一間白色小屋，小屋的小櫥窗裡擺著要出售的玩具、糖果和各式各樣奇怪的小東西。馬車駛上主要道路後，眼前的景物變成了樹籬和樹林，接下來很長一段時間裡（至少對瑪莉來說是很長一段時間），窗外的景色都沒什麼變化。

終於，馬兒的速度逐漸慢了下來，好像在爬坡一樣。外面已經看不到樹籬和樹林了，事實上，除了深沉濃重的黑暗之外，瑪莉什麼都看不到。就在這個時候，馬車突然劇烈顛簸了一下，害瑪莉猛地往前傾，臉撞上了窗戶。

「哎！我們已經到荒原啦。」梅洛克太太篤定地說。

昏黃的馬車燈光照亮了前方簡陋的小徑，道路兩側爬滿了樹叢和低矮的植株，一直蔓延到四周遼闊無際的黑暗裡。一陣夜風吹過，發出狂放、單調又低沉的沙沙聲。

「這……這個應該不是海的聲音吧？」瑪莉看著梅洛克太太說。

「不是，」梅洛克太太回答。「也不是平原或山的聲音。這個聲音來自很大很大很大的野地，野地上除了石楠灌木、荊豆和金雀花外寸草不生，只有野馬和綿羊能在這片土地上生活。」

「如果有水的話，我就會以爲是海，」瑪莉說。「現在這個聲音聽起來跟海的聲音一樣。」

「那是風吹過樹叢的聲音，」梅洛克太太說。「我覺得這個地方既荒涼又沉悶，不過也有很多人喜歡這裡，特別是在荊豆開花的時候。」

他們繼續穿越黑暗。外頭的雨已經停了，但狂風依然不斷呼嘯，發出詭異的聲音。馬車一會爬坡、一會下坡，還經過了幾座小橋，橋下湍急的水流嘩嘩作響。瑪莉覺得這段旅程似乎永遠不會結束，廣袤而冷清的荒原就像一片浩瀚的黑色海洋，他們只是走在海中一條帶狀的陸地上。

「我不喜歡這裡，」瑪莉自言自語地說。「我不喜歡這裡。」她用力地抿緊雙唇。

瑪莉在馬車爬上一段緩坡時發現遠處有點點亮光。梅洛克太太幾乎是同一時間看到那道光芒。她安心地嘆了口氣。

「哎，眞高興看到那點兒光芒還亮著，」她說。「那是小屋窗戶透出來的光。過一會兒我們一定要喝杯熱呼呼的茶。」

正如梅洛克太太所說，「過一會兒」之後，馬車駛進了大門，步上長約三公里的道路，道路兩旁種滿了大概有一個人那麼高的樹，形成濃密的樹拱，讓這條路看起來就像又黑又長的隧道。

出了隧道後，他們進入一座空曠的廣場，接著在一棟長長的低矮建築前停了下來。建築周圍鋪了整片石砌地板。瑪莉原以為房子裡黑漆漆的，沒有點燈，等到下車後才發現二樓角落有個房間閃著微弱的光芒。

建築大門是由巨大的橡木板、鐵釘和粗鐵條構成，門後則是寬敞的大廳，黯淡的光線使得牆上畫作裡的人臉和牆邊的鎧甲武士像蒙上一層詭譎的陰影，讓瑪莉連看都不想看。她站在門口的石砌地板上，看起來就像個渺小又奇怪的黑影，跟她現在心裡那種迷失、渺小又奇怪的感覺一樣。

替她們開門的男僕身邊站著一位身材瘦削、服儀整潔的老人。

「帶她回房間吧，」老人用沙啞的聲音說。「他不想看到她。他明天早上就要去倫敦了。」

「沒問題，皮契爾先生，」梅洛克太太回答。「我會做好我該做的事。」

「梅洛克太太，妳該做的，」皮契爾先生說。「就是要確保他不受干擾，不要讓他看到不想看的東西。」

梅洛克太太帶著瑪莉踏上寬大的階梯，經過一條長廊，走上一小段樓梯，轉到下一條長廊，然後又一條長廊，接著打開一扇門。瑪莉走進房間，壁爐裡的火正熊熊燃燒，桌上還擺著食物。

「好啦，就是這裡！」梅洛克太太粗魯地說。「這裡和隔壁的房間就是妳生活的地方，絕對不准離開這裡。千萬別忘啦！」

這就是瑪莉小姐抵達密蘇威特莊園的經過。這可能是她這輩子第一次覺得這麼彆扭。

4 瑪莎

第二天早上，瑪莉被一陣噪音吵醒。她睜開眼睛，看見一位年輕的女傭正跪在房間壁爐前的地毯上生火，而且清煤渣時發出了很大的聲音。瑪莉躺在床上看著她好一陣子，然後開始環視整個房間。她從來沒有看過這種房間，雖然裝潢很漂亮，氣氛卻很陰沉。房間牆上掛了一張壁毯，上面繡著一片森林，幾個衣著華麗的人聚在樹下，森林遠方則隱約露出了城堡的塔樓。壁毯上有獵人、馬匹、狗和貴婦，瑪莉覺得自己好像其中一員，跟他們一起待在森林裡。她從深邃的窗戶往外看，綿延不絕的土地上似乎連一棵樹也沒有，看起來就像一片單調無盡的紫色海洋。

「那是什麼？」瑪莉指著窗外說。年輕的女傭瑪莎站了起來，同樣指著瑪莉所指的方向。

「那邊那個嗎？」她問道。

「對。」

「那是荒原兒，」瑪莎露出和善的笑容。「妳喜歡荒原兒嗎？」

「不喜歡，」瑪莉回答。「我討厭荒原。」

「那是因爲妳還不習慣兒，」瑪莎走回壁爐前，「妳覺得荒原兒太大又太荒涼了，但妳會喜歡上這兒的。」

「妳喜歡嗎？」瑪莉問道。

「喜歡哎，我喜歡荒原兒，」瑪莎愉快地擦拭爐架。「我很愛這裡。這裡才不荒涼呢，到處都是氣味香甜兒的植物。春天和夏天的景色很美，荊豆、金雀花兒和石楠灌木都會開花兒，聞起來就像蜂蜜一樣，而且空氣兒非常清新——還有，天空看起來好高，蜜蜂會嗡嗡叫兒，雲雀會唱歌兒，哎！不管拿什麼來跟我換，我都不會離開荒原兒。」

瑪莉帶著認眞又困惑的表情聽瑪莎說話。以前的印度僕人講話跟她完全不一樣，他們的態度卑躬屈膝、非常順從，不會擅自用這種平起平坐的語氣對主人說話。他們會向主人行額手禮，稱他們爲「弱勢的保護者」或其他諸如此類的名號。印度僕人只能被動接收指令，不能主動提問。瑪莉沒有說「請」和「謝謝」的習慣，而且只要一生氣就會甩保母巴掌；她默默心想，不知道眼前的女孩被甩巴掌後會有什麼反應。她的身材豐腴，看起來樂觀又善良，她堅定的態度讓瑪莉不禁猜想，如果打她的人只是個小女孩的話，她會不會反擊？

「妳是個奇怪的傭人。」瑪莉靠在枕頭上，傲慢地吐出一句評價。

瑪莎坐直身體，手上拿著壁爐刷哈哈大笑，看起來一點也不生氣。

「喔！我知道啊，」她說。「假如密蘇威特有女主人兒的話，我就不會是打掃兒的女傭了。我可能會在廚房工作，但絕不可能跑到樓上來兒，因爲我太平凡兒，而且約克郡的口音兒太重了。這棟房子又大又有趣兒，好像沒有男主人和女主人兒，只有皮契爾先生和梅洛克太太。克雷文先生老是不在家兒，就算在也什麼事兒都不管。梅洛克太太很好心，讓我留在這兒工作。她跟我說，如果密蘇威特跟別的大房子一樣，她是不可能給我這份工作的。」

「妳之後會是我的傭人嗎？」瑪莉依然擺出過去在印度時的蠻橫態度。

瑪莎又開始刷她的爐架。

「我是梅洛克太太的傭人，」她的語氣非常堅決。「而她是克雷文先生的傭人。我會在這兒一邊工作，一邊服侍妳，不過妳不太需要什麼服侍啦。」

「那誰要來幫我穿衣服？」瑪莉質問。

瑪莎再次坐直身體，睜大眼睛盯著瑪莉。驚訝過度的她開始用非常濃重的約克郡口音說話。

「妳不會自個兒穿衣裳兒？」

「妳在說什麼啊？我聽不懂妳說的話。」瑪莉回答。

「哎！我忘了，」瑪莎說。「梅洛克太太交代過我要注意，不然妳可能會聽不懂我說的話兒。我的意思是，妳不會自己穿衣服嗎？」

「不會，」瑪莉忿忿不平地說。「我這輩子沒有自己穿過衣服，當然都是我的保母幫我穿啊。」

「好吧，」瑪莎顯然完全沒有意識到自己的態度很無禮。「既然妳小時候沒學兒，那就從現在開始學兒吧，學會自己照顧自己對妳有很多好處兒。我媽常說，有錢人的小孩兒長大後變成傻瓜也是很正常的事兒——要有人照顧他們、幫他們洗澡兒、穿衣服兒，還要像帶小狗兒一樣帶他們出去散步！」

「印度跟這裡不一樣。」瑪莉輕蔑地說。她已經快要忍無可忍了。

可是瑪莎並沒有因爲她的話感到受辱或不開心。

「哎！看得出來很不一樣，」她回答的態度趨近於同情。「我敢說一定是因爲那兒的黑人比較多，白人比較少兒。一開始聽說妳是從印度來兒的時候，我還以爲妳也是黑人呢。」

瑪莉氣呼呼地從床上坐起來。

「妳說什麼！」她大吼。「妳說什麼！妳以爲我是印度人？妳……妳這個蠢豬養大的女人！」

瑪莎瞪大眼睛，看起來有點惱火。

「妳以爲妳在罵誰兒呀？」她說。「妳沒必要那麼生氣，年輕的小姐不應該用這種態度兒說話。我對黑人沒有偏見，我在教會的小冊子裡讀到很多黑人故事，他們都非常虔誠，他們也是我們的兄弟。我從來沒看過黑人，以爲能看到黑人的時候其實很高興。今天早上，我在幫妳生火前悄悄走到床邊，小心翼翼地拉開被子看了妳一眼，」她的語氣充滿失望。「結果妳的皮膚是黃色的，還沒我黑呢！」

瑪莉完全不打算控制自己的怒火和羞辱的言語。

「妳居然以爲我是個印度人！妳好大的膽子！妳一點也不了解印度人！他們不是人，他們就只是一群必須向主人行額手禮的僕人！妳根本不了解印度，妳根本什麼都不懂！」

瑪莉大發雷霆，瑪莎凝視的眼神讓她覺得好無助。此時此刻，所有她懂的事物和懂她的事物都離她那麼遙遠，她突然覺得好寂寞，一頭埋進枕頭裡放聲大哭起來。她的情緒非常激動，讓親切的約克郡女孩瑪莎嚇了一大跳，心裡不由得湧起一股同情。她走到床邊，彎腰靠近瑪莉。

「哎！別哭成這樣！」瑪莎懇求道。「眞的，別再哭了，我不知道妳會這麼生氣。我的確什麼都不懂兒，就跟妳說的一樣兒。小姐，請妳原諒我，別再哭了。」

瑪莎奇怪的約克郡口音和堅定的態度有種眞誠的友善之情與神奇的撫慰效果，這讓瑪莉覺得好過了一點。她逐漸停止哭泣，安靜下來。瑪莎鬆了一口氣。

「現在該起床兒啦，」她說。「梅洛克太太要我把早餐、茶和午餐都送到隔壁房兒，那個房間已經爲妳改造成兒童房兒了。如果妳現在就起床兒的話，我可以幫妳穿衣服，前提是妳要穿釦子在背上、妳自己沒辦法扣起來兒的衣服。」

瑪莉終於決定要起床了。瑪莎幫她從衣櫃裡拿出幾件衣服，但都不是她前一天跟梅洛克太太來莊園時穿的那幾件。

「那些不是我的衣服，」瑪莉說。「我的是黑色的。」她看著那件厚厚的白色羊毛大衣和洋裝，冷冷地稱讚道：「這些衣服比我的還高級。」

「妳一定要穿這幾件兒才行，」瑪莎回答。「這是克雷文先生吩咐梅洛克太太去倫敦兒買的。他說：『我不會讓一個穿得全身黑的小孩像遊魂一樣在這裡到處遊蕩，把這個地方變得更淒涼。在她身上加點顏色。』我媽媽說她懂克雷文先生的意思。她總是明白別人在說什麼，而且她也不贊成穿黑色。」

「我討厭黑色的東西。」瑪莉說。

她們倆都在穿衣服的過程中學到了一些東西。瑪莎以前曾幫她的弟弟和妹妹扣過鈕釦，但她從來沒看過有小孩會這樣動也不動地乖乖站著，等別人幫她穿衣服，好像她既沒有手也沒有腳一樣。

「妳爲什麼不自己穿鞋兒呀？」她在瑪莉默默伸出腳時問道。

「我的保母會幫我穿，」瑪莉瞪著瑪莎回答。「這是慣例。」

瑪莉常常把「這是慣例」四個字掛在嘴邊，印度僕人也經常說這句話。每當有人要他們做自家祖先幾千年來都沒有做過的事時，他們就會溫和地看著對方說：「這不符合慣例。」這樣對方就會知道這件事沒有商量的餘地。

按照瑪莉小姐的慣例，她不用自己照顧自己，只要像洋娃娃一樣站著等人幫她穿衣服就好了。可是現在她都還沒準備好吃早餐，就開始懷疑自己在密蘇威特莊園的生活是不是得不斷學習新的事物，例如自己穿襪子和鞋子、把自己弄掉的東西撿起來等等。假如瑪莎是個訓練有素、專門服侍小姐的女傭，她應該就會用更謙卑、更尊敬的態度對待瑪莉，也會知道自己的工作就是幫她梳頭、扣上靴子的釦子，還有把掉落的東西撿起來放好；但她不是，她只是個從未受過訓練、來自約克郡的鄉下女孩，在荒原的農舍裡和一大群弟妹一起長大。她的弟弟和妹妹除了自己照顧自己、照顧襁褓中的嬰兒與蹣跚學步、亂丟東西的小小孩外，從來沒有夢想過任何事。

如果瑪莉是個懂得自娛娛人的孩子，也許會被聒噪的瑪莎逗笑，但瑪莉現在只是冷漠地聽她講話，覺得她隨興又散漫的舉止很奇怪。一開始，瑪莉對她說的話完全沒興趣，但瑪莎不斷用好脾氣和閒話家常的態度喋喋不休，瑪莉開始慢慢被她吸引。

「哎！妳眞應該看看他們，」瑪莎說。「我們家有十二個小孩兒，我爸每個禮拜只賺十六先令，所以我媽只能買燕麥粥兒給他們吃。他們整天都在荒原兒上玩耍，媽媽說荒原兒的空氣能讓他們變強壯。她說，她相信他們會像野馬兒一樣吃草兒。我們家的迪肯現在十二歲，養了一隻小馬兒。他說那隻馬兒是他的。」

「爲什麼他會有小馬？」瑪莉問道。

「他在荒原兒上看到那隻小馬兒和牠媽媽，那時小馬兒還很小，於是迪肯就跟小馬兒變成了好朋友，常常拔嫩草、拿麵包給牠吃。小馬兒很喜歡他，老是跟著他到處跑，還讓他騎在背上。迪肯是個很善良又很受動物歡迎的男孩兒呢。」

瑪莉沒有養過屬於自己的寵物，她一直都很想養一隻，所以便開始對迪肯產生一點小小的興趣。她以前從來沒有對自己以外的人感興趣過，而這種情緒正是健全情感狀態萌芽的開始。她走進隔壁那間爲她準備的兒童房，發現那個房間其實跟她昨晚睡的那間差不多，是大人的房間，並不是專門給小孩子的房間。房間牆壁上掛滿了陰沉的老舊畫作，椅子也是又老又重的橡木椅；中間的桌子上擺了美味又豐盛的早餐，但瑪莉的胃口向來很小，因此當瑪莎把食物放在她面前時，她只是冷冷地看著。

「我不想吃這個。」她說。

「妳不想吃燕麥粥兒！」瑪莎不敢置信地大叫。

「不想。」

「妳不知道這有多好吃兒。我幫妳加點兒糖漿或砂糖吧。」

「我不想吃。」瑪莉又重複了一次。

「哎！」瑪莎說。「我不能忍受這種浪費食物的行爲。要是我們家的小孩兒也在這兒的話，一定不到五分鐘就把燕麥粥兒吃光了。」

「爲什麼？」瑪莉冷淡地問。

「爲什麼！」瑪莎說。「因爲他們這輩子很少有吃飽的時候。他們簡直跟小老鷹和小狐狸一樣整天兒餓個不停。」

「我不知道餓是什麼感覺。」無知的瑪莉一臉漠然。

瑪莎露出了憤慨的表情。

「好吧，那妳就試試看，會對妳有好處的。我倒是很懂挨餓的感覺呢，」她直率地說。「我沒有那個耐心跟妳坐在這兒盯著好吃的肉和麵包看。天哪！眞希望迪肯、菲爾、珍和其他孩子能吃到這桌食物。」

「妳爲什麼不把這些食物拿回去給他們呢？」瑪莉建議道。

「這些食物不是我的，」瑪莎頑強地說。「而且今兒也不是我外出的日子。我跟其他人一樣，每個月可以外出一天兒，我會回家兒幫媽媽打理家務，讓她可以休息一天兒。」

瑪莉喝了幾口茶，吃了一點果醬吐司。

「妳穿暖一點兒，去外面跑一跑、玩一玩兒，」瑪莎說。「會對妳有好處的，這樣妳的胃口也會變好，才能吃胖一點兒。」
瑪莉走到窗前。外面有花園、小徑和大樹，一切看起來既無聊又寒冷。
「去外面？這種天氣我去外面幹嘛？」
「這個嘛，如果不去外面的話，就只能待在房子裡。妳在這兒有什麼事兒好做嗎？」
瑪莉瞪了她一眼。待在房子裡確實無事可做。梅洛克太太在布置兒童房的時候完全沒想到要幫她準備任何娛樂，也許到外面走走、看看花園長什麼樣子會比較有趣一點。
「誰要陪我去？」她問道。
瑪莎盯著她。
「妳要自己去，」她回答。「妳要開始學著像其他沒有兄弟姊妹的小孩兒一樣自己玩。我們家的迪肯會自己跑去荒原兒上玩好幾個小時兒，所以才會跟小馬兒變成朋友。荒原兒上有些綿羊兒認得他，還有些鳥兒會在他手上吃東西。不管自己夠不夠吃，他都會留下一點兒麵包去哄他的寵物。」
迪肯的故事讓瑪莉下定決心要去外面，但她自己並沒有意識到這一點。雖然花園裡沒有小馬和綿羊，但至少有鳥，這些鳥跟印度的鳥不一樣，她可能會覺得賞鳥很有趣。
瑪莎替她找出大衣、帽子和一雙厚實又耐穿的小靴子，然後帶她到樓下去。
「往那兒走就會走到花園兒，」瑪莎指著一扇被灌木叢包圍的大門，「夏天的時候，花園兒裡會有很多花兒，但目前那裡一朵花兒也沒有。」說到這裡她似乎猶豫了一下，接著繼續說，「其中有個花園兒是鎖起來的，已經十年都沒有人兒進去過了。」

「為什麼？」瑪莉忍不住問道。這棟奇怪的房子裡已經有上百扇上鎖的門了，現在又多了一扇。

「克雷文先生在他太太驟然離世後就把門鎖上了。他不准任何人進去。那是克雷文太太的花園。他鎖上門之後又挖了一個洞，把鑰匙兒埋在裡面……梅洛克太太在搖鈴了，我該走了。」

瑪莎離開後，瑪莉便踏上那條通往灌木大門的步道。她心裡不斷想著那座十年沒人進去過的花園。不知道花園是什麼樣子？現在還有沒有花？她邊想邊走過灌木大門，一座巨型花園瞬間映入眼簾。遼闊的草坪上布滿蜿蜒的小徑，小徑邊緣的草葉打理得非常整齊，除了樹林、花圃和修剪成奇形怪狀的常綠植物外，還有一座又大又舊、佇立在正中央的灰色噴水池，可是花圃上光禿禿的，噴水池裡也沒有水在噴。她沒有看到那座關起來的花園。要怎麼把花園關起來呢？花園應該是開放的才對呀。

她才剛冒出這個想法，就看到小徑的盡頭有一堵長長的圍牆，上面爬滿了常春藤。她對英國還不太熟，不知道自己看到的是一座果菜園，裡面種著各式各樣的蔬菜和水果。她走到圍牆旁邊，發現纏繞的常春藤裡有一扇敞開的綠色小門，顯然這不是那座關起來的花園，於是她便走了進去。

瑪莉發現，原來綠色小門後面是座被圍牆環繞的花園，而這座花園旁邊似乎還有其他被圍牆圍起來的花園，一座接一座地連在一起，眼前看到的只是其中之一而已。園子裡的果樹緊貼著圍牆生長，有些園圃上還蓋著玻璃罩，而樹叢、小徑和種滿冬季蔬菜的園圃後方還有另一扇敞開的綠色小門。瑪莉靜靜地站著，環顧四周，覺得這個地方好醜、好荒涼，也許等到夏天有更多綠色點綴會好看一點，目前的景色真的跟漂亮沾不上邊。

這時，一位肩上扛著鋤頭的老人從連接到第二座花園的門裡走出來。他看到瑪莉時嚇了一大跳，接著摸摸帽子向她致意。他的臉非常蒼老、神情乖戾，似乎不太高興看到她，但話說回來，瑪莉也不喜歡他的花園，她露出「彆扭」的表情，顯然也不太高興看到他。

「這是什麼地方？」瑪莉問道。

「果菜園兒。」老人回答。

「那是什麼？」瑪莉指著另一扇綠色小門說。

「另一座果菜園兒，」老人簡短地回應。「另一邊兒有另一座果菜園兒，再過去還有一座果園兒。」

「我可以進去嗎？」瑪莉又問。

「妳想進去就進去吧，裡頭兒沒什麼好看的。」

瑪莉沒有回答。她沿著小徑走過第二扇綠色小門，裡面有更長的圍牆、更多冬季蔬果和玻璃罩。她看到牆上有另一扇關著的綠色小門，搞不好就是那座十年都沒人進去過的花園也說不定。個性毫不膽怯、總是我行我素的瑪莉走到綠色小門前轉動把手。她暗暗希望自己打不開那扇門，這樣她就知道那座神祕的花園在哪裡了……可是門輕輕鬆鬆地敞開，原來後面是一座果園。果園四周同樣佇立著圍牆，樹木同樣緊貼著圍牆生長，枯黃的草地上種滿了光禿禿的果樹，但這裡沒有綠色小門。瑪莉開始尋找另一扇綠色小門，走到圍牆邊緣的時候，她注意到這座圍牆似乎延伸至果園外，在另一邊圍出了另一個空間，而且還有幾棵樹的樹梢越過牆垣。她靜靜地站在那裡，發現有隻胸口綴著鮮紅色塊的鳥兒站在牆後最高的枝椏上。小鳥突然發出嘹亮的鳴叫，唱起冬季之歌，彷彿牠也看見了瑪莉，用歌聲向她打招呼。

瑪莉動也不動地站在原地聽牠唱歌，愉快又友善的啁啾聲讓她覺得很開心。討人厭的小女孩也是會寂寞的，而這個又大又封閉的房子、又大又貧瘠的荒原和又大又荒涼的花園更讓她覺得全世界似乎只剩下她一個人。假如她是個情感豐富、從小到大都被滿滿的愛包圍的孩子，現在應該早就心碎了。不過，雖然她是孤僻、悲傷又「彆扭的瑪莉小姐」，那隻胸前顏色鮮豔的鳥兒依然讓她刻薄的小臉露出近似微笑的表情。她靜靜地聆聽鳥兒歌唱，直到牠飛走爲止。那隻鳥跟印度的鳥很不一樣，瑪莉很喜歡牠，不知道以後能不能再見到牠。或許牠就住在神祕的花園裡，熟悉園中的一草一木也說不定。

大概是因爲沒事做的關係，瑪莉不斷想著那座廢棄的花園。她很好奇，想看看裡面到底是什麼樣子，爲什麼克雷文先生要把鑰匙埋起來呢？如果他那麼愛他太太，爲什麼會討厭她的花園？瑪莉不知道自己以後有沒有機會見到姑丈，但她知道自己應該不會喜歡他，而他同樣也不會喜歡她。雖然她眞的很想問姑丈爲什麼要做那麼奇怪的事，可是她很清楚，一旦見到他，她就只會站在旁邊默默盯著他看，一句話也說不出來。

她心想，大家都不喜歡我，我也不喜歡他們，我永遠沒辦法跟克勞福家的小孩一樣用那種方式說話。他們一天到晚都在講話大笑，嘰嘰喳喳吵個不停。

瑪莉想起了那隻胸口鮮紅的知更鳥和牠對她唱歌的模樣，也想起了牠剛才棲息的樹木枝椏。她突然停下腳步，喃喃自語地說：「我覺得那棵樹一定就在祕密花園裡……一定是這樣沒錯。那個地方被圍牆圍起來了，而且還沒有門。」

她走回第一座果菜園，發現剛才那個老人正在那裡挖土。她湊過去站在他旁邊，用一貫的冷漠態度看著他好一陣子，可是老人沒有理她，她只好自己先開口。

「我去過其他花園了。」她說。

「沒有人兒攔妳啦。」老人粗聲粗氣地回答。

「我還去了果園。」

「反正門口也沒有會咬妳的狗兒啊。」

「果園裡沒有通往下一座花園的門。」瑪莉說。

「什麼花園？」老人暫時停下手邊的工作，用沙啞的聲音問道。

「圍牆另一邊的花園，」瑪莉回答。「那邊有很多樹，我看到樹頂上的樹枝了，還有一隻胸口紅紅的鳥停在其中一棵樹上唱歌。」

瑪莉驚訝地發現，那張飽經風霜的臉孔竟然冒出了別的表情。一抹微笑慢慢舒展開來，讓老園丁看起來完全變了一個人。瑪莉覺得很奇妙，原來人在微笑的時候比較好看。她以前從來沒想過這件事。

老人轉過身，開始朝果園的方向吹口哨，音調既輕柔又低沉。瑪莉無法理解爲什麼這麼粗魯的男人有辦法發出這種巧妙的聲音。

下一秒，神奇的事情發生了。瑪莉聽見一陣微弱的振翅聲掠過空氣——那隻胸口鮮紅的鳥朝著他們飛過來，降落在老人腳邊的土堆上。

「牠來啦。」老人咯咯笑著，開始用跟小孩講話的語氣對小鳥說話。「沒禮貌的小傢伙兒，上哪兒去啦？」他說。「前些日子都沒看見你呢。這個季節就開始追女孩兒啦？會不會太早了點兒呀？」

鳥兒將小巧的頭歪向一邊，用那雙宛如黑色露珠般溫柔明亮的眼鏡看著他，好像牠認識老人一樣，一點也不害怕。牠往前跳了幾下，輕快地啄著泥土，尋找裡面的種子和昆蟲。牠的身體嬌小圓潤、鳥喙精細、鳥爪纖瘦，看起來好漂亮、好快樂，就像人一樣，讓瑪莉心中湧起一股奇怪的感覺。

「每次你叫牠，牠都會來嗎？」她用幾近耳語的音量小聲問道。

「對啊，牠都會來兒。牠才剛學會飛兒的時候我就認識牠了。牠出生在另一座花園兒樹上的鳥巢裡，飛過圍牆兒之後卻因為太虛弱飛不回去，我們就這樣成了朋友。牠飛回去的時候發現那窩鳥兒全都飛走了，只剩下牠一個，所以又跑回來兒找我。」

「牠是什麼鳥啊？」瑪莉接著問。

「妳不知道啊？牠是紅胸知更鳥兒。這種鳥兒最友善也最好奇，只要學會怎麼跟牠們相處兒，牠們就會表現得跟狗兒一樣友善。妳看，牠現在一直啄來啄去，又抬頭兒看著我們。牠知道我們在討論牠呢。」

瑪莉覺得這個老人一定是全世界最古怪的人。他望著嬌小圓潤、胸口豔紅的知更鳥，一副很喜歡牠又以牠為榮的樣子。

「牠是隻很自大的鳥兒，」老人笑著說。「喜歡聽別人討論牠。牠也很好奇——天啊，再也沒有比牠更好奇、更愛管閒事兒的傢伙兒了。牠老是愛來這兒看我在種什麼，而且什麼都知道，就連克雷文老爺不想費心操煩的事兒牠也一清二楚。牠是這兒的首席園丁兒。」

知更鳥到處蹦蹦跳跳、忙著啄食土壤，還不時停下來看他們一眼。瑪莉覺得牠那雙黑色露珠般的眼睛裡滿是好奇，好像眞的想了解她一樣。她心中那種奇怪的感覺更強烈了。

「其他小鳥飛去哪裡了？」她問道。

「沒有人兒知道，老鳥兒會把那些小鳥兒趕出巢，你還沒來得及注意，牠們就四散飛走了。這隻比較聰明兒，牠知道自己很孤單。」

瑪莉往前一步靠近知更鳥，雙眼緊盯著牠看。

「我很孤單。」她說。

她之前一直不知道原來孤單是導致她痛苦和壞脾氣的原因之一。在她望著知更鳥，知更鳥也回望她的那一刻，她終於懂了。

老園丁推推禿頭上的帽子，默默地看著她。

「妳就是那個從印度兒來的小姑娘嗎？」他問道。

瑪莉點點頭。

「難怪妳會覺得孤單兒，妳在這兒會更孤單兒的。」他說。

老人又開始挖土。他把鏟子深深插進花園肥沃的黑色土壤裡，知更鳥在一旁東跳西跳，忙得團團轉。

「你叫什麼名字？」瑪莉問道。

老人站直了身體說：「班・韋德史達，」他粗魯地笑了一聲，用大拇指指著知更鳥，「除了跟牠在一起之外，我都是獨自一人兒，牠是我唯一的朋友。」

「我一個朋友都沒有，」瑪莉說。「我從來沒有交過朋友。我的保母不喜歡我，我也沒有跟別人一起玩過。」

約克郡人都習慣直來直往、坦率表達自己的想法，而班・韋德史達正是荒原上典型的約克郡人。

「妳跟我有點兒像，」他說。「我們的本質兒差不多，都長得不好看，個性也和外表兒一樣差。我敢打包票，我們倆的脾氣兒一定都壞透了。」

班非常坦白，瑪莉這輩子從來沒聽過別人這麼誠實地形容過她。不管她做什麼，印度僕人都只會行額手禮、對她百般順從。以前從來不在意外表的她不禁開始思考，自己是不是真的像班一樣毫無吸引力？臉上的表情是不是跟看到知更鳥前的他一樣陰鬱、充滿敵意？自己是不是眞的「脾氣兒壞透了」？想到這裡，瑪莉覺得不太舒服。

這時，附近突然傳來一陣清脆的聲響。她轉過身，發現不遠的地方有一棵小蘋果樹，知更鳥飛到蘋果樹的枝椏上，用嘹亮的聲音啁啾鳴唱。班・韋德史達立刻哈哈大笑。

「爲什麼牠要這樣唱歌啊？」瑪莉問。

「牠決定兒要跟妳做朋友，」班說。「我敢說牠喜歡妳喔。」

「我嗎？」瑪莉輕手輕腳地走向小樹往上看。「你願意跟我做朋友嗎？」她對知更鳥說話的態度就像在對人說話一樣，「你願意嗎？」她的聲音既不冷酷，也沒有印度式的傲慢語調，反倒充滿溫柔、渴望和勸誘，讓班大吃一驚，就跟瑪莉聽到他吹口哨時的感覺一樣。

「怎麼啦，」他大聲說道。「妳說話的口氣很溫和咧，不像尖酸刻薄的老太婆，反而像眞正的小孩兒，聽起來就跟迪肯在荒原兒和野生動物講話兒的方式差不多。」

「你認識迪肯嗎？」瑪莉立刻轉身問道。

「大家都認識啊。迪肯老是到處亂跑，連黑莓和石楠花兒都認識他。我敢說就連狐狸都會帶他去看小狐狸睡覺的地方，雲雀也會讓他知道鳥巢在哪兒。」

瑪莉心裡塞滿好多問號，很想繼續問下去。她對迪肯非常好奇，幾乎跟她對廢棄的祕密花園一樣好奇。可是就在這個時候，知更鳥唱完了歌，輕輕抖抖身體，展開雙翅飛走了。牠只是來跟他們打個招呼，還有別的事要忙呢。

「牠飛過那座牆了！」瑪莉大喊。「牠飛過了果園，飛過了另一座圍牆，進去沒有門的花園了！」

「牠住在那兒，」班說。「牠是在那兒出生的。如果牠要求愛的話，對象一定是住在老玫瑰樹上的年輕知更鳥兒小姐。」

「玫瑰樹？」瑪莉問道。「那裡有玫瑰樹嗎？」

班再次拿起鏟子開始挖土。

「那兒十年前有玫瑰樹。」他含糊不清地說。

「我想看看那些樹，」瑪莉說。「綠色的門在哪裡？一定有門的。」

班把鏟子深深插進土裡。他的臉色就跟瑪莉一開始見到他時一樣臭。

「十年之前有門，現在沒有了。」他說。

「沒有！」瑪莉大叫。「一定會有的啊！」

「沒有人兒找得到那扇門，而且也不關任何人兒的事兒，別像個愛管閒事兒的小丫頭一樣到處打探兒、問東問西的。我要繼續幹活兒了，妳自己跟自己玩兒吧。我沒空。」

他停下手邊的挖掘工作，然後把鏟子甩到肩上，連聲再見也沒說，看都沒看瑪莉一眼就離開了。

5 長廊裡的哭聲

瑪莉又過了好幾天和第一天一樣的生活。每天早上她都在掛著壁毯的房間裡醒來，看見瑪莎跪在壁爐前的地毯上生火；每天早上她都在兒童房裡吃無聊的早餐，然後凝望著窗外那片遼闊的荒原。荒原好像沒有盡頭，一路延伸到天邊。緊盯著窗外一陣子之後，瑪莉會意識到自己要是不出門的話，就只能無所事事地乾坐在這裡，因此她每天都會出門。她不知道這麼做其實讓自己獲益良多；她不知道沿著小徑快走，甚至奔跑到大道的時候，體內緩慢的血流會跟著活絡、刺激循環；她不知道對抗自荒原襲來的強風會讓她變得更強壯。她跑步的原因只是想讓身體變暖；她很討厭風，風就像看不見的巨人一樣一邊大聲咆哮，一邊用力從她臉上颳過，阻礙她前進。其實大口呼吸對她瘦弱的身體很好，不但能讓肺部充滿吹過石楠灌木的清新空氣，在她臉頰上增添紅潤的色澤，還能讓她暗淡的雙眼綻放光亮，可是她完全不知道這些事。

過了幾天接近純粹的戶外生活後，有天早上，瑪莉起床時突然覺得好餓。她沒有像往常一樣用輕蔑的眼神盯著燕麥粥、把碗推開，反倒拿起湯匙開始吃早餐，而且一口接一口，直到碗裡一乾二淨為止。

「看起來妳今兒早上的胃口不錯哦？」瑪莎說。
「今天的燕麥粥比較好吃。」瑪莉說。其實她自己也覺得有點驚訝。
「是荒原兒的空氣給了妳吃東西的胃口，」瑪莎回答。「妳很幸運，有吃東西的胃口，也有東西可以吃兒。我家農舍裡有十二個小孩兒，他們有胃口卻沒有東西吃兒呢。只要妳繼續這樣每天去外頭玩兒，身體就會多長點兒肉，皮膚也不會那麼黃兒了。」
「玩什麼？」瑪莉說。「又沒有東西給我玩。」
「沒有東西給妳玩！」瑪莎驚呼。「我們家孩子玩兒的都是樹枝和石頭呢！他們會亂跑亂叫，到處兒觀察喔。」
瑪莉不會亂跑亂叫，但她的確會到處觀察，畢竟這裡也沒有別的事可以做。她一遍又一遍地逛著花園，在園林小路上閒晃。有時她會去找老園丁班・韋德史達，可是他常常忙著工作，看都不看她一眼，有好幾次他的態度都很差；還有一次，他甚至在瑪莉走向他時就直接拿起鏟子轉身離開，好像故意要避開她的樣子。
瑪莉最常去的地方是花園圍牆外的狹長步道。步道兩側有荒蕪的花圃，牆上則爬滿了濃密的常春藤。其中有段圍牆比較矮，上面的常春藤特別繁茂，葉子的顏色也特別深，看起來似乎被忽視了很長一段時間。其他地方的枝葉都修剪得很整齊，只有那段圍牆完全沒有修剪過。
這段奇怪的圍牆是瑪莉在和班講過話的幾天後注意到的。她停下腳步，想著這裡爲什麼特別不一樣。她抬頭看著隨風搖曳的常春藤，突然間，她瞥見一抹豔紅的色澤，一聲美妙的啁啾接著竄進耳裡——班・韋德史達的紅胸知更鳥出現了。牠降落在圍牆頂端，小小的身體微微往前傾，歪著頭看著瑪莉。

「噢！是你嗎——是你嗎？」瑪莉放聲大喊，一點也不覺得自己對知更鳥講話很奇怪，好像很確定牠聽得懂，而且還會回答一樣。

知更鳥眞的回答了。牠發出啾啾的鳥鳴，沿著圍牆跳來跳去，彷彿在告訴她什麼事。雖然牠一個字也沒說，但瑪莉覺得自己好像聽得懂牠的話。牠似乎在說：

「早安呀！今天的風很棒吧？今天的陽光也很棒吧？一切的一切都很棒吧？讓我們一起唱歌跳舞吧！快來喲！」

瑪莉笑了起來，知更鳥有時沿著牆頭跳躍，有時小飛一下，瑪莉則在後面追著牠跑。原本體力不好、面有菜色、身材瘦削且相貌醜陋的瑪莉在這一刻看起來其實滿漂亮的。

「我喜歡你！我喜歡你！」她一邊大叫，一邊沿著步道奔跑，還不斷模仿鳥鳴聲，試著吹口哨，可是因爲不知道怎麼吹所以沒有成功。知更鳥似乎很滿意的樣子；牠用婉轉的鳥鳴回應瑪莉，然後張開翅膀飛到樹梢上放聲高歌。

這讓瑪莉想起第一次見到知更鳥的景象。那時牠也在樹梢上跳來跳去，她自己則站在果園裡；現在她位於果園另一邊，站在矮圍牆外的步道上，而牆內那棵樹跟她那天看到的一模一樣。

「裡面就是沒有人進得去的花園，」她自言自語地說。「裡面就是沒有門的花園。牠就住在這裡。眞希望我能進去看看裡面是什麼樣子！」

瑪莉沿著步道跑回第一天早上走進的那扇綠門，接著一路衝進另一扇門，抵達果園。她停下腳步往上看，就是圍牆另一邊的那棵樹沒錯，樹梢上的知更鳥剛唱完歌，正在用鳥喙整理羽毛。

「就是這個花園，」她說。「一定是。」

她沿著果園的圍牆走，仔細觀察牆面，但還是跟之前一樣沒有發現任何一扇門。她再次跑回菜園，來到覆蓋著濃密常春藤的圍牆前，然後沿著牆走到盡頭，小心翼翼地檢查，可是這裡也沒有門。

「真奇怪，」她說。「班．韋德史達說沒有門，而這裡也的確沒有門，但是克雷文先生十年前埋過鑰匙，所以一定有門才對。」

瑪莉不斷想著這件事，也開始覺得密蘇威特莊園很有趣，不再認為來到這裡是件很討厭的事。她在印度的時候總是覺得又熱又累，整個人無精打采，對什麼事都提不起勁；現在，清新的風從荒原上吹過來，把她腦袋裡的蜘蛛網吹走，讓她清醒了一點。

瑪莉幾乎整天都待在外面。等到夜幕低垂，坐在桌前準備吃晚餐時，她覺得又餓又暈，同時又有種舒服自在的感覺。她不再因為瑪莎嘰嘰喳喳地說個沒完感到不耐煩，反而變得喜歡聽她說話。她決定要問瑪莎一個問題。吃完晚餐後，她坐在壁爐前的地毯上問道：

「為什麼克雷文先生那麼討厭那座花園呢？」

瑪莉要求瑪莎留下來陪她，瑪莎立刻答應。她還很年輕，再加上以前都跟兄弟姊妹擠在小小的農舍裡，所以覺得樓下寬敞的傭人房很無聊，而且僕從和高級女傭還會聚在一起竊竊私語，取笑她的約克郡口音，認爲她是個無足輕重的普通人。瑪莎喜歡聊天，而眼前這個曾經住在印度被「黑人」服侍的奇怪小女孩讓她覺得很新奇，很有吸引力。

她不等瑪莉邀請便自動坐到壁爐前的地毯上。

「妳還在想那個花園兒嗎？」她說。「我就知道妳會這樣，就跟我第一次聽說那個花園兒的時候一樣。」

「他爲什麼那麼討厭那座花園啊？」瑪莉鍥而不捨地追問。

瑪莎盤起腿，好讓自己坐得更舒服一點。

「妳聽，呼嘯的風兒包圍了這棟房子，」她說。「今晚兒的風眞大，要是去荒原的話一定連站都站不穩兒。」

瑪莉原本不知道「呼嘯」是什麼意思，直到她側耳傾聽後才恍然大悟。「呼嘯」指的一定是那陣恐怖、空洞又不斷環繞著房子的呼喊聲，聽起來就像隱形的巨人正猛力捶打牆壁和窗戶，想要闖進屋子裡。不過她知道巨人一定進不來，這讓坐在房間裡烤著熊熊爐火的她覺得既安全又溫暖。

「但他爲什麼那麼討厭那座花園啊？」瑪莉聽完風聲後又問了一次。她想弄清楚瑪莎到底有沒有解答。

於是瑪莎把自己知道的全告訴瑪莉。

「妳要記得喔，」她說。「梅洛克太太說不可以提起這件事兒。這個地方有很多不可以提起的事兒，這是克雷文先生的命令，他說他的問題輪不到傭人兒來管。要不是因爲那座花園兒，他也不會變成現在這樣。那座花園兒是他們結婚後由克雷文太太一手打造的，她非常喜歡那座花園兒，他們倆總是親自打理園子裡的花草，不准園丁兒進去。他們每次進去後都會把門兒關上，一待就是好幾個小時兒，兩個人就這樣在裡面看書聊天兒。其實克雷文太太有點像小孩兒，當時花園兒裡有棵老樹，樹枝的形狀很像椅子，所以她就在旁邊種了很多玫瑰兒圍住樹枝，常常坐在那上面兒。可是有一次她坐在上面兒的時候，樹枝斷掉了，她摔了下來，傷得很重，第二天兒就死了。這就是克雷文先生討厭那座花園兒的原因。之後就再也沒有人進去過那裡，他也不准任何人提起這件事兒。」

瑪莉沒有再問下去。她看著跳躍的紅色火焰，聆聽風的「呼嘯」。風聲感覺好像比之前還要大聲。

就在這一刻，一件非常美好的事降臨在她身上。事實上，自從她來到密蘇威特莊園後已經發生了四件好事：她覺得自己了解了知更鳥，知更鳥也了解她；她在風中奔跑，直到體內的血液變得溫暖；她這輩子第一次以健康的方式感受到飢餓；現在她察覺到同理他人、為他人感到難過是什麼感覺。她正不斷進步，一點一點地長大。

在她專心聆聽風聲的時候，她開始聽見另外一種聲音。她不知道那是什麼聲音，起初她甚至無法分辨這種聲音和風聲有什麼差別。那個聲音很奇怪，聽起來像是有小孩在某個地方哭泣。雖然風聲有時真的很像小孩的哭聲，但這次瑪莉很確定，那個聲音就在房子裡，不是從外面傳來的。雖然聽起來很遙遠，但的確在房子裡沒錯。她轉頭看著瑪莎。

「妳有聽到有人在哭嗎？」她問道。

瑪莎立刻露出困惑的表情。

「沒有啊，」她回答。「是風兒吧，有時風兒聽起來就像有人在荒原兒上迷路、大聲哭喊。總之風兒能弄出各種千奇百怪的聲音。」

「可是，妳聽，」瑪莉說。「聲音在房子裡——是從其中一條長廊傳來的。」

就在這個時候，樓下的某扇門被打開了，一陣強大的氣流沿著走廊吹進房間，門被猛然吹開，讓她們倆嚇了一大跳。房裡的燭火瞬間熄滅，那陣哭聲隨著風飄進長廊，聽起來比之前更清楚。

「妳聽！」瑪莉說。「我就說吧！那是有人在哭的聲音——而且不是大人的聲音。」

瑪莎急忙跑去把門關好，匆匆上了鎖。在她關門之前，她們倆都聽見了遠處某條走廊裡的某扇門砰的一聲關上，接著一切陷入寂靜，連狂風都暫時停止「呼嘯」。

「那是風聲，」瑪莎頑固地說。「如果不是風聲，那就是廚房女傭貝蒂．巴特沃斯的聲音，她今天整天都在鬧牙痛。」

瑪莉直直盯著瑪莎，覺得她的行爲舉止有點詭異。她不相信瑪莎說的是眞話。

6 真的有人在哭——真的有！

第二天又下起了傾盆大雨。瑪莉望向窗外，灰色的雲霧籠罩著整片荒原，幾乎什麼都看不見。她今天沒辦法去外面了。

「這種天氣你們都在農舍裡做什麼？」她問瑪莎。

「大多時候都在努力不被別人兒踩到。」瑪莎回答。「哎！我們家的人兒眞的很多呢，我媽媽脾氣兒很好，但還是常常擔心這兒、擔心那兒的。年紀比較大的孩子會在這種天氣跑去牛棚玩兒，不過迪肯一點兒也不在意被淋濕，所以還是會跟出太陽時一樣跑出去玩兒。他說下雨的時候可以看到好天氣時看不到的東西。有一次，他在一個洞兒裡發現一隻差點淹死的小狐狸，他把小狐狸裹在衣服裡保暖，就這樣抱回家兒。小狐狸的媽媽在洞兒附近被殺死了，現在那隻小狐狸被他養在家裡。還有一次，他找到一隻差點兒淹死的小烏鴉，一樣把牠帶回家兒馴服。因爲牠全身黑漆漆的，所以取名叫煤灰，整天跟在迪肯身邊兒又飛又跳。」

瑪莉完全忘了要對瑪莎無禮又放肆的說話方式生氣。她開始覺得聽她講話很有趣，有時甚至會因爲瑪莎停下來或離開而感到失望。以前住在印度的時候，保母說的故事跟瑪莎說的很不一樣。瑪莎的故事發生在荒原的一座小農舍裡，裡面住了十四個人，他們擠在四個房間裡，永遠沒有足夠的東西吃。農舍裡的孩子就像一群天性善良又調皮的柯利牧羊犬，不但會自己跟自己玩，還會到處打滾。最吸引瑪莉的是瑪莎的媽媽和弟弟迪肯，在瑪莎的故事中，「媽媽」說的話、做的事聽起來總有種溫暖又舒服的感覺。

「要是我也有一隻烏鴉或小狐狸的話，我就可以跟牠們玩了，」瑪莉說。「但是我什麼都沒有。」

瑪莎露出困惑的表情。

「妳會織毛線兒嗎？」她問道。

「不會。」瑪莉回答。

「妳會縫衣服兒嗎？」

「不會。」

「妳會讀書兒嗎？」

「會。」

「那妳爲什麼不讀點書兒或是學寫字兒呢？妳已經夠大了，可以學著讀書兒了。」

「我沒有書，」瑪莉說。「我的書都留在印度了。」

「眞可惜，」瑪莎說。「要是梅洛克太太准妳進圖書室兒就好了，圖書室兒裡有好幾千本書兒呢。」

瑪莉沒有問她圖書室在哪裡，因爲她突然靈光一閃，想到一個好點子——她決定要自己尋找圖書室。她完全不擔心梅洛克太太，因爲梅洛克太太總是待在樓下舒適的管家起居室裡。在這個奇怪的地方，你很少有機會看到其他人，事實上你能看到的只有傭人而已。只要克雷文先生出遠門，傭人就可以在樓下過著奢華的生活。他們有一間巨大的傭人房，還有一間掛滿閃亮銅器和白鑞器皿的大廚房，每天都有四到五頓豐富的餐點可享用。梅洛克太太不在的時候，他們就會盡情地嬉鬧玩樂。

除了廚房每天按時供應瑪莉的飲食、由瑪莎負責服侍她之外，沒有人會多爲她費一絲心力。雖然梅洛克太太每隔一、兩天就會來看看她，但是不會有人關心她做了什麼，或是告訴她該做什麼。瑪莉猜想，也許這就是英國人照顧小孩的方式吧。在印度的時候，負責服侍她的保母總是跟在她後面，無微不至地照顧她，她經常覺得保母的陪伴很煩。現在再也不會有人一直跟著她了。每當她要瑪莎把東西拿給她或是幫她穿衣服的時候，瑪莎的表情就好像覺得她又笨又蠢一樣，所以瑪莉學會了自己穿衣服。

有一次，瑪莉呆呆站著等瑪莎幫忙戴手套，瑪莎就說：「妳有缺手缺腳嗎？我們家才四歲兒的蘇珊·安比妳精明多了。有時妳看起來眞像腦袋兒裡裝水泥兒。」

瑪莎的話讓瑪莉臭著一張彆扭的小臉，整整氣了一個小時，不過這也讓她開始思考一些自己從來沒想過的事。

這天早上，瑪莎掃完壁爐前的地毯後就下樓了。瑪莉在窗前站了十分鐘，思索她在聽到圖書室時冒出的鬼點子。其實她不太在意圖書室裡有什麼，畢竟她讀過的書非常少；可是一聽到圖書室，就讓她想起一百個上鎖的房間。她想知道是不是眞的所有門都鎖上了？說不定有幾個房間進得去，進去後不知道能找到什麼？這裡眞的有一百個房間嗎？或許她可以去算算看有幾扇門？這樣在這個不能外出的早晨就有事可以做了。以前從來沒有人教過她做事前要得到他人許可，她對「許可」這兩個字一無所知，所以就算遇到梅洛克太太，瑪莉也不會想到要詢問她是否可以在房子裡閒晃。

她打開房門踏進走廊，展開這場「閒晃之旅」。這條走廊很長，一路上還分岔成更多條走廊。瑪莉沿著走廊前進，步上一小段階梯，進入另一條走廊。走廊兩側嵌著無數道房門，牆上還掛著很多畫，大部分都是肖像畫，只有少數是陰鬱詭異的風景畫，畫作上的男男女女都穿著奇怪又華麗的綢緞或天鵝絨服飾。接著，她轉進了另一條長長的迴廊，牆上掛著更多肖像畫。她沒想到一棟房子裡竟然有這麼多幅畫。她一邊慢慢往前走，一邊盯著畫作上的臉孔，那些臉孔也回望著她。她覺得那些人似乎在想：「這個印度來的小女孩在我們家裡幹嘛啊？」其中有些畫像主角是小孩子，小女孩都穿著長到腳邊的厚重緞面洋裝，看起來格外醒目；小男孩則都留著長髮，不是脖子上圍著大大的輪狀皺褶領，就是衣服上有燈籠袖和蕾絲衣領。只要遇到小孩的畫像，瑪莉就會停下腳步細看，猜想他們的名字、他們去了哪裡，還有他們爲什麼要穿這麼奇怪的衣服。有幅畫作上畫著一位肢體僵硬、相貌平凡的女孩，看起來跟她很像。女孩穿著綠色的錦緞洋裝，手指上站著一隻綠鸚鵡，眼神充滿好奇和靈性。

「妳現在住在哪裡呢？」瑪莉大聲地對她說。「眞希望妳也在這裡。」

世界上沒有任何一個小女孩會像瑪莉一樣用這麼詭異的方式度過早晨時光，好像在這棟格局凌亂的大房子裡除了她之外，一個人也沒有。瑪莉到處遊蕩，一會上樓、一會下樓，慢慢走過狹窄的走道和寬敞的長廊，她覺得自己大概是唯一一個走過這些地方的人了。照理來說，設計了這麼多房間，應該要有人住才對，可是每個房間好像都空蕩蕩的，這讓瑪莉覺得很不可思議。

一直到走上二樓後，瑪莉才想到要去轉動門把。雖然所有門都像梅洛克太太說的一樣關著，她還是握住其中一扇門的門把，試著轉轉看，沒想到居然毫不費力地轉開了。她輕輕推了一下，門便以沉重的方式緩緩敞開，讓她嚇了一跳。這扇門很大，門後有個寬敞的房間，房間牆上有精緻的刺繡掛飾，裡面擺了很多綴有鑲嵌圖案的家具，跟她在印度看到的很像。一扇大大的鉛條玻璃窗正對著荒原，壁爐上方則掛著那位肢體僵硬、相貌平凡的小女孩的另一幅畫像。她看著瑪莉的眼神似乎比剛才更好奇了。

「說不定她以前住過這裡，」瑪莉喃喃自語地說。「她這樣盯著讓我覺得好不自在。」

之後瑪莉打開了更多、更多的門。她看了太多房間，開始覺得有點累，心裡不禁暗想，雖然她沒有算，但這裡絕對有超過一百個房間。每個房間裡都掛有詭異的畫作或壁毯，而且幾乎所有房間都擺滿了各式各樣稀奇古怪的家具和裝飾品。

其中一個看起來像是女性起居室的房間牆上掛滿了織錦壁毯，櫃子裡還擺放著上百隻用象牙雕刻成的大象，每隻大小都不太一樣，有些特別大隻，有些又小得像象寶寶，還有些馱著象夫或轎子。瑪莉曾在印度看過象牙雕刻品，也很了解有關大象的知識。她打開櫃子的門，站上小凳子，跟這些象牙大象玩了好久。等到玩累了，她就把大象依序排好，然後關上櫃子的門。

瑪莉在長廊和空蕩蕩的房間裡四處漫遊了這麼久，一個活物也沒看到，可是這個房間不一樣。就在她關上櫃子門的時候，突然聽見一陣窸窸窣窣的聲音。她嚇了一大跳，轉頭看向壁爐旁的沙發，聲音似乎是從那裡傳出來的。沙發上擺了一個抱枕，抱枕表面的天鵝絨布上有個小洞，洞裡隱約探出一張小小的臉和一雙驚恐的眼睛。

瑪莉躡手躡腳地靠近沙發。原來是一隻有著閃亮雙眼的灰色小老鼠。牠咬破抱枕，在裡面打造了一個舒服的窩，窩裡有六隻老鼠寶寶正依偎在牠身旁睡覺。如果這一百個房間裡眞的一個人也沒有，至少這裡還有七隻互相作伴的小老鼠。

「要不是牠們這麼害怕，我就把牠們帶回去了。」瑪莉自言自語地說。

她在房子裡閒晃了很久，覺得有點累，不想再繼續探險，於是便往回走。她有好幾次都轉進錯的走廊迷路了，只好上上下下、來來回回不斷亂闖，試著想找到對的走廊；最後她終於回到自己住的那層樓，可是離她的房間還有一段路，而且她不太確定自己到底在哪裡。

「我一定又轉錯彎了，」瑪莉動也不動地站在短走道盡頭，看著牆上的壁毯說。「不知道要往哪裡走才對……這裡實在太安靜了！」

話才剛說完，屋裡就傳來一陣聲響，劃破深沉的寂靜。那是哭聲，可是跟她昨晚聽到的不太一樣，現在的哭聲比較急促，是一種暴躁又孩子氣的嗚咽聲，因爲隔著牆壁，所以聲音有點模糊。

「聽起來比之前更近，」瑪莉的心跳得好快。「這絕對是哭聲沒錯。」

就在這個時候，她的手不小心碰到壁毯，害她整個人嚇得往後彈。這張壁毯後面藏著一扇門，門因爲她的觸碰而敞開，露出後方的祕密通道。梅洛克太太手裡拿著一大串鑰匙，正從通道那頭走過來，臉色非常不悅。

「妳在這裡幹嘛？」她抓住瑪莉的手臂，把她從門邊拉開。「我是怎麼跟妳說的？」

「我轉錯彎了，」瑪莉急忙解釋。「我不知道要走哪邊才對，而且我還聽到了哭聲。」

這一刻，她覺得梅洛克太太好討厭，沒想到下一秒她變得更討厭了。

「妳什麼都沒聽到，」梅洛克太太說。「現在馬上回去兒童房，不然我就要打妳耳光了。」

她抓著瑪莉的手臂，一路半推半拖地往前走，經過一條又一條的走道，最後把她推進房間裡。

「妳給我聽好，」梅洛克太太說。「乖乖待在我叫妳待的地方，不然我就把妳鎖在房間裡。哎，我看老爺最好還是說到做到，幫妳請一位家庭女教師。妳這種小孩就是要有人緊緊盯著、好好照顧才行。我要做的事已經夠多了。」

梅洛克太太說完便走出房間，用力把門甩上。瑪莉坐在壁爐前的地毯上氣得臉色發白。她沒有哭，只是咬牙切齒地說：

「真的有人在哭——真的有——真的有！」

她已經聽到過兩次了，總有一天她會找出真相的。今天早上她就發現了不少東西。她覺得自己好像經歷了一場漫長的旅行，不但和象牙大象玩了好久，還在天鵝絨抱枕裡看到了灰色的小老鼠和老鼠寶寶。不管怎樣，至少她找到可以用來打發時間的事了。

7 花園的鑰匙

兩天後的早晨，瑪莉一睜開眼就立刻從床上坐起來，大喊瑪莎的名字。

「妳看荒原！妳看荒原！」

暴風雨已經結束了，夜晚的風掃盡了灰色的霧靄和雲翳，風勢減弱，明亮的深藍色天空高高地懸掛在荒原上。瑪莉從來、從來沒有想過天空可以這麼藍。印度的天空總是充滿炎熾的熱氣、非常刺眼，而這裡的天空是一種幽邃清冷的藍，幾乎就像深不見底的美麗湖水一樣閃著粼粼微光。宛如羊毛般的雪白小雲朵在高高的藍色穹頂上隨風飄散，荒原上那片遙遠的世界變成了柔軟的藍，陰鬱的黑紫色和枯燥乏味的灰色都不見了。

「哎，」瑪莎開心地露齒而笑。「暴風雨兒已經結束了，每年兒這個時候，荒原兒都是這樣。暴風雨兒總是在一夜之間消失得無影無蹤，假裝自己從來沒出現過兒。這是因為春天兒要來了。雖然還有一段時間兒，但春天兒已經在路上啦。」

「我以為只有英國會一直下雨，或是看起來灰灰暗暗的。」瑪莉說。

「哎，才不是呢！」瑪莎跪坐著直起身，旁邊放了一堆黑色的鉛製壁爐刷。「壓根兒沒這回事兒！」

「那是什麼意思啊？」瑪莉認真地問。她知道印度人會說各式各樣的方言，而且很少人聽得懂，所以當瑪莎說出她不懂的字時，她並不意外。

瑪莎笑了，那個笑容跟她第一天早上的笑容一模一樣。

「糟糕，」她說。「我又用很重的約克郡口音講話了。梅洛克太太要我不能這樣講話。『壓根兒沒這回事兒』的意思是『根本不是那樣』，」瑪莎慢條斯理地仔細解釋。「可是不用約克郡口音講話真的很麻煩。總之在好天氣的時候，約克郡是世界上最晴朗的地方，我早就跟妳說過妳會慢慢喜歡上荒原兒的。荒原兒上會開滿整片金色的荊豆花兒和金雀花兒，石楠灌木也會開出像鈴鐺兒似的紫色小花兒，上百隻的蝴蝶兒翩翩飛舞，蜜蜂嗡嗡叫，雲雀在天空中翱翔高歌兒，到時候妳就知道了。妳一定會想在太陽剛出來時就去荒原兒，然後整天待在那兒，就跟我們家迪肯一樣。」

「我有辦法去荒原嗎？」瑪莉滿懷渴望，感傷地說。她透過窗戶望著那片遙遠、絕美的藍天，看起來好清新、好遼闊、好美好。

「不知道耶，」瑪莎回答。「在我看來，妳從出生後就沒有好好用過那雙腿兒。從莊園兒到我家農舍要走八公里，妳應該走不了八公里。」

「我想看看妳家的農舍。」

瑪莎好奇地看了她一眼，接著拿起拋光刷繼續刷爐架。這一刻，她覺得瑪莉那張平凡的小臉看起來有點像蘇珊·安極度渴望什麼東西的樣子，不像第一天早上那麼討人厭了。

「我會幫妳問問看我媽，」瑪莎說。「她幾乎每次兒都能找出解決問題的辦法兒。今天是我的外出日，我要回家了。哎，真開心！梅洛克太太滿喜歡我媽媽的，或許她可以跟她說說看。」

「我喜歡妳媽媽。」瑪莉說。

「我也覺得妳會喜歡她。」瑪莎邊說邊擦拭爐架。

「可是我沒見過她。」瑪莉說。

「對，妳沒見過她。」瑪莎回答。

她再次坐直身體，用手背揉揉鼻尖，似乎疑惑了一下，接著又露出樂觀的表情。

「嗯，她很聰明兒，總是努力工作，個性善良、溫柔又愛乾淨兒，大家都很喜歡她，不管有沒有見過她都一樣。每次外出日回家，走過荒原兒的時候，一想到能看到她，我都高興得蹦蹦跳跳呢。」

「我也喜歡迪肯，」瑪莉又說。「但我也沒見過他。」

「這個嘛，」瑪莎直率地說。「我跟妳說過啦，小鳥兒、小兔兒、野綿羊兒、小馬兒和小狐狸都喜歡他。我在想……」瑪莎看著她沉思。「不知道迪肯會覺得妳怎麼樣？」

「他不會喜歡我的，」瑪莉的語氣流露出她一貫的冰冷和生硬。「沒有人喜歡我。」

「那妳喜歡妳自己嗎？」瑪莎聽起來似乎真的很好奇，很想知道她的答案。

瑪莉猶豫了一下，認真思考這個問題。

「一點也不喜歡——真的，」她回答。「但我之前從來沒想過這件事。」

瑪莎嘴角揚起一抹微笑，彷彿她們談的是一些生活瑣事。

「我媽曾跟我聊過這個，」她說。「當時她正在洗衣服，我很生氣地跟她說了一些人兒的壞話兒，她轉過身兒對我說：『妳這個小潑婦兒，就是妳！站在那兒說不喜歡這個人兒、不喜歡那個人兒，那妳喜歡妳自個兒嗎？』我馬上笑了出來，她的話讓我瞬間恢復冷靜。」

瑪莎伺候瑪莉吃完早餐後便興高采烈地離開了。她要走過八公里的荒原回到農舍，幫她母親洗衣服、烘焙，準備下週的食物，好好享受回家的時光。

瑪莉意識到瑪莎已經不在屋裡，心中頓時湧起前所未有的寂寞。她用最快的速度衝進園林，繞著噴水池花園一圈又一圈地跑，跑了整整十圈。她仔細算著圈數，覺得跑完後心情比較好一點了。整座花園在陽光的照耀下變得截然不同。又高又深邃的藍色蒼穹橫跨在密蘇威特與荒原之上，瑪莉抬起頭望著天空，想像自己躺在一小片雪白雲朵上飄浮的感覺。她走進第一座果菜園，班．韋德史達和另外兩個園丁正在裡面工作。天氣變化似乎對班產生了正面的影響，因為他竟然主動跟瑪莉說話。

「春天兒來了，」他說。「妳聞到了嗎？」

瑪莉嗅了嗅，覺得自己聞到了。

「我聞到新鮮又潮濕的味道，很好聞。」她說。

「那是肥沃土壤兒的味道，」班繼續挖土。「大地心情兒很好，準備要長點兒東西啦。種植季節的來臨讓大地很高興兒。冬天啥兒都沒得長，讓大地覺得很無聊兒。外頭花園兒裡的生命正蠢蠢兒欲動，在黑暗的地底下慢慢滋長。現在陽光曬得園子暖暖的，妳會看到綠色的小嫩芽兒從黑色的土壤兒裡冒出頭來。」

「嫩芽會變成什麼呢？」瑪莉問。

「番紅花兒、雪花蓮和黃水仙兒。妳沒看過這些花兒嗎？」

「沒有，印度又濕又熱，而且下雨後會變得綠綠的，」瑪莉說。「我以為東西都是一夜之間長出來的。」

「東西不會一夜之間長出來兒，」班說。「妳要耐心等待。它們會在這兒冒出一點兒、那兒探出一點兒，今天兒展開一片葉兒，明天兒又一片兒。妳要仔細觀察才行。」

「我會好好觀察的。」瑪莉說。

過沒多久，一陣輕柔的振翅聲再度響起，她馬上就知道是知更鳥來了。牠活力充沛地在她腳邊蹦蹦跳跳，害羞地歪頭看著她。瑪莉忍不住問韋德史達：

「你覺得牠記得我嗎？」

「記得妳！」班忿忿不平地說。「牠認識花園兒裡每一顆高麗菜的菜心兒呢，更別說是人兒啦！牠以前從來沒看過小女生，所以想好好了解妳。在牠面前，妳不需要隱瞞任何事兒。」

「牠住的花園也會有東西在黑暗的地底下滋長嗎？」瑪莉問。

「什麼花園兒？」班咕噥了一聲，態度又變得很惡劣。

「裡面那個有老玫瑰樹的花園啊，」瑪莉忍不住追問下去。她太想知道有關祕密花園的事了。「花都死光了嗎？還是有一些會在夏天活過來呢？現在還有玫瑰花嗎？」

「妳問牠啊，」班聳聳肩，要瑪莉去問知更鳥。「牠是唯一知道的傢伙兒。除了牠以外，這十年來都沒有人進去過兒。」

瑪莉心想，十年眞的很久。她就是在十年前出生的。

她一邊散步，一邊慢慢思考。她開始喜歡那座花園了，就像她開始喜歡知更鳥、迪肯和瑪莎的母親一樣。她也開始喜歡瑪莎了。她以前很少喜歡別人，一下子出現這麼多讓她喜歡的人（知更鳥也算），讓她覺得不太習慣。她走到圍牆外的那條步道，看見爬滿常春藤的牆頭後方露出熟悉的樹梢。當她第二次繞回這裡時，發生了一件極其有趣又令人興奮的事，而這件事的起因就是班・韋德史達的知更鳥。

瑪莉聽見一聲歡快的鳥鳴，接著轉頭望向左側那片光禿禿的花圃。知更鳥在花圃上跳來跳去，裝出一副正在啄土的樣子，想讓瑪莉以爲牠沒有跟蹤她。可是瑪莉知道牠就是在跟蹤她，這讓她又驚又喜，激動到差點發抖。

「你眞的記得我！」她放聲大喊。「你記得！你是全世界最漂亮的小傢伙！」

瑪莉一邊學鳥叫，一邊說話，不斷哄著知更鳥，知更鳥則一邊蹦蹦跳跳、擺動尾巴，一邊啁啾鳴叫，就像在講話一樣。牠挺起小小的胸膛，豔紅色背心宛如絲緞般美麗光滑，雄糾糾的模樣彷彿在對她宣告一隻知更鳥有多重要、可以多像人類。瑪莉越靠越近，知更鳥也沒有躲開，她彎下腰對牠說話，試著發出知更鳥的叫聲；這一刻，她完全忘了自己曾經是「彆扭的瑪莉小姐」。

噢！知更鳥竟然願意讓她靠這麼近！牠知道瑪莉絕對不會伸手抓牠，或是讓牠受半點驚嚇。牠之所以知道，是因爲牠形同眞正的人，唯一不同的地方在於牠比世界上其他任何人更好。瑪莉開心到幾乎不敢呼吸。

其實花圃不算全然荒蕪。雖然上面的多年生草本植物都爲了冬季休耕而修剪殆盡，一朵花也沒有，但花圃後方還有些高高低低的灌木叢。知更鳥在灌木叢下面跳來跳去，瑪莉看著牠跳到新翻起的小土堆上尋找小蟲。那堆土是前陣子有隻狗爲了抓鼴鼠挖出來的，旁邊還留了一個頗深的洞。

瑪莉看著土堆，不太清楚那裡爲什麼有個洞。她發現那堆新翻出來的土壤裡有個東西，好像是生鏽的鐵環或銅環。這時，知更鳥飛到旁邊的樹上，她伸手撿起金屬環。然而那不只是個金屬環，而是一把老舊的鑰匙，看起來埋在土裡很久了。

瑪莉站了起來，滿臉驚恐地看著掛在手指上的鑰匙。

「也許這把鑰匙已經埋了十年……」她輕聲說。「也許這就是那座花園的鑰匙！」

8 引路的知更鳥

瑪莉盯著鑰匙看了很久。她不停把玩著鑰匙，在手裡翻過來又翻過去，同時不斷思考花園的事。正如先前所述，從來沒有人教過她做事前要先取得許可或徵詢大人的意見。她滿腦子只想著這把鑰匙會不會就是通往祕密花園的那一把？如果她能找到門的話，或許就能打開門一窺牆內的世界，看看老玫瑰樹現在怎麼樣了。那座花園已經封閉太久太久，她眞的很想一探究竟。她覺得那裡一定跟其他地方截然不同，而且過去十年間一定發生過一些怪事。除此之外，要是她找到了那扇門，她就可以每天隨心所欲地跑進去、關上門，發明一些屬於她的小遊戲，自己跟自己玩，沒有人會知道她在那裡。大家會以爲那座花園的門依舊深鎖，鑰匙仍埋在土裡。這個想法讓她非常開心。

她一個人在這棟大房子裡生活，陪著她的是一百個房門緊閉的神祕房間，沒有任何娛樂消遣。沉悶的現實讓她快生鏽的腦袋開始運轉，喚醒了她的想像力；荒原上新鮮純淨的空氣爲她帶來很棒的影響，讓她胃口大開；對抗狂風的運動不僅刺激了她體內的血液循環，也活絡了她的思緒。她在印度時總是因爲天氣太熱，導致腦袋昏沉、身體虛弱，沒有多餘的力氣在意其他事，但密蘇威特莊園讓她開始在意新的人事物，想做些以前沒做過的事。不知道爲什麼，瑪莉覺得自己不再那麼「彆扭」了。

她把鑰匙放進口袋裡，繼續來回散步。除了她以外，似乎沒有人會來這裡，所以她可以一邊慢慢走，一邊觀察圍牆，或者更確切地說，觀察圍牆上的常春藤。常春藤是一大阻礙，不管她多仔細地看，都只能看見厚實光滑的深綠色葉片，讓她覺得非常沮喪。彆扭的感覺又回來了。她沿著步道走來走去，越過牆頂望向樹梢，然後自言自語地說，眞蠢，明明近在眼前，卻沒辦法進去。她帶著口袋裡的鑰匙回到房子裡，決定以後出門都要帶著這把鑰匙，這樣只要她找到藏起來的門，就能立刻打開那道鎖。

梅洛克太太允許瑪莎在農舍裡住一晚。隔天早上她回到莊園時神采奕奕，臉頰染著前所未有的紅潤。

「我四點就起床兒囉，」瑪莎說。「哎！清晨的荒原兒眞美，鳥兒剛醒來，兔兒到處跳來跳去，太陽兒緩緩升起。我在回來兒的路上碰到一個駕著馬車的人，他載了我一程兒，所以我不是走回來兒的。我過得很開心兒喔。」

瑪莎度過了一個愉快的外出日，有好多故事可以說。她的母親見到她非常高興，母女倆一起烘焙、打掃家裡。她還替家裡每個孩子各做了一個加了少量紅糖的小蛋糕。

「他們從荒原兒玩回來的時候，我已經準備好熱騰騰的蛋糕兒了。整座農舍瀰漫著又香又甜的烤蛋糕味兒，暖呼呼的火也生好了。他們全都開心地大叫。我們家的迪肯說，我們的農舍好到足以讓國王來住兒了。」

到了傍晚，他們圍坐在爐火邊，瑪莎和她母親一起縫補破洞的衣服和襪子。瑪莎告訴弟妹有關印度來的小女孩的故事：她的生活都被瑪莎口中的「黑人」照顧得好好的，好到她連自己穿襪子都不會。

「哎！他們很喜歡聽妳的故事兒呢，」瑪莎說。「他們想知道黑人跟妳坐船兒過來的事兒，怎麼聽都聽不過癮兒。」

瑪莉想了一下。

「我可以在妳下次外出日之前告訴妳其他事，」她說。「這樣妳就有更多故事可以講給他們聽了。我敢說他們一定很喜歡聽騎大象、騎駱駝還有軍官獵老虎的故事。」

「我的天兒啊！」瑪莎開心地大喊。「這一定會讓他們耳目一新兒。眞的可以嗎，小姐？我們聽說約克郡之前辦了一場野獸表演兒，妳說的簡直跟那場表演兒一模一樣。」

「印度跟約克郡很不一樣，」瑪莉一邊慢慢說，一邊理清思緒。「我從來沒想過這件事。迪肯跟妳媽媽都喜歡聽妳講我的故事嗎？」

「當然啊！我們家迪肯的眼睛兒睜得好大，眼珠兒都快掉出來啦，」瑪莎回答。「不過我媽媽很在意妳似乎總是一個人兒，她說：『克雷文先生沒有替她請個保母或家庭女教師嗎？』我說：『對，完全沒有。雖然梅洛克太太說他想到的時候就會請，但也說他可能兩、三年後才會想到這件事兒。』」

「我不想要家庭女教師。」瑪莉激動地說。

「但媽媽說妳現在應該要學著讀書兒，應該要有個女人兒來照顧妳。她還說：『瑪莎，妳想想看，假如妳一個人兒孤孤單單地住在那麼大的地方，又失去了媽媽，妳會有什麼感覺？妳要盡妳所能讓她開心兒起來。』我答應她我會的。」

瑪莉靜靜地看著瑪莎，看了好久好久。

「妳讓我覺得很開心，」她終於開口。「我喜歡聽妳說話。」

瑪莉才剛說完，瑪莎就突然走出房間，回來的時候手放在圍裙下，好像藏了什麼東西。

「怎麼樣？」瑪莎露出一個快樂的笑容。「我帶了一個禮物給妳喔。」

「禮物！」瑪莉驚訝地大叫。他們家的農舍裡擠滿了十四個挨餓的人，怎麼還有辦法送禮物呢！

「昨天有個沿路叫賣的人經過荒原兒，」瑪莎解釋。「他在我們家門前兒停下馬車，想賣一些鍋子和雜貨兒，但媽媽沒有錢兒買。他要離開的時候，我們家的伊莉莎白．艾倫大喊：『媽媽，他有一條紅藍把手的跳繩兒！』媽媽突然高聲兒說：『等等，先生！跳繩兒要多少錢兒？』他說：『兩便士。』媽媽一邊摸索著口袋兒，一邊告訴我：『瑪莎，妳是個乖孩子，總是把薪水兒交給我，雖然我們家很需要用錢兒，但我決定要拿出兩便士，幫那孩子買條跳繩兒。』所以她就買了。我把跳繩兒帶來啦。」

她把跳繩從圍裙底下抽出來，驕傲地拿給瑪莉看。跳繩又細又強韌，兩端的把手上綴有紅藍相間的條紋。瑪莉一臉疑惑地盯著跳繩。她之前從來沒看過這種玩具。

「這要用來幹嘛？」她好奇地問。

「用來幹嘛！」瑪莎大叫。「妳的意思是印度沒有跳繩兒，只有大象、老虎和駱駝嗎？難怪他們大多都是黑人兒。我跳給妳看。」

她跑到房間中央，兩手各抓住一邊把手，開始不斷地跳、跳、跳。瑪莉坐在椅子上看著瑪莎，老畫作裡的古怪臉孔似乎也直盯著她，好像在想，爲什麼這個農舍來的傢伙敢厚著臉皮在他們面前跳繩？不過瑪莎根本沒注意到他們。瑪莉臉上流露出來的興趣和好奇讓她覺得很高興。她一邊跳，一邊數，一直數到一百才停下來。

「我以前可以跳更久呢，」瑪莎停下來說。「我十二歲兒的時候曾跳到五百下過，但我那時常常練習，也沒有現在這麼胖兒。」

瑪莉興奮地從椅子上站起來。

「看起來很好玩，」她說。「妳媽媽眞是個好人。妳覺得我能跳得跟妳一樣好嗎？」

「試試看就知道啦，」瑪莎把跳繩遞給她，鼓勵地說。「一開始一定沒辦法跳到一百下，但是只要多練習，就可以越跳越多下。這是我媽媽告訴我的。她還說：『對她來說，沒有什麼比跳繩兒更好了，這是最適合小孩兒的玩具。在新鮮的空氣裡跳繩兒可以讓她舒展手腳，變得更強壯。』」

瑪莉剛開始跳繩的時候，手腳看起來都軟趴趴的、沒什麼力氣，可是她很喜歡跳繩，所以不想放棄。

「穿上衣服，去外面跳繩兒吧，」瑪莎說。「媽媽交代我要叫妳盡量到戶外兒去，就算下毛毛雨的時候也是，只要穿暖一點兒就可以出去了。」

瑪莉穿上外套、戴上帽子，把跳繩掛在手臂上。當她打開門準備出去的時候，她突然想起一件事，於是又慢慢地轉過身。

「瑪莎，那是妳的薪水，兩便士其實是妳出的。謝謝妳。」瑪莉還不習慣向別人道謝，或是注意到別人對她的付出，所以說話的語氣很僵硬，「謝謝。」她不知道該怎麼做，只好對瑪莎伸出手。

瑪莎有點笨拙地回握住瑪莉的手，似乎也不太習慣這種事。她忍不住笑了出來。

「哎！這好像奇怪的老太太會做的事兒，」瑪莎說。「我們家的伊莉莎白．艾倫道謝兒時會親我一下呢。」

瑪莉看起來比之前更僵硬了。

「那妳要我親妳一下嗎？」

瑪莎再次放聲大笑。

「免啦，別親我，」她回答。「如果妳不是這種個性兒的話，可能就會想親我，但妳就是這種個性兒。快去外面玩妳的跳繩兒吧。」

瑪莉走出房間時覺得有點尷尬。約克郡的人好像都怪怪的。對她來說，瑪莎就好像永遠解不開的謎團。她一開始很不喜歡瑪莎，但現在那種厭惡感已經消失了。

跳繩是很棒的玩具。瑪莉邊算邊跳、邊跳邊算，直到臉頰熱得發紅爲止。自出生以來，她從來沒有對什麼事這麼感興趣過。太陽閃閃發光，微風輕輕吹拂（不是狂風，而是令人愉快的微風），捎來了新鮮土壤的氣味。她沿著噴水池花園跳了一圈，從這條小路跳過去，又從另一條小路跳回來，最後跳進了果菜園裡。班．韋德史達正在園子裡一邊挖土，一邊跟知更鳥說話，知更鳥則在繞著他蹦蹦跳跳。瑪莉沿著小徑往他那裡跳去，他抬起頭，一臉好奇地看著她。其實她剛才一直在想，不知道班會不會注意到她？她眞的很希望他看到她跳繩。

「哇！」班大聲驚呼。「我的老天兒！妳還眞有可能是個小孩兒，血管裡流的眞的是小孩兒的血，不是發酸的牛奶。妳紅紅的臉頰兒是眞的，就跟我叫班・韋德史達一樣眞。我之前根本不相信妳會玩兒這個。」

「我以前沒跳過跳繩，」瑪莉說。「我才剛學會而已，現在只能跳二十下。」

「妳會越來越厲害的，」班說。「跳繩兒能鍛鍊年輕人兒的身體，更何況妳以前還跟未開化的人兒住在一起。妳看牠盯著妳的樣子，」他用頭指指知更鳥，「牠昨天一直跟著妳，今天也會跟著妳，牠一定會弄清楚跳繩兒是什麼東西。牠以前沒見過跳繩兒。哈！」他對著知更鳥搖搖頭。「如果你不小心點兒，總有一天會被自個兒的好奇心害死。」

瑪莉繞著花園和果園跳了幾圈，每隔幾分鐘就休息一下。她跳了好久，最後終於抵達那條專屬於她的步道。她決定要試試看自己能不能沿著圍牆從頭跳到尾。路程很長，她跳得很慢，後來因爲太熱又太喘，所以還跳不到一半就不得不停下來。瑪莉不太介意自己跳不到一半，因爲她已經數到三十下，比之前的二十下還多。她停下腳步，開心地笑了起來。看！知更鳥正站在長長的常春藤蔓上隨風擺盪呢！牠又在跟蹤她了。知更鳥輕輕地叫了一聲，向瑪莉打招呼。她往知更鳥的方向跳去，每跳一步，口袋裡某個沉甸甸的東西就跟著震一下。她看到知更鳥時又笑了出來。

「昨天你帶我找到鑰匙，」她說。「今天你應該要帶我找到那扇門吧？不過……我不相信你知道門在哪裡！」

知更鳥拍拍翅膀，從搖曳的常春藤蔓上飛到牆頂，張開鳥喙發出美妙又響亮的顫音，好像在炫耀一樣。知更鳥無時無刻都在炫耀，而世界上再也沒有比炫耀的知更鳥更可愛的東西了。

瑪莉以前經常聽保母提起很多關於魔法的故事。她後來總是說，那一刻發生的一切就是魔法。

就在這個時候，一陣舒服的風沿著步道吹來。那陣風比其他的風還要強，強到樹木枝椏跟著搖晃，牆上未曾修剪過的雜亂常春藤蔓也跟著擺盪。瑪莉一步步走向知更鳥，突然間，一陣風吹開了懸掛在前方的鬆散藤蔓，她立刻往前跳，緊緊抓住其中一條藤枝，因爲她瞥見了藤蔓底下的東西——一個被葉子遮住的球狀物。那是門把。

瑪莉把手伸到葉子下面，努力撥開藤蔓。雖然常春藤長得很濃密，但絕大多數都鬆散地垂掛著，只有一小部分攀爬在木頭和鐵片上。瑪莉的心撲通撲通地狂跳，雙手也因爲愉悅和興奮而微微顫抖。知更鳥歪著頭繼續啁啾鳴叫，彷彿跟瑪莉一樣興奮。她摸到的那片正方形鐵製品到底是什麼？上面那個洞又是什麼？

那是封閉了十年的鎖孔。瑪莉把手伸進口袋裡，拿出鑰匙，發現鑰匙和鎖孔的形狀完全吻合。她把鑰匙插進去，轉動門把。雖然要用兩隻手才轉得動，但她還是成功轉開了。

瑪莉深吸了一口氣，轉頭觀察長長的步道上有沒有人影。一個人也沒有。這裡似乎從來沒有人來過。她忍不住又深吸了一口氣，將宛如簾幕般濃密、搖曳的常春藤蔓撥到一旁，把門推開。門慢慢、慢慢地打開了。

瑪莉從門縫中穿過去，小心地把門關上。她呼吸急促，背靠著門環顧四周，心裡湧起滿滿的興奮、驚訝與快樂。

她就站在祕密花園裡。

9 世界上最奇怪的房子

這座花園是全世界最神祕、最美麗的地方，完全超乎想像。園子四周的高牆爬滿了葉片落盡的玫瑰藤蔓，濃密的花莖纏繞成一團。瑪莉在印度看過很多種玫瑰，所以立刻就認出牆上的植物是爬藤玫瑰。花園整片草坪因為冬季的冷冽而枯黃，草坪上種了幾叢灌木，如果灌木還活著，就會在春天綻放出美麗的玫瑰。幾株玫瑰的枝椏茂密到就像真的小樹一樣。除此之外，花園裡還種了許多各式各樣的植物，而讓這裡看起來奇特又迷人的大功臣正是爬藤玫瑰。這種玫瑰遍布整座花園，長長的花藤懸垂在空中，形成隨風擺盪的簾幕，有些相互攀附、交纏在一起，有些則伸出纖細的枝椏，在樹與樹之間連接成可愛的小橋。枝椏上光禿禿的，既沒有葉子也沒有花，瑪莉不知道爬藤玫瑰是不是還活著，那些灰褐色的細長枝條看起來就像朦朧的薄紗，從聚集處輕輕垂落，蔓生至地表，蓋住了圍牆、樹木和枯黃的草皮，蓋住了一切。林木間模糊又繁亂的枝節讓花園散發出深沉的神祕感。瑪莉曾經想過，這座花園荒廢了這麼久，一定跟其他有人整理的花園不同，現在看來確實是這樣沒錯。這裡和她之前看過的地方都不一樣。

「好安靜喔！」瑪莉輕聲讚嘆。「這裡真的好安靜！」

她停在原地豎起耳朵仔細聆聽，享受此刻的靜謐。知更鳥站在樹梢上，和花園中其他事物一樣毫無動靜，連翅膀都沒拍，只是動也不動地看著瑪莉。

「難怪這麼安靜，」她悄聲地說。「畢竟我是十年來第一個在這裡講話的人。」

她離開門邊，輕手輕腳地往前走，好像怕會驚擾到某個沉睡的生命一樣。瑪莉很慶幸自己踩在草地上時沒有發出任何聲響。她走到林木間如夢似幻的灰褐色樹拱下，抬頭望著那些藤蔓和枝條。

「不知道它們是不是全都死了……」她說。「該不會這是一座死掉的花園吧？希望不是。」

假如她是班．韋德史達的話，就能靠觀察樹枝來判斷植物是否活著，但她不是，她只看得出那些花藤和樹枝是灰色或咖啡色的，毫無生氣，連一片小小的嫩葉都沒有。

話雖如此，她已經走進這座美妙的花園了，以後隨時都可以穿過常春藤下的門進來。她覺得自己好像找到了一個只屬於她的世界。

陽光越過四方的圍牆灑進花園裡。這個地方很特別，似乎連上面那片湛藍的天空都比荒原上的更鮮豔、更柔軟。知更鳥從樹上飛下來跟在瑪莉後面，有時跳來跳去，有時在灌木叢間飛翔，不斷啁啾鳴叫，譜出忙碌的樂章，彷彿在訴說些什麼。周遭的一切全都沾染上寧靜又古怪的氣息，瑪莉覺得自己似乎離其他人好幾百公里遠，可是卻一點也不孤單。她只想知道這裡的玫瑰是不是都死了？會不會有些還活著，能在天氣回暖後冒出嫩葉和花苞？她希望這不是一座死掉的花園。要是花園還活著的話就太棒了！到時一定會有上千朵玫瑰在各個角落恣意綻放。

瑪莉手臂上掛著跳繩，在花園裡四處漫步。過了一會，她決定要用跳繩繞園子一圈，看到想看的東西時再停下來。花園裡似乎到處都有鋪上草皮的小徑，而且每隔一、兩個轉角就會有座涼亭，裡面種滿了常綠植物，有些還擺著石椅或覆滿苔蘚的高腳花盆。

跳到第二座涼亭旁邊時，瑪莉停下腳步。第二座涼亭裡有塊花圃，她發現有東西從土裡冒了出來——是一些形狀尖尖的淺綠色小嫩芽。她還記得班說過的話，於是便跪下來開始觀察那些植物。

「嗯，這些小東西正在發芽，可能會長成番紅花、雪花蓮或黃水仙。」她喃喃自語。

她彎腰貼近綠芽，嗅著潮濕土壤的氣味。她很喜歡這種味道。

「說不定其他地方會有更多嫩芽，」她說。「我要走遍整個花園找找看。」

她決定不再用跳的，改爲散步。她踩著緩慢的步伐，盯著地上，仔細觀察老舊的花圃和草坪，試圖找出每一株生命。走完一圈後，瑪莉興奮莫名，因爲她發現好多好多淺綠色尖芽。

「這座花園沒死，」她小聲地對自己說。「就算玫瑰死了，還有其他東西活著。」

雖然她不懂園藝，但嫩芽看起來似乎快被旁邊茂盛的雜草吞噬、壓縮到生長空間，因此她四處尋覓，找到一根尖銳的樹枝，然後跪下來用樹枝挖除雜草，直到在嫩芽周圍清出一小塊空地爲止。

「現在它們看起來可以呼吸了，」她清理完第一塊空地後說。「我要繼續幫嫩芽除草，把看得到的雜草全都除掉。如果今天除不完，我就明天再除。」

她東奔西跑、到處除草，除完了這個花圃再換下一個花圃，接著又清理樹下的草地，整個人沉浸在喜悅中難以自拔。這些勞動讓她的身體暖了起來。她脫掉外套、摘下帽子，完全沒有意識到自己一直在對草地和淺綠色的嫩芽微笑。

與此同時，知更鳥在旁邊忙得團團轉，很高興看到有人開始打理牠的土地。牠以前經常在班．韋德史達身邊晃來晃去，因為在他做完園藝工作後，新挖開的土壤裡總是有各式各樣的美食可以吃。這個新來的小女孩個子還不到班的一半，就已經知道要來牠的花園走走，立刻著手耕作了。

瑪莉就這樣待在她的花園裡除草，一直到午餐時間才停下來。事實上，她想到該吃飯的時候已經有點晚了。她穿上外套、戴上帽子並拿起跳繩，不敢相信自己居然連續除了兩、三個小時的草，而且這兩、三個小時她都很開心。有了乾淨無礙的生長空間，這幾十株淺綠色小嫩芽看起來比先前快被雜草悶死時還要快樂。

「我下午還會再來。」瑪莉環視她的新王國，對著樹木和玫瑰叢喊話，彷彿它們聽得懂她在說什麼。

她輕快地飛奔過草地，慢慢推開老舊的門，從常春藤底下溜了出去。她雙頰紅潤、眼神明亮，吃了好多食物，讓瑪莎覺得很開心。

「兩片肉和兩個米布丁兒！」瑪莎說。「哎！等我告訴媽媽跳繩兒對妳的影響，她一定會很高興兒的。」

瑪莉突然想起剛才用尖銳的樹枝挖草時挖出了一個白白的、看起來有點像洋蔥的根，她把根放回原來的位置，小心翼翼地蓋上土壤。或許瑪莎可以告訴她那是什麼東西。

「瑪莎，那些長得像洋蔥的白色的根是什麼？」

「那是球莖，」瑪莎回答。「會長出很多春天兒的花兒喔。最小的球莖是雪花蓮和番紅花兒，大一點兒的是水仙兒、丁香水仙兒和黃水仙兒，最大的是百合和紫色鳶尾花兒。這些花兒都很漂亮，迪肯在我們的花園兒裡種了不少呢。」

「迪肯很會照顧這些花嗎？」瑪莉腦中突然閃過一個新點子。

「我們家迪肯能讓花兒從磚牆裡長出來。媽媽說他是用悄悄話兒把植物從土壤裡叫出來的。」

「球莖可以活很久嗎？它們可以在沒有人幫忙的情況下活很多年嗎？」瑪莉緊張地問道。

「它們會靠自己的力量活下去，」瑪莎說。「所以窮人才有辦法種這些花兒呀。只要妳別干擾它們，它們就會在土裡慢慢生長，散播幼苗兒。樹林裡有個地方種了成千上萬株雪花蓮，一到了春天兒，就會變成全約克郡最美的風景。沒有人知道那些花兒是什麼時候種的。」

「真希望現在就是春天，」瑪莉說。「我想看看英國的植物會變成什麼樣子。」

吃完午餐後，瑪莉跑去坐在她最喜歡的壁爐地毯上。

「我想……我想要一把小鏟子。」她突然開口。

「妳要小鏟子做什麼呀？」瑪莎笑著問。「妳想開始挖土嗎？我也要把這件事兒告訴媽媽。」

瑪莉注視著火光，心裡默默忖度，如果她想保護她的祕密王國，那她的一舉一動都要很謹慎才行。她做的不是什麼壞事，但要是被克雷文先生發現花園打開的話，他一定會氣炸，可能還會打一把新鑰匙永遠把門鎖上，到時她絕對受不了。

「這個地方又大又寂寞，」瑪莉放慢語調，似乎在反覆思考些什麼。「房子很寂寞，庭院很寂寞，花園也很寂寞。很多地方都關起來了。我在印度沒什麼事可以做，不過印度人和士兵常常會經過我家，所以有很多人可以觀察，有時還會有樂團演奏，我的保母也會講故事給我聽，可是這裡除了妳和班．韋德史達，沒有人會跟我聊天。再說妳要工作，班又不常跟我講話……我在想，要是我有一把小鏟子，我就可以跟他一樣找個地方挖土，如果他能給我一些種子的話，說不定我可以打造出一座屬於自己的小花園。」

瑪莎的眼睛亮了起來。

「這就對啦！」她大聲地說。「媽媽也說過這樣的話兒，她說：『那個地方那麼大，又有那麼多空間兒，他們爲什麼不騰出一小塊地兒給她呢？就算種點兒蘿蔔和西洋芹也好啊！她可以挖挖洞兒、耙耙土，這樣她會比較快樂。』我媽媽就是這麼說的。」

「眞的嗎？」瑪莉說。「她眞的懂好多喔！」

「哎！」瑪莎說。「就像她說的：『養大十二個小孩兒可以讓妳學會很多東西，小孩兒就像算數一樣，可以讓妳看清很多事情。』」

「那一把鏟子要多少錢？我要小的就好了。」瑪莉問。

「嗯……」瑪莎想了一下。「威特村裡有間小店兒，我之前有看到他們在賣小的園藝工具組兒，有園藝鏟、爪土耙和除草叉，要價兩先令兒，那些應該夠妳用了。」

「我錢包裡的錢不只兩先令，」瑪莉說。「莫里森太太給了我五先令，梅洛克太太也有把克雷文先生要給我的錢轉交給我。」

「他居然會想到妳！」瑪莎大吃一驚。

「梅洛克太太說我每個禮拜都有一先令零用錢，她每個禮拜六會把錢拿給我，可是我不知道要花在哪裡。」

「我的天兒！那可是一大筆錢耶，」瑪莎說。「妳可以買到世界上任何妳想買的東西。雖然我們家農舍的租金只要一先令兒又三便士，但我們簡直要賣血才拿得出錢兒來。這倒讓我想起了一件事兒……」她雙手扠腰，停頓了一下。

「什麼事啊？」瑪莉急切地問。

「威特那間小店裡有賣花兒的種子喔，每包一便士，我們家迪肯知道哪些最漂亮，也知道該怎麼種。他每隔幾天兒會走路去威特一趟，沒什麼目的，就只因爲好玩兒。對了，」說到這裡，瑪莎突然問道，「妳會寫印刷體英文兒嗎？」

「我會寫字啊。」瑪莉回答。

瑪莎搖搖頭。

「我們家迪肯只會讀印刷體兒，如果妳會寫的話，我們就可以寫信兒請他幫忙買園藝工具和種子了。」

「噢！妳人好好喔！」瑪莉開心地大叫。「妳人眞好，眞的！我不知道妳人這麼好。只要我努力寫，一定能寫出印刷體。我們去問問梅洛克太太有沒有紙筆吧！」

「我自己有紙筆兒，」瑪莎說。「我把紙筆兒帶來莊園兒，這樣才能在禮拜天寫信兒給媽媽。我現在就去拿。」

她匆匆跑出房間。瑪莉站在爐火邊，開心地扭著瘦小的雙手。

「如果有鏟子，」她悄聲說。「我就能把土挖得又鬆又軟，還可以把雜草挖掉。如果有種子，我就可以種花，這樣花園就不會死氣沉沉的——花園會活過來，變得生意盎然。」

那天下午瑪莉沒有出門，因爲瑪莎帶紙筆回來後要先整理桌子，把碗盤拿下樓，當她走進廚房的時候又被梅洛克太太叫去做別的事，所以瑪莉只能等她回來。她覺得自己等了好久好久。瑪莎回來後，兩人便開始認眞地寫信給迪肯。瑪莉之前換過不少家庭女教師，每個都很不喜歡她，教沒多久就離職了，所以她學到的東西很少，也不太會寫字，但她一再努力嘗試，終於成功寫出印刷體，並由瑪莎口述讓她寫下這封信：

親愛的迪肯：

希望你讀到這封信時就跟我寫信的當下一樣一切安好。瑪莉小姐有很多錢，希望你能去威特幫她買些花的種子和一組可以耕種花圃的園藝工具。她以前一直住在跟這裡不一樣的印度，從來沒種過花，所以希望你能挑最漂亮又最好種的花。請把我的愛傳達給媽媽和家裡每一個人。瑪莉小姐會告訴我很多有趣的經歷，下次外出日你們就能聽到駱駝、大象，還有獵捕獅子與老虎的人的故事了。

愛你的姊姊
瑪莎．菲比．索爾比

「我們把錢放在信封裡兒，我再請肉販的小孩兒用馬車幫忙送信兒。他是迪肯的好朋友。」瑪莎說。

「那迪肯買完之後要怎麼給我呢？」瑪莉問道。

「他會親自送過來。他喜歡這樣到處走走。」

「噢！」瑪莉驚呼。「那我就可以看到他了！真沒想到我能跟迪肯見面！」

「妳想跟他見面兒啊？」瑪莎突然一臉開心地問。

「想，當然想！我從來沒看過狐狸和烏鴉都喜歡的男生。我很想跟他見面。」

瑪莎整個人震了一下，似乎猛然想起了什麼。

「啊！我現在才想到，」她大聲驚呼。「我竟然把這件事兒給忘了，我本來打算一大早就告訴妳這件事兒的。我問過媽媽了，她說她會親自去問梅洛克太太。」

「妳是說——」瑪莉的話還沒說完就被打斷了。

「就是我禮拜四說的事兒，問她可不可以找一天兒讓妳來我們家坐坐，喝杯牛奶，吃媽媽自製的新鮮燕麥蛋糕兒和奶油。」

這種感覺就好像所有好玩的事都在一天內發生了。想想看，可以在白天天空還是藍色的時候穿越荒原！還可以去有十二個小孩一起住的農舍！

「她覺得梅洛克太太會讓我去嗎？」瑪莉緊張地問。

「對哎，她覺得會。梅洛克太太知道我媽媽是個很愛乾淨兒的人，總是把農舍打掃得一塵不染。」

「如果我去了，就可以見到妳媽媽和迪肯了。」一想到能看到自己喜歡的人，瑪莉就覺得好開心。「妳的媽媽好像跟印度的媽媽很不一樣。」

早上的勞動和下午的興奮讓瑪莉的心變得好平靜，默默想了很多事情。瑪莎陪著她直到午茶時間，兩人幾乎沒說什麼話，只是舒服自在地坐著，享受片刻安寧。然而就在瑪莎準備下樓拿茶點托盤時，瑪莉問了一個問題。

「瑪莎，廚房女傭今天又牙痛了嗎？」

瑪莎嚇了一跳。

「妳爲什麼這麼問？」

「剛剛我等妳等了好久，所以就打開門走到走廊上，想看妳回來了沒。就在那個時候，我又聽到那陣遙遠的哭聲，就跟我們那天晚上聽到的一樣。今天沒有風，所以絕對不是風聲。」

「哎！」瑪莎看起來很不安。「妳不應該跑到走廊上亂聽兒，克雷文先生會生氣的，到時不知道他會做出什麼事兒。」

「我沒有亂聽，」瑪莉反駁。「我只是在等妳的時候剛好聽到而已。這已經是第三次了。」

「我的天兒！梅洛克太太在搖鈴了。」瑪莎匆匆丟下這句話，幾乎是用跑的離開房間。

「這棟房子是世界上最奇怪的房子。」瑪莉昏昏欲睡地說，接著一頭倒在旁邊扶手椅的靠枕上。新鮮的空氣、挖土和跳繩讓她覺得好舒服、好疲倦，一下子就睡著了。

10 迪肯

接下來將近一週，祕密花園都被陽光曬得暖暖的。瑪莉心裡偷偷把那個塵封已久的地方取名叫「祕密花園」，她很喜歡這個名字，也喜歡被美麗又古老的高牆包圍、沒有人知道她在哪裡的感覺，就像被關在童話世界中與世隔絕一樣。她讀過的幾本書都是童話故事，而且好幾個故事裡都有祕密花園，有時主角還會在花園裡睡上好幾百年；瑪莉覺得那樣很蠢，因爲她在這裡根本一點也不想睡，事實上，自從她來到密蘇威特後就一天比一天還要清醒。她逐漸喜歡上戶外活動，不再討厭強風，反而還覺得是一種享受。她跑得更快、更遠，跳繩也能跳到一百下了。祕密花園裡的球莖一定很訝異自己居然得到了一直以來渴望的呼吸空間和乾淨的生長環境，它們在黑暗的土壤裡打起精神、努力茁壯（只是瑪莉完全不知道），吸收豐沛的雨水和溫暖的陽光，開始變得生氣蓬勃、活力滿滿。

瑪莉是個奇怪又堅毅的孩子，現在她不但找到了自己感興趣且決意要做的事，更全心全意地投入其中。她毫不懈怠、持續挖土除草，而且越做越開心，就像在玩一場令人著迷的遊戲，一點也不覺得累。她發現有更多淺綠色嫩芽從泥土裡冒出來，數量多到超乎想像。這些嫩芽似乎布滿了整座花園，她每天都會找到不少新生的小嫩芽，有些甚至只有針尖那麼大，才剛探出地表一點點。遍地綠芽讓她想起瑪莎說的「成千上萬株雪花蓮」，還有球莖會散播幼苗的事。祕密花園裡的球莖已經被遺棄了十年，說不定它們會跟雪花蓮一樣不斷蔓生，長到成千上萬株這麼多。瑪莉心想，不知道這些球莖還要多久才會開花。有時她會停止挖掘，環顧花園，想像成千上萬朵漂亮的花在園子裡綻放，變成花海的模樣。

在這陽光燦爛的一週裡，瑪莉和班・韋德史達變得更親近了。她常常像從土裡冒出來似的突然出現在班旁邊，害他被嚇到好幾次；之所以會這樣，是因爲她擔心班看到她走過來會直接收拾工具離開，所以她總是盡可能保持安靜，躡手躡腳地靠近他。其實班已經不像初次見面時那麼討厭她了，也許是因爲他心裡暗暗對瑪莉渴望他這個老人的陪伴感到受寵若驚，也許是因爲瑪莉的態度變得比較客氣，也比較有禮貌了。他不知道瑪莉第一次見到他時是用對待印度人的方式跟他說話，而瑪莉當時也不知道這個固執暴躁的約克郡老頭雖然會聽從主人的吩咐，但並沒有向主人行額手禮的習慣。

某天早上，班一抬起頭就看到瑪莉站在旁邊。他說：「妳就跟知更鳥兒一樣神出鬼沒的，我永遠不知道什麼時候會看到妳，或是妳會從什麼地方兒冒出來。」

「牠現在是我朋友囉。」瑪莉說。

「牠就是這樣，」班・韋德史達粗聲粗氣地說。「爲了輕浮的虛榮心去討好女人。爲了炫耀自己的尾羽，牠什麼事兒都做得出來。這傢伙兒一肚子傲慢，就像雞蛋兒裡滿是蛋液一樣。」

班的話不多，有時瑪莉問問題，他不是不回答，就是「嗯」一聲敷衍過去，但這個早上他說的話比平常還要多。他站了起來，一腳把釘靴踩在鏟子上，仔細打量著瑪莉。

「妳來這兒多久啦？」他突然問道。

「應該有一個月了吧。」瑪莉回答。

「密蘇威特開始對妳產生好的影響兒了，」他說。「妳比之前胖了點兒，皮膚也沒那麼黃兒了。妳第一次來花園兒的時候看起來就像一隻被拔了毛兒的烏鴉，當時我心想，妳是我見過臉兒最臭、最醜的小孩兒了。」

瑪莉不是個愛慕虛榮的孩子，也不太在意自己的長相，所以並沒有因爲這些話而生氣。

「我知道我變胖了，」她附和道。「我的襪子變緊了，以前穿的時候會皺皺的。班，知更鳥來了。」

她說的沒錯，知更鳥來了。瑪莉覺得牠今天看起來比之前還要漂亮。牠穿著如絲緞般光滑柔亮的紅色背心，一邊擺動翅膀和尾羽，一邊歪著頭到處跳躍，動作活潑又不失優雅。知更鳥似乎決心要讓班・韋德史達對牠刮目相看，但班卻用諷刺的話語回敬。

「對哎，你來啦！」他說。「看樣子你現在有更好的選擇兒了，想必之前忍我忍很久了吧？最近你的背心變得更紅兒，羽毛兒也整理得閃閃發亮，我知道你在打什麼主意兒。你想追求那個莽撞的年輕小姐，騙她說你是密蘇荒原上最厲害的知更鳥兒，其他對手儘管放馬過來。」

「哇！你看！」瑪莉大聲驚呼。

知更鳥顯然很想施展自己的魅力。牠無所畏懼，越跳越靠近，同時興味濃厚地看著班，小小的眼睛裡閃著專注熱切的光芒。突然間，牠飛到旁邊的醋栗樹叢上，歪著頭對他唱了一首短短的歌。

「你以爲這樣我就會讓步兒嗎？」班的臉皺了起來。瑪莉覺得他一定是在克制自己開心的表情。「你以爲沒人兒能跟你作對兒！我說得沒錯吧？」

瑪莉不敢相信自己的眼睛——知更鳥張開翅膀，飛到班的鏟子上方，輕輕地降落在握柄上。班的臉皺成了另一種表情。他屏住呼吸、動也不動地站著，彷彿不想驚擾世界上的一絲一毫，以免嚇跑了知更鳥。

「好吧，我投降兒，」他的語氣既溫和又輕柔，好像在講別的事一樣。「你的確知道該怎麼收服別人的心兒，算你厲害！你還眞不是普通的鳥兒，什麼都懂！」

他文風不動地站著，連氣也不敢喘一下，直到知更鳥再次拍拍翅膀飛走。班又呆站在原地好一陣子，盯著鏟子的握柄看，彷彿上面有什麼神奇的魔法，接著便繼續挖土，好幾分鐘都沒說話，但嘴角卻不時勾起淺淺的微笑，所以瑪莉還是敢跟他講話。

「你有自己的花園嗎？」她問道。

「沒有。我是個單身漢兒，跟馬丁一起住在大門那兒的小屋裡。」

「如果有的話你會種什麼？」瑪莉繼續問。

「高麗菜兒、馬鈴薯和洋蔥兒。」

「那如果你想弄一座全都是花的花園，你會種什麼？」瑪莉又問。

「球莖跟有香味兒的花兒吧……但主要會種玫瑰兒。」

瑪莉的眼睛亮了起來。

「你喜歡玫瑰嗎？」

班拔起一株雜草丟到一旁，然後說：「哎，對，我喜歡玫瑰兒。我是跟一位年輕的小姐學兒的，我以前曾幫那位小姐打理花草兒。她在她心愛的地方種了很多玫瑰兒，而且很疼愛那些花兒，就像疼愛小孩兒或知更鳥兒一樣。我還看過她彎腰親吻花兒呢。」他又拔起一株雜草，怒氣沖沖地瞪著它。「那是十年前的事兒了。」

「她現在在哪裡？」瑪莉很感興趣地問。

「天堂。」班把鏟子深深插進泥土裡。「至少其他人兒是這麼說的。」

「那些玫瑰呢？」瑪莉更有興趣了。

「被丟著自生自滅了。」

瑪莉變得非常興奮。

「會死掉嗎？玫瑰被丟著自生自滅會死掉嗎？」她放膽追問。

「嗯，我喜歡玫瑰兒，也喜歡那位小姐……那位小姐喜歡玫瑰兒，」班心不甘情不願地承認。「所以我每一、兩年兒就會去照顧那些花兒，鬆鬆土，修剪枝葉兒。那個地方變得很荒蕪，玫瑰兒也到處亂長，不過因爲土壤很肥沃，所以有些會活下來。」

「如果玫瑰沒有葉子，看起來是灰色和咖啡色，那要怎麼知道花是死的還是活的？」瑪莉問道。

「要等春天兒降臨在玫瑰兒上，等陽光兒照耀在雨水上，雨水灑落在陽光兒上，那時妳就會知道了。」

「要怎麼知道呢？要看哪裡？」瑪莉不自覺提高音量，忘記自己應該要小心謹慎了。

「要觀察藤蔓和樹枝兒，如果上面有隆起的咖啡色腫塊兒，就在下過溫暖的雨兒後觀察腫塊兒的變化。」班突然沉默了一下，好奇地看著瑪莉的臉質問道：「妳為什麼突然對玫瑰花兒這麼感興趣？」

瑪莉頓時覺得臉頰發燙。她不太敢回答這個問題。

「我……我想要玩那個……玩那個自己蓋花園的遊戲，」她結結巴巴地說。「我……我在這裡沒什麼事做，既沒有玩具，也沒有人陪我。」

「嗯，」班看著她慢慢說。「這倒是眞的，確實沒有。」

他的語氣聽起來很奇怪，瑪莉不禁猜想他是不是覺得她有點可憐。她從來不覺得自己可憐，因為以前的她討厭生活中所有人事物，所以心裡只有厭煩和憤怒的感覺。但現在這個世界似乎正在改變，變得更美好。只要沒有人發現那座祕密花園，她就能保有自己的小天地，一直快樂下去。

瑪莉又待在班身邊十多分鐘，鼓起勇氣盡可能多問幾個問題。班用奇怪的咕噥聲一一回答，似乎沒有生氣，而且也沒有直接拿起鏟子走人。她離開之前，班又提到關於玫瑰的事，讓她想起他剛才說他很喜歡玫瑰。

「你現在還會去看那些玫瑰嗎？」她問。

「今年兒沒去，風濕讓我的關節兒變得太僵硬了。」

班含糊不清地抱怨，接著他好像突然被瑪莉惹毛了，但瑪莉完全搞不清楚他爲什麼要生氣。

「妳給我聽好！」他厲聲說道。「不准再問問題兒了！妳是我遇過最愛問問題兒又最討人厭的小女孩兒了。妳自己跟自己玩兒去，我今天不想再講話兒了。」

他的口氣很不友善，因此瑪莉知道待在這裡不是什麼好主意。她沿著外面的步道有一搭沒一搭地跳繩，一邊回想班的言行舉止。奇怪的是，她居然很喜歡他。雖然他脾氣暴躁，她還是很喜歡他。對，她很喜歡班・韋德史達。她總是想多跟他聊聊天，也開始相信他知道世界上所有關於花的知識。

祕密花園外的步道轉角有一排月桂樹，一路連接到一座大門，門後則是莊園中的樹林。瑪莉打算沿著步道跳繩，去看看森林裡有沒有蹦蹦跳跳的兔子。跳繩讓她覺得很開心。她抵達樹林大門時聽到了一陣奇特又細微的笛聲，於是便打開門走了進去，想一探究竟。

眼前的景象實在是太奇怪了。瑪莉屏住呼吸，停下腳步，靜靜地看著這一幕。一個男孩背靠著樹幹坐在樹下，正在吹一枝粗糙的木笛。他的年紀大約十二歲，長得很特別，看起來乾乾淨淨的，鼻尖上翹，臉頰跟罌粟花一樣紅，雙眼則比瑪莉這輩子看過的任何男孩的眼睛還要藍、還要圓。一隻棕色松鼠攀附在他背後的樹幹上看著他，灌木叢後方有隻雄雉雞小心翼翼地探出頭偷看，離他很近的地方還有兩隻兔子站著，不斷抽動鼻子聞來聞去——這些動物似乎都很想靠過去仔細觀察他，聆聽奇特又細微的笛聲。

這時，男孩發現了瑪莉。他舉起一隻手，用和笛子一樣小的聲音對她說：

「妳別動兒，不然會嚇到牠們。」

瑪莉靜止不動。男孩停止吹奏，從地上站了起來，動作慢到幾乎看不出來他有在移動。當他終於站直身體的那一刻，松鼠飛也似的竄回交錯的樹枝裡，雉雞把頭縮回灌木叢中，兔子則放下前腳跳著離開，不過牠們看起來都沒有被嚇到。

「我是迪肯，」男孩說。「我知道妳是瑪莉小姐。」

不知怎的，瑪莉突然意識到自己早就知道他是迪肯了。還有誰能像印度人馴服蛇一樣馴服兔子和雉雞呢？他揚起如菱角般彎彎的紅潤大嘴，臉上滿是笑容。

「我站起來的動作很慢兒，」他解釋道。「是因爲動作太快兒的話會嚇到牠們。只要有野生動物在附近兒，動作一定要很輕兒，說話也不能太大聲兒。」

迪肯跟瑪莉講話的態度不像是從沒見過面，反倒像兩人已經認識很久的感覺。瑪莉不太了解男孩子，所以覺得很害羞，語氣也有點生硬。

「你收到瑪莎的信了嗎？」她問。

迪肯點點頭，蓬蓬的紅褐色鬈髮跟著晃了幾下。

「所以我才會過來呀。」

他從地上拿起一包東西。剛剛他吹笛子的時候就放在旁邊。

「我買到園藝工具了，有園藝鏟兒、爪土耙兒、除草叉兒和鋤頭兒。哎！這些工具很棒呢，對了，還有一把泥鏟兒。我買完種子之後，女店員兒還多送了一包白罌粟和藍色飛燕草兒的種子哦。」

「我可以看看那些種子嗎？」瑪莉說。

她好希望自己能像迪肯那樣輕鬆自在地說話，一點也不拘束。她覺得他的語氣聽起來像是喜歡她，而且不怕被她討厭，他完全不在意自己是個身穿破舊衣服、長相有趣，又頂著一頭紅褐色亂髮的平凡荒原男孩。瑪莉走近迪肯的時候，發現他身上有種清新的香氣，聞起來像石楠灌木、青草和綠葉揉雜在一起的味道，彷彿他是這些植物組成的一樣。她很喜歡這種味道。她注視著他紅通通的臉和湛藍的圓眼睛，忘了一開始那種害羞的感覺。

「我們坐在這根樹幹上看吧。」瑪莉提議。

他們坐在樹幹上，迪肯從外套口袋裡拿出一個又小又簡陋的棕色紙包裹，然後解開繩子，裡面裝了好幾個乾淨可愛的小袋子，每個袋子上都有花的圖案。

「這兒有很多木樨草兒和罌粟花兒的種子，」他說。「木樨草兒的味道又香又甜兒，不管妳把種子撒在哪兒它都會長起來，有些罌粟也是。就算妳只對這些種子吹口哨兒，它們也會長大。這兩種植物最棒了。」

說到這裡，迪肯突然停下來快速轉頭張望，紅潤的臉蛋頓時亮了起來。

「有知更鳥在叫我們耶。不曉得牠在哪裡？」他說。

那陣鳥鳴是從綴有鮮紅色漿果的冬青灌木中傳出來的。瑪莉好像知道是誰發出的叫聲。

「牠真的在叫我們嗎？」她問道。

「對呀，」迪肯理所當然地說，彷彿這是再平常不過的事。「牠在叫牠的朋友，同時也在說：『我在這兒，快看我，我想跟你們聊天兒。』牠就在灌木叢裡。那是誰的鳥兒啊？」

「那是班．韋德史達的鳥，但我想牠應該也算認識我。」瑪莉回答。

「對哎，牠認識妳，」迪肯又開始輕聲細語。「而且很喜歡妳，覺得妳是自己人兒。牠很快就會告訴我所有關於妳的事兒了。」

迪肯以極其緩慢的動作靠近灌木叢，就像瑪莉之前看到的那樣，接著他發出幾乎跟知更鳥叫聲一模一樣的聲音。知更鳥專心地聽了幾秒，旋即鳴叫回應，彷彿在回答問題。

「是哎，牠是妳的朋友哦。」迪肯笑著說。

「你真的這麼覺得？」瑪莉大叫，語氣中滿是渴望。「那你覺得牠喜歡我嗎？」

「如果牠不喜歡妳的話就不會靠近妳了，」迪肯回答。「鳥兒是很挑剔的喔，而且知更鳥兒比人兒更會輕視人兒。妳看，牠想跟妳培養感情呢。牠在說：『難道妳沒看到妳的朋友在這兒嗎？』」

迪肯說的似乎是真的。知更鳥跳上灌木叢後便開始悄悄靠近她，一邊啁啾鳴叫，一邊擺動尾巴。

「你聽得懂鳥說的話啊？」瑪莉問。

迪肯臉上綻出一個大大的笑容，彎彎的紅潤菱角嘴幾乎占滿了整張臉。他抓抓凌亂的頭髮說：「我想應該懂吧，牠們也覺得我懂。我在荒原兒上跟牠們一起生活了好久，看著牠們啄破蛋殼兒、長出羽毛兒、學飛，然後開始唱歌兒，就像我是牠們的一分子。有時我會覺得說不定我其實是一隻鳥兒、一隻狐狸、一隻兔子、一隻松鼠，甚至是一隻甲蟲呢。我也不知道。」

他哈哈大笑，走回那根樹幹上坐著，繼續跟瑪莉分享有關花朵種子的知識，並告訴她這些植物開花後是什麼樣子，要怎麼種、怎麼照顧、怎麼澆水和施肥。

「好啦，」迪肯突然轉過頭看著瑪莉。「我會親自幫妳種這些花兒。花園兒在哪兒？」

瑪莉完全沒料到迪肯會這麼說。她握緊放在大腿上的細瘦雙手，沉默了整整一分鐘，心裡既慌張又難受，不知道該怎麼回答才好。她覺得自己的臉漲得通紅，接著又一片慘白。

「妳應該有一小塊花圃吧？」迪肯繼續問。

瑪莉的臉確實漲得通紅，接著又一片慘白，這些迪肯全都看在眼裡，但她還是不發一語。迪肯開始覺得有點困惑。

「他們沒有給妳一小塊地兒嗎？」他問。「一塊兒也沒有？」

瑪莉把手握得更緊，抬頭看著他。

「我完全不了解男生，」她終於開口。「如果我告訴你一個祕密，你會保密嗎？這是個天大的祕密，我不知道要是這個祕密被發現的話我該怎麼辦……搞不好我會死掉！」她用力強調最後一句。

迪肯再度抓抓頭，表情充滿問號，看起來比之前更困惑，但他還是很友善地回答。

「我一直在保密喔，」他說。「如果我沒有好好保密的話，狐狸、小狐狸、鳥巢和野生動物的家兒就會被其他男生知道，那動物就沒辦法在荒原兒上安全地生活了。所以，會哎，我會保密。」

瑪莉不自覺地伸出手抓住他的袖子。

「我偷了一座花園，」她講話的速度很快。「那座花園不是我的，不是任何人的，沒有人想要那座花園，沒有人在乎，也沒有人會進去，我不知道，裡面的東西可能都死了……」她身體發燙，覺得自己這輩子從來沒這麼彆扭過。「我不管，我不管！沒人有權把花園從我這裡奪走，因爲只有我在乎這座花園，他們都不在乎，只是把花園關起來丟著不管，讓它自生自滅，慢慢死掉。」她激動地用手臂遮住臉，放聲大哭起來。可憐的小瑪莉。

迪肯那雙充滿好奇的藍眼睛睜得更大更圓了。

「噢——！」他大聲驚呼，尾音拖得長長的，表示訝異與同情。

「我在這裡沒事做，」瑪莉說。「我什麼都沒有，但是這個花園是我自己找到、自己開門進去的。我就跟那隻知更鳥一樣，他們也沒有從知更鳥那裡收回花園啊。」

「花園兒在哪兒？」迪肯壓低音量問道。

瑪莉從樹幹上站起來，心裡既激動又難過。她知道自己又變回從前在印度那種蠻橫執拗的樣子，但是她一點也不在意。

「跟我來，我帶你去。」她說。

她帶著迪肯從月桂樹小徑走到爬滿厚實常春藤的牆邊。迪肯跟在她後面，臉上露出幾乎是憐憫的奇怪表情。他覺得自己好像正朝著什麼詭異又陌生的鳥巢走去，動作一定要輕。瑪莉一步步邁向圍牆，掀起常春藤的那瞬間，迪肯整個人愣住了。牆上居然有一扇門。瑪莉慢慢把門打開，他們倆一起走進去，接著她停下腳步，用桀驁不馴的姿態朝周遭揮揮手。

「就是這裡，」她說。「這裡就是祕密花園，我是世界上唯一一個希望它活下去的人。」

迪肯環顧四周，看了一遍，一遍，又一遍。

「哎！」他的聲音小得近乎耳語。「眞是個奇怪又美麗的地方。好像正在沉睡一樣。」

11 密蘇畫眉的窩

瑪莉看著迪肯，他靜靜地花了兩、三分鐘的時間觀察環境，然後踩著輕緩的腳步走進花園，動作比瑪莉第一次踏進園裡時還要慢、還要柔。那雙湛藍的眼睛似乎澈底吸收、看透了一切，包含爬滿灰色爬藤的灰色樹木、從樹枝上垂掛下來的枝條、糾纏在圍牆和草地上的藤蔓，以及擺著石椅、高腳花盆與常綠植物的涼亭。

「真沒想到我居然能親眼看見這座花園。」他終於開口用氣音說。

「你知道這個地方嗎？」瑪莉問。

她講話的音量很大，因此迪肯對她比了個手勢。

「我們得小聲點兒，」他說。「要不然被別人聽到，引起注意的話就糟了。」

「喔！我忘了！」瑪莉嚇得立刻用手摀住嘴巴，等情緒緩和下來後再次問道：「所以你本來就知道這座花園嗎？」

迪肯點點頭。

「瑪莎告訴我這兒有一座沒人兒進去過的花園兒，」他回答。「當時我們還一起猜想花園兒的模樣呢。」

他停下腳步，仔細觀察周圍纏在一起的可愛灰色枝條，圓滾滾的藍眼睛裡閃著異樣的喜悅。

「哎！春天兒時這兒會有很多鳥巢，」他說。「這兒是全英國最安全的築巢地點兒，從來不會有人兒靠近，玫瑰兒和樹上糾纏的藤蔓是築巢兒的好地方。真奇怪，照理說整個荒原兒的鳥兒都應該會來這兒築巢兒才對。」

瑪莉又不自覺地把手搭在迪肯手臂上。

「那些玫瑰還會開花嗎？」她小聲問道。「你看得出來嗎？我擔心它們可能全都死了。」

「哎！不會！玫瑰兒不會死，不會全都死掉！」迪肯說。「妳看這兒！」

他走到最近的樹旁邊，那是一棵很老很老的樹，樹幹上覆滿了灰色苔蘚，樹枝上則垂掛著纏繞成簾幕般的枝條和藤蔓。他從口袋裡拿出一把沉甸甸的多功能小刀，彈出其中一片刀片。

「花園兒裡有很多已經枯死、應該要被砍掉的枝條，」他說。「但也有很多老枝條，它們去年兒長出了一些新枝條，像這個就是新生的，」他伸手摸摸那根透著棕綠色，而非乾癟灰色的嫩枝。

瑪莉用熱切又崇敬的態度觸碰嫩枝。

「真的嗎？」她說。「這個真的是活的？真的嗎？」

迪肯彎起寬寬的嘴巴微笑。

「它跟妳我一樣有生氣兒。」他說。瑪莉記得瑪莎曾經告訴她，「有生氣兒」就是「活潑」或「有活力」的意思。

「有生氣兒！太好了！」她輕聲叫道。「我希望它們全都很有生氣兒。我們來繞花園一圈，數數看有多少有生氣兒的植物吧。」

瑪莉既興奮又期待，迪肯也跟她一樣急著想找出答案。他們從這棵樹觀察到那棵樹，從這叢灌木檢視到那叢灌木。迪肯手裡拿著小刀，一邊分享各式各樣的話題，讓瑪莉覺得很有趣。

「雖然花園兒裡雜草叢生，」他說。「但脆弱的植物會死掉，強壯的會越來越茂盛，然後不斷成長、不斷蔓延兒，變成活生生的奇蹟。妳看！」他把一根看似乾枯的灰色枝條拉下來，「有些人兒可能會覺得這根枝條死了，但我不這麼認為……至少下面的根還活著。我來割開確認看看。」

他跪下來，用小刀沿著看似毫無生氣的枝條往下割，一直割到靠近土壤的地方。

「看！」他興高采烈地說。「我就跟妳說兒吧，枝條裡兒綠綠的。妳看。」

瑪莉在他開口前就已經跪了下來，聚精會神地看著。

「如果枝條看起來像這樣濕濕兒的、有點綠綠的，就表示它有生氣兒，」迪肯解釋。「如果裡面很乾又易碎兒……就像我切下來的這條，那就是死的。這裡冒出了不少活枝條，代表底下有巨大的根系兒，如果我們把老枝條切掉、鬆鬆土，好好照顧這些植物的話，今年——」他抬頭看看四周攀爬懸掛的藤蔓，「今年夏天兒就會長出很多很多的玫瑰兒。」

他們在樹林與灌木叢間不斷穿梭。拿著小刀的迪肯看起來既強壯又聰明，他知道怎麼把死掉的枯枝砍掉，也知道怎麼分辨毫無生長希望的樹枝和依然生機蓬勃的枝椏。接下來的一個半小時中，瑪莉覺得自己也學會怎麼分辨植物的生死了。迪肯割開看似乾癟的枝條後，她看見裡面透著一點點濕潤的淺綠色，開心得輕聲驚呼。鏟子、鋤頭和草叉非常實用，迪肯不僅教她使用草叉挖根的方法，還示範如何用鏟子把土翻鬆，讓空氣滲進土壤裡。

當他們圍著最大一株樹玫瑰奮力工作時，迪肯猛然瞥見旁邊的景象，驚訝地叫了起來。

「天啊！」他指著幾公尺外的一塊草地大喊。「那是誰弄的？」

他指的是瑪莉之前清出來的一塊圓形空地，上面有幾株淡綠色的嫩芽。

「是我弄的。」瑪莉承認。

「妳不是不懂園藝兒嗎？」迪肯大吃一驚。

「我不懂啊，」她說。「可是那些嫩芽好小，旁邊的雜草又多又強壯，害它們好像沒有空間呼吸了，所以我就幫它們清出一塊地方。我連那是什麼植物都不知道。」

迪肯走到嫩芽旁跪了下來，寬寬的菱角嘴揚起一個大微笑。

「妳做得很好耶，」他說。「就算是專業的園丁兒也不見得能做得更好。現在它們會像傑克的魔豆兒一樣快速長大。這些是番紅花兒和雪花蓮，那些是水仙兒，」他轉向另一塊空地，「這兒的是黃水仙兒。哎！它們到時候會變得很漂亮喔！」

他跑到另一塊空地旁邊，轉頭看著瑪莉。

「以一個瘦弱的小女孩兒來說，妳眞的做了很多很多呢。」

「我變胖了，」瑪莉說。「也變強壯了。以前我總是覺得很累，但現在我挖土的時候一點也不累。我喜歡土壤翻起來的味道。」

「這兒對妳很好喔，」迪肯明智地點點頭。「除了雨水兒落在新生植物上的味道外，沒有什麼味道比清新的土壤更棒了。荒原兒下雨兒的時候，我會跑去躺在樹叢下，聽雨點兒輕輕落在石楠花兒上的聲音，不停地聞呀聞。媽媽說我的鼻子動得像兔子一樣。」

「你都沒有感冒過嗎？」瑪莉看著他，覺得很不可思議。她從來沒見過這麼和善又有趣的男孩。

「沒有，」迪肯露齒而笑。「我從出生兒到現在都沒感冒過，我沒有被養得那麼嬌弱。我跟兔子一樣不管什麼天氣都會在荒原兒上到處亂跑。媽媽說我這十二年來吸進太多新鮮空氣兒了，所以身體裡沒有空間留給感冒。我就像大樹兒一樣強壯。」

他一邊說話一邊工作，瑪莉則跟在他旁邊用草叉和泥鏟幫忙。

「這兒還有得忙呢！」他開心地環顧四周。

「你之後還會來這裡幫我嗎？」瑪莉懇求地說。「我也會幫忙的，我可以挖土、除草，只要你叫我做什麼我都會做。噢，迪肯，拜託！」

「如果妳希望我來，不管晴天雨天兒我都會來的，」迪肯的語氣非常堅定。「關起門兒來想辦法喚醒一座花園兒——這是我這輩子做過最好玩的事兒。」

「只要你願意過來，」瑪莉說。「只要你幫我讓花園活過來，我就——我……我不知道可以爲你做些什麼。」她無助地說。她能爲迪肯這樣的男孩做些什麼呢？

「我來告訴妳答案吧，」迪肯露出燦爛的笑容。「妳要變胖，要有跟小狐狸一樣的好胃口，還要學會怎麼跟我一樣和兔子說話兒。哎！我們一定會玩得很開心兒的！」

他開始四處走動，仔細觀察花園裡的樹木、圍牆和灌木叢，臉上掛著沉思的表情。

「我不希望這兒變得像一般園丁兒照顧的花園兒，他們總是把一切修剪兒得整整齊齊的。妳覺得呢？」他問。「我覺得像這樣讓植物隨意生長、互相纏繞在一起兒比較好看。」

「千萬不要把花園變整齊，」瑪莉緊張地說。「整齊的話看起來就不像祕密花園了。」

迪肯一臉困惑地抓抓他的紅褐色鬈髮。

「這兒的確是一座祕密花園兒，」他說。「但我覺得這十年兒裡一定有知更鳥兒以外的傢伙兒進來過。」

「可是門是鎖著的，鑰匙也被埋起來了，」瑪莉說。「沒有人進得來啊。」

「話兒是沒錯，」迪肯回答。「這個地方太奇怪了。在我看來，這十年兒裡一定有人進來到處修修剪剪兒。」

「但怎麼可能有人進得來呢？」瑪莉說。

「是哎！怎麼可能呢！」迪肯喃喃自語。「門兒是關著的，鑰匙兒也埋起來了。」

瑪莉一直覺得不管過了多少年，她都不會忘記花園開始復甦的那個早晨，對她來說，這座花園是從那天才開始成長的。在迪肯騰出空間、準備埋下種子的時候，她想起了過去貝索嘲笑她時唱的歌。

「有沒有長得像鈴鐺的花呀？」她問道。

「鈴蘭兒像鈴鐺呀，」迪肯一邊用泥鏟挖土一邊回答。「還有風鈴草兒和彩鐘花兒也滿像的。」

「那我們種一些像鈴鐺的花吧。」瑪莉說。

「花園兒裡已經有鈴蘭兒了，我剛才有看到，它們長得太靠近了，要把它們分開一點兒才行。總之這裡有很多鈴蘭兒。另外兩種花兒種下去之後要兩年才會開花兒，不過我可以從我家農舍的花園兒裡帶一些已經長大的過來。妳為什麼想種這些花兒呢？」

瑪莉告訴他，住在印度的貝索和他的兄弟姊妹都叫她「彆扭的瑪莉小姐」，而且她很討厭他們。

「他們以前會圍著我一邊跳舞一邊唱：

瑪莉小姐眞彆扭，
花園蓋得如何啦？
小貝殼和銀鈴香，
整路遍布金盞花。

我一直記得這首歌，所以才想說會不會眞的有花長得像銀鈴。」

她微微皺起眉頭，用力把泥鏟插進土裡。

「我才沒有他們說的那麼彆扭呢。」

迪肯哈哈大笑。

「哎！」他鏟碎肥沃的黑色土壤，瑪莉看著他嗅聞土壤的氣味。「這兒有這麼多花兒，這麼多植物，還有這麼多友善的野生動物到處奔跑，忙著建立家庭、築巢兒或是唱歌兒嗚叫，誰都不需要覺得彆扭，不是嗎？」

瑪莉拿著種子跪在旁邊看著他，深鎖的眉頭也逐漸鬆開了。

「迪肯，」她說。「你就跟瑪莎說的一樣善良，我很喜歡你。你是第五個。我從來沒想過自己會喜歡五個人。」

迪肯跪坐的姿勢跟瑪莎擦拭爐架的姿勢一模一樣。瑪莉心想，他圓圓的藍色眼睛、紅色臉頰和快樂的翹鼻子都讓他看起來有種很有趣、很開心的感覺。

「妳只喜歡五個人兒啊？」他說。「另外四個是誰？」

「你媽媽跟瑪莎，」瑪莉用手指算著，「還有知更鳥和班．韋德史達。」

迪肯忍不住爆笑，不得不用手臂遮住嘴巴。

「我知道妳覺得我是個奇怪的男孩兒，」他說。「但我覺得妳是我這輩子見過最奇怪的女孩兒。」

這時，瑪莉做了一件奇怪的事。她俯身靠近迪肯，問了一個作夢都沒想過自己有一天居然會問的問題。由於迪肯講的是約克郡方言，所以她也試著用這種方言說話（在印度只要你聽得懂當地方言，印度人都會很開心）。

「你喜歡兒我嗎？」她問。

「哎！」迪肯的語氣非常誠懇。「喜歡兒啊，我很喜歡兒妳，我相信知更鳥兒也很喜歡兒妳！」

「那就有兩個囉，」瑪莉說。「有兩個人喜歡我。」

他們繼續整理花園，而且做得比剛才更賣力、更開心，直到瑪莉聽見庭院的大鐘響起，嚇了一跳，才發現原來已經是午餐時間了。

「我該走了，」她的語氣中流露出不捨與難過。「你也要走了對不對？」

迪肯咧嘴笑笑。

「我有帶午餐，」他說。「媽媽總是讓我在口袋兒裡放些吃的。」

他抓起放在草地上的外套，從口袋裡拿出一小包用乾淨的藍白雙色粗手帕包起來的食物，裡面有兩塊厚麵包，中間夾了一片薄薄的東西。

「通常只有麵包兒，」他說。「不過今天多了一片兒肥美的培根。」

瑪莉覺得這種午餐很奇怪，但迪肯似乎準備好好大快朵頤一番。

「妳快回去吃妳的午餐兒吧，」他說。「我先把我的吃完，然後多做點兒工作再回家兒。」

他背靠著樹坐下。

「我會把知更鳥兒叫來，」他說。「給牠吃點兒培根皮兒。牠們最喜歡美味兒的油脂了。」

瑪莉好捨不得，完全不想離開。剎那間，她覺得迪肯說不定是森林精靈之類的，等她下次來花園的時候，他就會消失得無影無蹤。他太好了，好到不像真的。她走向那扇嵌在圍牆上的門，結果走到一半又掉頭回去。

「不管發生什麼事，你——你都絕對不會把這個祕密說出去，對不對？」她問。

雖然迪肯如罌粟般豔紅的臉頰已經被麵包和培根塞得滿滿的，他還是設法彎起一抹鼓勵的微笑。

「假如妳是一隻帶我去看鳥巢兒的密蘇畫眉，妳覺得我會告訴別人妳的窩兒在哪兒嗎？當然不會，」他保證。「妳就跟密蘇畫眉一樣安全兒。」

瑪莉相信迪肯的話，她就跟密蘇畫眉一樣安全。

12 可以給我一點土壤嗎？

瑪莉飛也似的狂奔，跑到房間時差點喘不過氣。她的頭髮散亂地披覆在額頭上，雙頰也染成了粉紅色。午餐已經擺在桌上了，瑪莎則站在桌邊等她。

「妳有點兒晚囉，」她說。「上哪兒去啦？」

「我遇到迪肯了！」瑪莉大喊。「我遇到迪肯了！」

「我知道他今兒會來，」瑪莎興高采烈地說。「妳覺得他怎麼樣呀？」

「我覺得——我覺得他長得很好看！」瑪莉果斷地回答。

瑪莎的表情既驚訝又開心。

「嗯，」她說。「他真的是全世界最棒的孩子，但我們從來不覺得他帥啊。他的鼻尖兒太翹啦。」

「我喜歡他的鼻子翹翹的。」瑪莉說。

「他的眼睛兒也太圓了，」瑪莎用開玩笑的口氣質疑。「雖然顏色很美啦。」

「我喜歡他的圓眼睛，」瑪莉說。「而且那是荒原上天空的顏色。」

瑪莎露出滿意的微笑。

「媽媽說那是因爲他總是抬頭看雲和鳥兒。可是他的嘴兒很大耶，妳不覺得嗎？」

「我就是愛他的大嘴巴，」瑪莉執拗地說。「我希望我的嘴巴跟他一樣大。」

瑪莎開心地咯咯笑。

「妳的小臉蛋兒配上大嘴兒看起來會很奇怪啦，」她說。「但我早就知道妳見到迪肯後一定會喜歡兒他。那妳喜歡兒那些種子和園藝工具嗎？」

「妳怎麼知道他有帶那些東西來？」瑪莉問。

「哎！他不可能空手兒來的，只要在約克郡買得到，他就一定會帶來兒。他是個很可靠的孩子。」

瑪莉有點擔心她會開始問一些難以回答的問題，不過瑪莎並沒有多問什麼，她對種子和園藝工具很感興趣，只有一小段談到種花地點的對話讓瑪莉膽戰心驚。

「妳是跟誰兒要種花兒的地啊？」瑪莎問道。

「我還沒問。」瑪莉遲疑地說。

「嗯，我個人兒絕對不會去問園丁總管兒。羅契先生太傲慢了。」

「我沒見過他，」瑪莉說。「我只見過基層園丁和班·韋德史達。」

「我要是妳的話就會去問班·韋德史達，」瑪莎建議。「雖然他看起來兒很凶，其實心地不錯，只是脾氣兒比較暴躁。克雷文太太生前很喜歡他，他以前經常逗她開心兒，所以現在克雷文先生讓他做自己想做的事兒。或許他能想辦法兒幫妳找個偏僻的小角落種花兒。」

「如果是一個偏僻又沒人要的地方，那就不會有人在意我用了吧，對不對？」瑪莉緊張兮兮地問。

「沒理由在意吧，」瑪莎回答。「妳又不會做什麼壞事兒。」

瑪莉用最快的速度吃完飯，然後站起來打算跑回房間、戴上帽子出門，可是被瑪莎攔了下來。

「我有事兒要跟妳說，」她開口。「想說先讓妳吃完飯兒再講。克雷文先生今早兒回來了，他想見妳。」

瑪莉的臉瞬間發白。

「啊？」她說。「爲什麼？爲什麼？我來的時候他明明不想見我！皮契爾有說他不想見我啊！」

「這個嘛，」瑪莎解釋。「梅洛克太太說是因爲我媽媽的關係兒。她在去威特村兒的路上碰到克雷文先生。媽媽以前從來沒跟他說過話兒，但克雷文太太曾去過我們家兩、三次，克雷文先生已經忘了，但媽媽沒忘兒，所以就冒昧地叫住他。我不曉得她跟克雷文先生說了妳的什麼事兒，總之他決定要在明天兒離開之前見妳一面。」

「噢！」瑪莉大喊。「他明天就要走了嗎？太好了！」

「他要離開很長一段時間兒，可能到秋天兒或冬天兒才會回來。他要去國外兒旅行。他老是這樣兒。」

「噢！好耶——太好了！」瑪莉的語氣滿是感激。

如果他一直到秋天或冬天才會回來，那他們就有足夠的時間讓祕密花園恢復生氣，就算到時候被他發現、把花園收回去，至少她還擁有陪伴花園復甦的時光。

「那他什麼時候要見——」

她的話還沒說完，房門就猛然敞開，走進來的是梅洛克太太。她穿著高級的黑色洋裝，戴著黑帽，領子上還別了一個大大的胸針，胸針上的圖案是一張男人的臉，那是逝世多年的梅洛克先生的彩色照片，只要她盛裝打扮，就會別上這個胸針。她看起來既緊張又興奮。

「妳的頭髮好亂，」梅洛克太太語調急促地說。「去把頭髮梳好，瑪莎，趕快幫她換上最好的洋裝，克雷文先生要我帶她去書房見他。」

瑪莉臉頰上的粉色驟然消失，心跳也越來越快，她覺得自己又要變回那個僵硬、拘謹、平凡又安靜的小孩了。她沒有回答梅洛克太太，只是轉身走回臥室，瑪莎則跟在她後面。她在換衣服和梳頭髮時一句話也沒說；整理好之後，她就跟著梅洛克太太走過長廊，依舊沉默不語。她還能說什麼呢？她被叫去見克雷文先生，他不可能會喜歡她，而她也一樣不會喜歡他。她知道這個素未謀面的姑丈會怎麼看她。

她被帶到一個陌生的地方，之前她在房子裡探險時並沒有來過這裡。梅洛克太太敲敲門，門後傳來一聲回應：「進來。」她們倆便一起走進房間。有個男人坐在壁爐前的扶手椅上，梅洛克太太對他說：「老爺，她就是瑪莉小姐。」

「她留下來，妳可以走了。要妳帶她離開的時候我會搖鈴。」克雷文先生說。

梅洛克太太走出房間，關上門，瑪莉只能不斷絞著瘦削的雙手站在那裡乾等，看起來既渺小又平凡。坐在椅子上的男人有著一頭夾雜著些許斑白的黑髮，而且肩膀很高，有點歪歪的，看起來駝背並不是很嚴重。

「過來！」他轉過頭對瑪莉說。

瑪莉乖乖地走過去。

他長得一點也不醜。要不是他的表情太痛苦，看起來應該很帥。他似乎因爲瑪莉的存在感到心煩意亂，好像完全不知道該怎麼跟她相處。

「妳過得還好嗎？」

「還好。」瑪莉回答。

「他們有好好照顧妳嗎？」

「有。」

他一邊打量她，一邊焦躁地揉著前額。

「妳很瘦。」他說。

「我有變胖。」瑪莉知道自己的語氣非常生硬。

他的臉看起來好不快樂。那雙黑色的眼睛好像在看別的東西，對她視而不見，沒辦法把注意力集中在她身上。

「我忘了妳在這裡，」他說。「忘得一乾二淨。我本來想幫妳請個保母或家庭女教師，至少找個人來照顧妳，但是我忘了。」

「請你，請你……」瑪莉覺得好像有什麼東西哽住了喉嚨。

「妳想說什麼？」他問。

「我……我已經長大了，不需要保母，」瑪莉說。「也請你……請你先不要幫我找家庭女教師。」

他再次揉揉前額盯著她看。

「索爾比家的女人也是這麼說的。」他心不在焉地喃喃自語。

瑪莉鼓起勇氣。

「是……是瑪莎的母親嗎？」她結結巴巴地問。

「對，應該是吧。」他回答。

「她很了解孩子，」瑪莉說。「她有十二個小孩，所以很懂這些事。」

他好像稍微打起精神了。

「妳想做什麼呢？」

「我想去外面玩，」瑪莉暗暗希望自己的聲音沒有發抖。「我在印度的時候不喜歡去外面玩。來這裡之後常常去外面玩，讓我變得比較有胃口，也變胖了。」

他看著她。

「索爾比太太說去外面玩對妳有益，或許真的是這樣沒錯，」他說。「她覺得在請家庭女教師前應該要先讓妳變強壯一點比較好。」

「我在外面玩的時候，荒原吹過來的風會讓我變強壯。」瑪莉試圖說服他。

「妳都去哪裡玩？」他接著問道。

「什麼地方都去，」瑪莉深吸了一口氣。「瑪莎的媽媽送了一條跳繩給我，我會在外面跳繩和跑步，還會到處找土壤裡冒出來的芽。我不會做什麼壞事的。」

「別這麼害怕，」他的語氣很擔憂。「妳不過是個小孩，也沒辦法做什麼壞事啊！妳可以做自己想做的事。」

瑪莉用手遮住喉嚨，生怕他會看出她因爲太興奮差點說不出話來。

「眞的可以嗎？」她戰戰兢兢地問。

「別這麼害怕，」他大聲地說。「當然可以。雖然我對孩子來說不是個很好的監護人，因爲我病得很嚴重，身體很不舒服，總是心不在焉，沒辦法花太多時間陪妳或關心妳，但我希望妳能過得很安逸、很快樂。我不太懂小孩，但梅洛克太太會替我照顧妳，確保妳衣食無虞。我今天找妳來是因爲索爾比太太說我應該要看看妳。她女兒跟她提過妳的事。她認爲妳需要新鮮空氣，自由自在地到處奔跑。」

「她很懂小孩。」瑪莉忍不住又說一次。

「對啊，她眞的很懂，」克雷文先生說。「我本來覺得她在荒原上攔住我很魯莽，但她說……克雷文太太對她很好。」他似乎要費盡全力才能說出亡妻的名字。「她是個值得尊敬的女人，見到妳之後，我覺得她說的話很明智。妳就盡情在外面玩吧，這裡很大，妳可以去任何妳想去的地方、玩妳想玩的遊戲。妳有想要什麼東西嗎？」他好像突然想起什麼似的，「妳想不想要玩具、故事書或洋娃娃？」

「可以……」瑪莉用顫抖的聲音問。「可以給我一點土壤嗎？」

她急著回答，完全沒有意識到自己的用詞聽起來很奇怪，根本不是她想表達的意思。克雷文先生露出非常訝異的表情。

「土壤！」他複述了一遍。「什麼意思啊？」

「可以種種子……讓植物長大……看它們恢復生機……」瑪莉支支吾吾地說。

克雷文先生注視著她好一陣子，接著用手快速拂過眼睛。

「妳……妳很喜歡花園嗎？」他的語調非常緩慢。

「我在印度的時候完全不懂花園，」瑪莉回答。「那時我一直在生病，總是覺得很累，天氣又太熱了。有時我會用沙子堆成花圃，在裡面插一些花。但這裡的花園很不一樣。」

克雷文先生從椅子上站起來，繞著房間慢慢踱步。

「一點土壤。」他自言自語地唸著。瑪莉覺得她可能讓他想起了別的事。等他停下腳步再度開口時，那雙陰鬱的黑眼睛變得既溫柔又和善。

「妳想要多少土壤都行，」他說。「妳讓我想起了一個曾經跟妳一樣喜歡土壤和園藝的人。只要是妳想要的土，」他露出了一個像是微笑的表情。「都可以拿去用，孩子，讓土壤恢復生機吧。」

「任何地方的土壤都可以嗎？如果是沒人想要的那種呢？」

「任何地方都可以。」克雷文先生回答。「好啦！妳該走了，我累了。」他拿起搖鈴呼喚梅洛克太太。「再見。接下來整個夏天我都不會在這裡了。」

梅洛克太太迅速現身，瑪莉不禁猜想她是不是一直在走廊上等。

「梅洛克太太，」克雷文先生對她說。「我見過這孩子後就明白索爾比太太的意思了。

她應該在開始上課前養好身體、變強壯一點。給她吃簡單健康的食物，讓她在花園裡隨意奔跑，不要過度照顧她，她需要的是自由和新鮮空氣，應該到處玩耍。索爾比太太不時會來看看她，她也可以每隔一段時間去農舍晃晃。」

梅洛克太太看起來很高興。不用過度「照顧」瑪莉讓她鬆了一口氣，她一直認為照顧瑪莉是個麻煩的責任，能越少看到她越好；除此之外，她也很開心能跟瑪莎的母親見面。

「謝謝你，老爺，」她說。「蘇珊・索爾比是我的同窗好友，她是個善良又明理的人，就跟你那天碰到她的印象一樣。我一直沒有孩子，而她有十二個，世界上沒有比他們更好、更健康的孩子了，他們絕不會對瑪莉小姐造成負面影響。我在照顧孩子時也經常聽蘇珊・索爾比的建議，她就是你說的那種心智健全的人——你懂我的意思。」

「我懂。」克雷文先生回答。「把瑪莉小姐帶走吧，順便叫皮契爾過來。」

梅洛克太太帶瑪莉回到她房間所在的走廊盡頭後就離開了。瑪莉飛也似的跑回房間，一進去就看到瑪莎在裡面等她。其實瑪莎收拾完餐具後就匆匆趕回來了。

「我可以有自己的花園了！」瑪莉大叫。「只要是我喜歡的地方都可以！而且這段時間都不會有家庭女教師來管我！妳媽媽可以來看我，我也可以去妳家的農舍玩！他說我這種小女孩沒辦法做什麼壞事，我可以做自己想做的事，去任何想去的地方！」

「哇！」瑪莎開心地說。「他人兒眞好哎，對不對？」

「瑪莎，」瑪莉認眞地說。「他眞的是個好人，只是他的表情看起來好痛苦，而且額頭一直皺在一起。」

瑪莉用最快的速度跑到祕密花園。她離開的時間比原本預期的還要久。她知道迪肯會提早離開，因爲他還要走八公里的路回家。她穿過常春藤後面的門，發現迪肯並沒有在先前工作的地方，只剩園藝工具擺在樹下。她跑過去環顧四周，還是沒有看到迪肯。他已經走了。現在祕密花園空蕩蕩的，只有知更鳥飛越圍牆，停在玫瑰叢上看著她。

「他走了，」瑪莉難過地說。「噢！他該不會……他該不會……他該不會只是森林精靈吧？」

這時，她注意到玫瑰叢上有個白色的東西，是一小張紙，而且是從她和瑪莎寫給迪肯的那封信上撕下來的。紙條被一根長長的玫瑰刺固定住，上面有幾個潦草的字和一個小圖案，她馬上就知道這是迪肯留下來的。一開始她還看不出來他畫的是什麼，仔細看才發現原來那是一個鳥巢，裡面有隻小鳥，圖畫下方則寫著幾個印刷體文字：

「我會回來的。」

13 我是柯林

晚餐時刻，瑪莉帶著紙條回到房間，把圖畫拿給瑪莎看。

「哎！」瑪莎驕傲地說。「我從來不知道我們家迪肯這麼聰明。那是密蘇畫眉在鳥巢兒裡的圖案，他畫得跟活生生的鳥兒一樣大，而且比活的更逼真呢！」

瑪莉頓時明白迪肯藏在圖畫裡的訊息。他是在說她可以相信他，他一定會保密的。她的花園就是鳥巢，而她就是那隻密蘇畫眉。噢！她真的好喜歡這個奇怪又平凡的男孩喔！

她一邊希望迪肯明天就會出現，一邊慢慢墜入夢鄉，期待早晨降臨。

然而約克郡的天氣變化莫測，特別是在春天的時候。瑪莉被夜半雨點敲擊窗戶的聲音吵醒，發現外面正下著傾盆大雨，狂風在巨大的老房子裡穿梭，自角落和煙囪「呼嘯」而過。她從床上坐起來，心裡既難過又生氣。

「這場雨就跟我以前一樣彆扭，」她說。「知道我不希望下雨，所以就偏要下。」

她用力躺回枕頭上，把臉埋在裡面。她沒有哭，只是躺在床上討厭重重落下的雨聲，討厭狂風和「呼嘯」聲。她睡不著，悲戚的風雨聲讓她覺得很傷心；如果她心情好的話，也許風雨能變成搖籃曲安撫她入睡，可是今天不行。狂風不斷「呼嘯」，大雨傾瀉而下，狠狠地打在窗戶上，聽起來好淒涼。

「眞的好像在荒原迷路的人發出的哭喊聲。」她說。

她躺在床上翻來覆去，輾轉難眠。大約一個小時後，她突然坐了起來，豎起耳朵，把頭轉向房門仔細聆聽，一聽再聽。

「現在這個不是風聲，」她自言自語地說。「那不是風，聽起來不一樣。那是我之前聽過的哭聲。」

她的房門半掩，那陣遙遠、微弱、令人煩心的哭聲從走廊傳進來。她靜靜聽了幾分鐘，隨著時間過去，她更確定自己的判斷沒錯。她覺得她應該要查明眞相，找到哭聲的來源。這比祕密花園和埋起來的鑰匙更詭異。也許是叛逆的心情讓她勇氣大增，她把腳跨出床沿，站到地板上。

「我要弄清楚那個哭聲到底是怎麼回事，」她說。「反正大家都睡了，我才不怕梅洛克太太呢……管他的！」

她拿起床邊的蠟燭，躡手躡腳地走出房間。走廊看起來又黑又長，但是她太興奮了，一點也不在意。她想她應該還記得要在哪裡轉彎，才能走到那條入口被壁毯蓋住的祕密通道，就是她之前不小心迷路，意外撞見梅洛克太太走出來的那條，哭聲就是從那裡傳出來的。她靠著昏暗的燭光認路，幾乎是跟著感覺走，她覺得自己好像聽得見胸口撲通撲通的心跳聲。遙遠又微弱的哭聲不斷傳來，爲她指引方向，有時哭聲會暫時消失，旋即再度響起。是從這個轉角轉過去嗎？她停下腳步思索。對，沿著走廊往前走，然後左轉，踏上兩道寬闊的階梯，接著再右轉。沒錯，掛著壁毯的門就在那裡。

瑪莉輕輕地推開門進去，然後再輕輕地關上。她站在通道裡仔細聆聽，哭聲雖然不大，卻非常清楚，聲音是從左手邊的牆裡傳出來的。左側不遠處有一扇門，門縫中透出一絲昏黃的光線，有人在那個房間裡哭，聽起來應該是個小孩。

她移步到門邊，推開門，走進房間裡。

房間很大，裡面擺滿了華麗的古董家具，壁爐裡閃爍著微弱的火光，旁邊還有一張雕有花紋的四柱床，上面掛著織錦床幔，床頭則放著一盞點亮的夜燈，有個男孩躺在床上抽抽噎噎地啜泣。

瑪莉不知道這個房間是不是眞的，還是其實她又睡著了，沒有意識到自己在作夢。

男孩的五官非常精緻，輪廓很深，皮膚跟象牙一樣白，骨碌碌的眼睛在那張臉上顯得有點過大，一頭豐盈的頭髮凌亂地披散在前額上，看起來很厚重，讓瘦削的臉變得更小了。他似乎被病魔纏身，不過好像不是因為痛楚而哭，比較像是因為厭倦與煩躁而哭。

瑪莉拿著拿著蠟燭站在門邊，屏住呼吸，接著躡手躡腳地穿越房間。她越靠越近，直到手上的燭光引起了男孩的注意；他從枕頭上轉過來盯著她看，一雙灰色眼睛睜得好大，好像沒有邊際一樣。

「妳是誰？」男孩終於開口，用害怕的語調低聲問道。「妳是鬼嗎？」

「我不是鬼，」瑪莉輕聲回答，語氣中同樣帶著驚恐。「那你是鬼嗎？」

男孩一直、一直、一直盯著她，她很難不注意到那雙奇怪的眼睛。他的眼珠是像瑪瑙一樣的灰色，又黑又濃的睫毛讓眼睛看起來格外巨大。

「不是，」他停頓了一段時間才回答。「我是柯林。」

「柯……柯林？」瑪莉結結巴巴地說。

「我是柯林．克雷文。妳又是誰啊？」

「我叫瑪莉．蘭諾克斯，克雷文先生是我姑丈。」

「他是我爸爸。」男孩說。

「你爸爸！」瑪莉倒抽了一口氣。「沒有人跟我說過他有兒子啊！怎麼會這樣？」

「過來。」他那雙奇怪的灰眼睛依然盯著她看，表情有點緊張。

瑪莉走到床邊，男孩伸手碰了她一下。

「妳是眞的，對不對？」他說。「我常常作一些很眞實的夢，說不定妳只是夢而已。」

瑪莉離開房間時披了一件羊毛罩衫，她抓起罩衫一角塞進他指間。

「你可以摸摸看這件罩衫有多厚、多溫暖，」她說。「如果你想要的話，我也可以捏你一下，讓你感受我有多眞實。我剛剛有那麼一瞬間也覺得你只是一場夢。」

「妳是從哪裡來的？」他問。

「從我房間來的，風的呼嘯聲吵得我睡不著，然後我又聽見有人在哭，所以就決定要出來看看到底是怎麼回事。你為什麼要哭呢？」

「因爲我也睡不著，而且我的頭很痛。再告訴我一次妳叫什麼名字。」

「瑪莉．蘭諾克斯。沒有人跟你說我搬進來住的事嗎？」

男孩還在用手指摩挲她的罩衫，看起來似乎比較相信她是活生生的眞人了。

「沒有，」他回答。「他們不敢說。」

「爲什麼？」瑪莉問道。

「因爲他們覺得我會怕被妳看到。我從來不讓別人看到我或跟我講話。」

「爲什麼？」瑪莉繼續追問，心裡的疑惑也越來越深。

「因爲我一直都是這樣，只能臥病在床，爸爸也不准別人跟我講話，傭人也不能談論我的事。如果我活下來的話可能會變成駝子，但我應該不會活太久。我爸爸只要想到我可能會變得跟他一樣，心情就會很不好。」

「嗯……這棟房子眞的好奇怪，」瑪莉說。「太奇怪了！什麼都是祕密，房間被鎖起來，花園也被鎖起來——還有你！你也被鎖起來了嗎？」

「沒有，我是因爲不想出去所以才待在房間裡。出去對我來說太累了。」

「你爸爸會來看你嗎？」瑪莉鼓起勇氣問道。

「偶爾吧，通常都是在我睡著後才來。他不想看到我。」

「爲什麼？」瑪莉忍不住又問。

男孩臉上閃過一絲陰鬱的怒火。

「因爲我媽媽在生我的時候死了，所以他每次看到我都覺得很痛苦。他以爲我不知道這件事，但我早就聽別人講過了。就算說他恨我也不爲過。」

「因爲她死了，所以他恨那座花園。」瑪莉喃喃自語地說。

「什麼花園？」男孩問道。

「喔！就是……就是她以前很喜歡的花園。」瑪莉結結巴巴地說。「你一直都待在這裡嗎？」

「算是吧，以前偶爾會有人帶我去海邊，但我不喜歡待太久，因爲其他人會一直看我。之前我穿過一種鐵製的矯正工具，好讓背挺直，後來有個名醫從倫敦過來看我，他說那個工具很蠢，叫我脫掉，多去外面呼吸新鮮空氣。可是我討厭新鮮空氣，也不想去外面。」

「我一開始也不想來這裡。」瑪莉說。「你幹嘛一直那樣盯著我看啊？」

「因爲我剛剛說的那種很眞實的夢，」男孩焦躁地回答。「那些夢害我在睜開雙眼的時候都不太相信自己是醒著的。」

「我們都是醒著的，」瑪莉環顧四周，掃過高高的天花板、陰暗的角落和微弱的火光。「這個房間看起來跟夢境很像，而且現在又是半夜，整棟房子裡的人都睡著了，除了我們兩個以外。我們都很清醒。」

「希望這不是夢。」他不安地說。

瑪莉突然想到一件事。

「你說你不喜歡被人看到，」她說。「那你要我離開嗎？」

男孩輕輕拉了一下還在手中的罩衫衣角。

「不要，」他說。「如果妳走了，我會以爲這是一場夢。如果妳是眞的，就坐在腳凳上跟我聊聊天吧。我想多聽一點妳的事。」

瑪莉把蠟燭放在床頭桌上，在嵌有軟墊的腳凳上坐下來。她一點也不想離開，她想留在這個被藏起來的神祕房間裡，跟神祕的男孩聊天。

「你想知道什麼？」她問。

他想知道她來密蘇威特多久了；他想知道她的房間在哪一條走廊；他想知道她做了哪些事，她是不是跟他一樣討厭荒原，她來約克郡之前住在哪裡。瑪莉逐一回答了這些問題，還有其他各式各樣的問題。男孩靜靜地躺在枕頭上聽，又要她講了很多有關印度和跨海旅行的事。瑪莉發現，因爲他患有殘疾，一直關在家裡養病，所以其他孩子知道的事他完全不懂。在他還很小的時候，有個保母教他怎麼認字，從那時起他總是在讀書，也很喜歡看精裝書裡美麗的圖片。

雖然克雷文先生很少在柯林醒著的時候來看他，但他會送來各種新奇又有趣的東西讓他自己玩，可是柯林從來不覺得有什麼好玩的。他要什麼有什麼，也從來不用做自己不想做的事。

「每個人都必須滿足我的要求，讓我開心，」他冷冷地說。「因爲生氣會讓我覺得很不舒服。大家都不相信我會活到長大。」

他說話的態度彷彿已經習慣這件事了，所以完全不在意。他似乎很喜歡瑪莉的聲音，聽得津津有味、非常陶醉，連眼睛都快閉上了。瑪莉有幾次都以爲他會開始打瞌睡，但他最後提出一個疑問，開啓了新的話題。

「妳幾歲？」他問道。

「十歲，你也是十歲。」瑪莉一時之間忘了自己應該要謹慎一點。

「妳怎麼知道？」他大為驚訝。

「因為花園的門是在你出生時鎖上的，鑰匙也是那時埋起來的。到現在已經十年了。」

柯林半坐起身，用手肘撐著身體轉向她。

「什麼花園的門被鎖上了？誰鎖的？鑰匙埋在哪裡？」他提高音量，似乎對這個話題很感興趣。

「是……是克雷文先生討厭的那座花園，」瑪莉緊張地說。「他把門鎖起來了，沒有人……沒有人知道鑰匙埋在哪裡。」

「是怎樣的花園呀？」柯林急切地追問。

「任何人都不准進去，已經有十年了。」瑪莉小心地回答。

可是現在才開始小心已經太遲了。柯林很喜歡她，再加上他平常都沒事做，突然得知家裡有座被爸爸藏起來的祕密花園，讓他深受吸引，正如當初花園吸引瑪莉一樣。他開始拋出一連串問題：花園在哪裡？她從來沒有去找過那扇門嗎？她沒有問園丁嗎？

「他們都不告訴我，」瑪莉說。「我想應該有人不准他們回答這些問題吧。」

「我可以叫他們回答。」柯林說。

「真……真的嗎？」瑪莉結結巴巴，開始覺得有點擔心。要是他能強迫他們回答問題，天曉得到時候會發生什麼事！

「我說過了，每個人都必須滿足我的要求，讓我開心，」他說。「如果我能活下去的話，這個地方總有一天會屬於我的，這些他們都知道，所以我可以叫他們告訴我。」

瑪莉不知道自己是個被寵壞的小孩，但她看得出來眼前這個神祕的男孩顯然已經被寵壞了。他覺得整個世界都是他的，而且講到自己活不了的時候態度也異常冷靜。眞是個怪人。

「你覺得自己活不久？」她之所以這樣問，一半是因爲好奇，一半是爲了轉移他對花園的注意力。

「我不覺得自己有辦法活很久，」他的態度就跟之前一樣冷漠。「從我有記憶以來，身邊的人都說我活不久。小時候他們以爲我聽不懂，現在他們以爲我沒聽到。但我聽得懂，也聽得到。我的醫生是我爸爸的表哥，他們家很窮，如果我死了，他就可以在我爸爸死後繼承整個密蘇威特。我覺得他不希望我活太久。」

「你想活著嗎？」瑪莉又問。

「不想，」柯林露出厭倦的表情。「但我也不想死。身體不舒服的時候，我會躺在這裡想著死亡，然後一直哭一直哭。」

「今天是我第三次聽到你哭了，」瑪莉說。「但我之前一直不知道是誰在哭。你是因爲不想死才哭的嗎？」她繼續追問，希望他能忘記那座花園。

「應該吧。」他回答。「我們來聊點別的，來聊那座花園好了。妳難道不想進去看看嗎？」

「想。」瑪莉的聲音小的像蚊子叫。

「我也想，」柯林繼續說。「我以前從來沒有眞的想看什麼東西過，但現在我想看看那座花園。我希望有人能找出鑰匙，我希望有人能把門打開，我會叫他們推著輪椅帶我過去，這樣我就能呼吸到新鮮空氣了。我要叫他們把門打開。」

他變得很興奮，那雙奇特的眼睛開始如星星般閃爍，看起來比剛才還要大。

「他們得滿足我的要求，讓我開心。」他說。「我會叫他們帶我進去，到時妳也可以一起去。」

瑪莉緊緊握住雙手。一切的一切都完了！這樣迪肯就再也不會回來了，而她也再也不是那隻擁有安全祕密巢穴的密蘇畫眉了。

「喔，別……別……別……別那麼做！」她好不容易鼓起勇氣大喊。

柯林瞪大眼睛，似乎覺得她瘋了。

「爲什麼？」他放聲大叫。「妳明明就說妳也想進去看看啊！」

「我是想啊，」瑪莉的聲音哽在喉嚨裡，幾近嗚咽。「但要是你叫他們打開門，又帶你進去的話，那花園就再也不是祕密了。」

柯林把身子往前傾。

「祕密？」他說。「這話是什麼意思？快告訴我。」

瑪莉支支吾吾，講話語無倫次。

「你想想……你想想看嘛，」她緊張地說。「如果除了我們之外沒有人知道……如果有一扇門藏在常春藤下面……如果眞的有那扇門……如果我們能找到那扇門，如果我們能偷偷進去，把門關上，這樣就不會有人知道我們在裡面，我們可以把花園當成專屬的祕密基地，假裝……假裝我們是密蘇畫眉，花園就是我們的巢，我們可以每天在裡面玩耍、挖土、種種子，讓花園活過來——」

「花園是死的嗎？」柯林插嘴問道。

「如果沒有人照顧的話，花園很快就會死了，」瑪莉繼續說。「球莖會活下來，但是玫瑰——」

柯林以迅雷不及掩耳的速度再次打斷她，看起來就和她一樣激動。

「什麼是球莖？」他插話。

「就是黃水仙、百合和雪花蓮，球莖現在還在土裡，它們正努力長出淡綠色的嫩芽，因為春天快要到了。」

「春天快要到了？」他說。「春天是什麼樣子？我因為生病只能待在房間裡，看不到春天。」

「春天就是陽光照耀在雨水上，雨水灑落在陽光上，植物在土壤裡努力發芽。」瑪莉回答。「如果花園是個祕密，我們又能進去的話，就可以在裡面觀察植物長大，看看有多少玫瑰還活著。噢，你不覺得讓花園保持祕密狀態比較好嗎？」

柯林躺回枕頭上，表情非常古怪。

「我沒有什麼祕密，」他說。「我唯一的祕密就是知道自己沒辦法活到長大。他們都不知道我知道這件事，所以也算是祕密吧。但我比較喜歡妳說的那種祕密。」

「如果你不要叫他們帶你去花園，」瑪莉用懇求的語氣說。「說不定——我幾乎敢保證我總有一天會找到進去的方法，到時候……要是醫生希望你坐輪椅外出，要是你眞的可以做任何自己想做的事，說不定——說不定我們可以找另一個男孩來幫你推輪椅，我們三個可以自己去那座花園，這樣那裡就永遠是祕密花園了。」

「我應該會……喜歡……那樣，」他的眼神如夢似幻，說話的速度非常慢。「我應該會喜歡那樣。我應該不會討厭在祕密花園裡呼吸新鮮空氣。」

保守祕密的點子似乎讓柯林覺得很開心。瑪莉的呼吸慢慢恢復正常，內心也安定不少。她很確定，要是她繼續講下去，讓柯林在心中刻畫出花園的模樣，那他就會喜歡上那座花園，進而無法忍受「任何人都能隨心所欲闖進花園」的想法。

「我告訴你我想像中的花園是什麼樣子，如果我們進去的話會看到什麼，」她說。「花園關起來很久了，所以裡面的植物可能會纏在一起。」

柯林靜靜地躺在床上聽她說話。她說玫瑰藤可能會爬到樹上，垂下枝條；她說那裡很安全，所以應該會有很多鳥飛進去築巢；然後她又說了知更鳥和班・韋德史達的事，她有好多知更鳥的事可以說，而且這個話題既輕鬆又安全，讓她忘卻了恐懼與擔憂。知更鳥的趣事讓柯林聽得很開心，他露出淺淺的微笑，看起來幾乎可以用「漂亮」來形容。瑪莉一開始還因爲他的大眼睛和厚重的頭髮，覺得他長得比自己還要平凡。

「我不知道原來小鳥也會那樣，」柯林說。「我只能待在房間裡，什麼都看不到。妳知道好多事喔，好像妳已經去過那座花園一樣。」

瑪莉不知道該怎麼回答，只好保持沉默。柯林似乎也不期待她有所回應。接著，他給了她一個驚喜。

「我要讓妳看一個東西，」他說。「妳有看到掛在牆上的那個玫瑰色絲綢嗎？壁爐上面那個？」

瑪莉本來沒有注意，但她一抬頭就看到了。那道柔軟的絲綢簾幕下似乎藏著一幅畫。

「有。」她回答。

「簾幕上有條細繩，」柯林說。「妳去拉一下那條繩子。」

瑪莉站了起來，一頭霧水地找到那條細繩。她一拉，簾幕就順著環圈往後捲，露出一幅畫像。畫像主角是一位面帶笑容的女子，她有一頭用藍色緞帶紮起來的明亮秀髮，還有一雙漂亮的灰色眼睛，眼周濃密的睫毛讓眼睛看起來大了一倍，就跟柯林那雙不快樂的瑪瑙灰眼睛一模一樣。

「她是我媽媽，」柯林用抱怨的口氣說。「我不懂她爲什麼要死。有時我會因爲她死掉而討厭她。」

「太奇怪了吧！」瑪莉說。

「如果她還活著，我就不會像現在一樣老是生病了，」柯林不滿地說。「而且會活得更久，我爸爸也不會那麼討厭看到我。我敢說我的背一定會比現在更強壯。把簾幕拉上吧。」

瑪莉拉上簾幕，坐回腳凳上。

「她比你漂亮多了，」她說。「但她的眼睛和你的一樣……至少顏色和形狀一樣。爲什麼要用簾幕蓋住她呢？」

柯林不自在地扭扭身子。

「是我叫他們這麼做的。」他說。「有時我不喜歡她看著我，她在我生病又痛苦的時候笑得太開心了，而且她是我的，我不想讓其他人看到她。」

他們倆就這樣安靜了一會。瑪莉率先打破沉默。

「如果梅洛克太太發現我來這裡會怎麼樣？」她問道。

「她會照我說的話做，」柯林回答。「我會告訴她，我希望妳每天來陪我說話。看到妳來我真的很高興。」

「我也是，只要有空我就會過來，」瑪莉猶豫了一下。「但我也應該要去找找看花園在哪裡，每天都找一下。」

「嗯，妳說得沒錯，」柯林附和。「這樣妳之後就可以告訴我有關花園的事。」

他像先前一樣躺下來思考了幾分鐘，然後再次開口。

「我想我也應該把妳當成祕密，」他說。「除非他們自己發現，不然我不會告訴他們妳來過。我隨時都可以叫保母離開房間，跟他們說我想獨處。妳認識瑪莎嗎？」

「認識啊，我跟她很熟，」瑪莉說。「她負責照顧我。」

柯林朝外面的走廊點點頭。

「她就睡在隔壁的房間。昨天晚上保母去她姊姊那裡過夜，她每次外出都會找瑪莎來陪我。瑪莎會告訴妳什麼時候可以過來。」

瑪莉頓時明白爲什麼瑪莎會在她質疑哭聲時露出爲難的表情了。

「瑪莎一直都知道你在這裡嗎？」她問。

「對啊，她常來陪我。保母不喜歡待在這裡，所以會找瑪莎來代替她。」

「我已經來很久了，」瑪莉說。「是不是該走了？你看起來很睏的樣子。」

「眞希望我能在妳離開前睡著。」柯林害羞地說。

「閉上眼睛，」瑪莉把腳凳拉近床邊。「我可以像印度的保母哄我睡覺一樣輕輕拍拍、摸摸你的手，小聲唱歌給你聽。」

「我應該會喜歡那樣。」柯林昏昏欲睡地說。

不知怎的，瑪莉覺得他有點可憐，不希望他一直躺在床上卻睡不著，因此她俯身靠近床鋪，開始輕拍他的手，用很小的聲音哼著印度斯坦歌謠。

「眞好聽。」柯林的眼皮越來越沉。瑪莉再次低頭看他的時候，他雙眼緊閉，黑色的長睫毛溫柔地貼在臉頰上，墜入甜甜的夢鄉。她輕手輕腳地站起來，拿起蠟燭，一聲不響地離開了。

14 貴族少爺

清晨的荒原隱藏在朦朧的薄霧裡，大雨依然下個不停。今天不可能出門了。瑪莎整個早上都很忙，瑪莉完全沒有機會跟她講話。到了下午，她要瑪莎過來兒童房陪她，於是瑪莎便帶著織到一半的襪子（她沒事的時候都在織襪子）和針織工具來了。

「怎麼啦？」她們一坐下來，瑪莎就立刻開口。「妳看起來好像有話兒想跟我說。」

「對，我找到那個哭聲的來源了。」瑪莉說。

瑪莎瞪大雙眼，驚恐地看著她，手上的襪子都掉到腿上了。

「妳在開玩笑兒吧！」她大喊。「怎麼可能！」

「我昨天晚上又聽到哭聲了，」瑪莉繼續說。「所以我就起床去找，想看看哭聲是從哪裡來的。是柯林。我找到他了。」

瑪莎嚇得漲紅了臉。

「哎！瑪莉小姐啊！」她帶著哭腔說。「妳不應該這麼做兒的——真的不應該！妳會害我惹上麻煩兒的。我從來沒跟妳說過任何有關他的事兒——現在我麻煩兒大了，我會丟掉工作的……那媽媽該怎麼辦呀！」

「妳不會丟掉工作，」瑪莉說。「他很高興我跑去找他，我們聊了好多好多，他說他看到我很高興。」

「他眞的這麼說？」瑪莎大叫。「妳確定兒嗎？妳不知道他生起氣兒來是什麼模樣。他是個大孩子了，但還是會像嬰兒一樣哭鬧兒，而且發脾氣時還會突然大聲兒尖叫，想嚇嚇我們。他知道我們拿他沒辦法兒。」

「他昨天晚上沒有生氣，」瑪莉說。「我有問他要不要我離開，他卻叫我留下來，還問了好多問題。我坐在一張大腳凳上跟他說了印度、知更鳥和花園的事。他不想讓我走，還讓我看他媽媽的畫像。我走之前還唱了一首歌哄他睡覺。」

瑪莎驚訝地倒抽了一口氣。

「眞不敢相信！」她有點抱怨地說。「妳昨晚做的事兒就像走進獅子的巢穴一樣，平常要是碰到這種情況，他一定會大發脾氣兒，把整棟房子裡的人兒全都吵醒。他不喜歡陌生人兒看他。」

「他有讓我看他啊，我一直看他，他也一直看我，我們大眼瞪小眼耶！」瑪莉說。

「我眞不知道該怎麼辦兒才好！」瑪莎激動地大喊。「要是被梅洛克太太發現了，她一定會認爲是我違背命令告訴妳柯林的事兒，然後我就只能打包行李回去找媽媽了。」

「他還不會告訴梅洛克太太，目前這件事是個祕密，」瑪莉的口氣非常堅定。「他說每個人都必須滿足他的要求，讓他開心。」

「是哎，那倒是眞的——那個小壞蛋兒！」瑪莎嘆了一口氣，用圍裙擦擦前額。

「他說梅洛克太太一定會聽他的話。他希望我每天都去陪他聊聊天，要妳負責告訴我什麼時候過去。」

「我！」瑪莎說。「我會丟掉工作的……一定會！」

「如果每個人都必須服從他的命令，妳做了他叫妳做的事才不會丟掉工作呢。」瑪莉反駁。

「妳的意思兒是說，」瑪莎睜大眼睛。「他對妳很好囉！」

「我想他應該算是喜歡我吧。」瑪莉回答。

「那妳一定是在他身上施了什麼咒語！」瑪莎深吸了一口氣後果斷地說。

「妳是說魔法嗎？」瑪莉認眞地問。「我在印度有聽說過魔法，但是我不會。我只是走進房間，驚訝地站在那裡看著他，然後他就轉過來盯著我。一開始他還以爲我是鬼或是夢，我也以爲他是鬼或是夢。兩個陌生人就這樣在半夜獨處了這麼久，感覺好奇怪。後來我們開始問對方問題，我問他我是不是該走了，他叫我不要走。」

「天兒要下紅雨啦！」瑪莎倒抽了一口氣。

「他到底怎麼了？」瑪莉問。

「沒有人知道他究竟是怎麼回事兒，」瑪莎說。「他出生的時候克雷文先生其實有點神智不清兒，醫生還以爲他會被送進精神病院兒呢。克雷文先生之所以會那樣，是因爲克雷文太太死了，我之前告訴過妳了。他看都不看寶寶一眼兒，一直語無倫次地說這個小孩兒會像他一樣是個駝子，最好死了算了。」

「柯林是駝子嗎？」瑪莉問。「看起來不像啊。」

「他現在還不是，」瑪莎說。「但他從小生活的環境兒很糟。媽媽說這棟房子裡的問題和仇恨太多兒了，會給孩子帶來不好的影響。他們擔心他的背太虛弱，想方設法地保護他，要他躺在床上，不讓他走路兒。之前他們還要他穿矯正器兒，但他因爲太討厭矯正器兒、不斷哭鬧，結果大病一場。後來有位名醫來看他，要他們把矯正器兒拿掉，並直截了當但很有禮貌地告訴其他醫生，他們讓他吃太多藥兒，而且太縱容他了。」

「我覺得他被寵壞了。」瑪莉說。

「他大概是全世界最壞的小孩兒啦！」瑪莎說。「我也不是說他沒生過病兒。他有兩、三次都因爲咳嗽和感冒差點兒死掉，還得過一次風濕熱和傷寒。哎！那次梅洛克太太快嚇死了。那時他陷入昏迷，梅洛克太太在跟保母講話時以爲他不省人事兒，所以就說：『他這次一定會死，這對他和我們來說都好。』接著她轉頭看他，發現他正睜著那雙大眼睛兒瞪著她，看起來和她一樣清醒。他對梅洛克太太說：『閉嘴，把水拿來。』」

「妳覺得他會死嗎？」瑪莉問。

「媽媽說沒辦法呼吸到新鮮空氣兒、什麼都不做，只會躺在床上吃藥兒和看圖畫書兒的小孩兒是活不下來的。他很虛弱，覺得外出是件討厭又麻煩的事兒，而且他太容易感冒了，總說外出會讓他生病兒。」

瑪莉靜靜地看著爐火。

「我在想，」她緩緩開口。「說不定到外面的花園裡看看植物會對他有益。至少我因爲這樣變健康了。」

「他最誇張的一次，」瑪莎說。「是他們帶他去看噴水池旁的玫瑰兒。他以前曾在書上讀到人會感染一種他稱之爲『玫瑰兒感冒』的病兒，結果他打了幾個噴嚏，就說自己染上那種病兒了。當時剛好有個新來的園丁兒不懂規矩兒，好奇地看了他一眼兒，他馬上氣呼呼地說那個園丁兒是因爲他駝背才看他的。那天他哭到整個晚上都在發高燒兒。」

「要是他敢對我發脾氣，我就再也不會去看他了。」瑪莉說。

「只要他想見妳，他就會想盡辦法兒達成目的，」瑪莎說。「這個妳應該一開始就知道了。」

過沒多久，搖鈴的聲音響起。瑪莎把針織工具收好。

「應該是保母要我去陪他一會兒，」她說。「希望他現在心情兒不錯。」

她才踏出房門十分鐘，就又一臉困惑地走回來。

「哎，妳眞的在他身上施咒語啦，」她說。「他居然拿著圖畫書兒坐在沙發上哩。我剛才在隔壁房兒等著，他要保母六點兒之前都不要回來。保母一走，他就叫我過去，然後說：『我要瑪莉．蘭諾克斯來陪我聊天。記住，千萬不要告訴別人。』妳最好快點兒過去。」

瑪莉也很想趕快過去，雖然她想見柯林的感覺沒有像想見迪肯那麼強烈，但她還是很想見他。

她走進柯林的房間，壁爐裡燃燒著熊熊火焰。她覺得房間在日光的照耀下看起來非常漂亮，地毯、壁毯、牆上的畫作和書籍各自漾著鮮豔的色彩，讓房間變得既繽紛又舒適，就算窗外天空灰暗、大雨滂沱，也完全無損這份美麗。柯林穿著天鵝絨晨袍，倚著大大的緞面靠枕，臉頰紅通通的，看起來就像一幅畫一樣。

「過來，」他說。「我整個早上都在想妳的事。」

「我也一直在想你的事，」瑪莉說。「你不知道瑪莎有多害怕。她說梅洛克太太會以為是她把你的事告訴我的，她會因為這樣被開除。」

柯林皺起眉頭。

「妳去叫她過來，」他說。「她在隔壁房間裡。」

瑪莉到隔壁把她帶過來。可憐的瑪莎不停發抖，柯林依舊皺著眉頭。

「妳應該做讓我開心還是不開心的事？」他質問道。

「我應該做讓你開心的事，少爺。」瑪莎滿臉通紅，聲音不斷顫抖。

「梅洛克是不是也該做讓我開心的事呢？」

「每個人都應該這麼做，少爺。」瑪莎回答。

「好，那如果我叫妳帶瑪莉小姐過來，梅洛克怎麼會因為發現這件事就開除妳呢？」

「請不要讓她開除我，少爺。」瑪莎懇求。

「如果她敢對這件事有意見，我就會開除她。」柯林傲慢地說。「我告訴妳，她不會想要那樣的。」

「謝謝你，少爺，」瑪莎行了一個屈膝禮。「我希望能繼續做這份工作，少爺。」

「妳的工作就是滿足我的要求，」柯林頤指氣使地說。「我會保護妳的。妳可以走了。」

瑪莎關上門後，柯林發現瑪莉正盯著他看，彷彿他做了什麼令人費解的事。

「幹嘛那樣看我？」他問。「妳在想什麼？」

「我在想兩件事。」

「哪兩件？坐下來告訴我。」

「第一件事，」瑪莉坐在一張大凳子上說。「我以前在印度看過一個貴族少爺，他身上穿戴著許多紅寶石、鑽石和綠寶石，他跟別人講話的口氣就像你對瑪莎一樣。大家都要照他說的話做，而且要立刻照辦。我猜要是沒有馬上做的話就會被他殺掉。」

「妳等一下講那個貴族的故事給我聽，」柯林說。「但妳先告訴我第二件事是什麼。」

「我在想，」瑪莉說。「你跟迪肯真的很不一樣。」

「迪肯是誰？」柯林說。「這名字還真怪。」

瑪莉想告訴他有關迪肯的事，她覺得自己有辦法略過祕密花園，單純講迪肯的事就好。她很喜歡聽瑪莎談論迪肯，而她也很想談論迪肯，這樣會讓她覺得自己跟迪肯親近多了。

「迪肯是瑪莎的弟弟，今年十二歲，」她說。「他很特別，世界上沒有人跟他一樣，他就像印度能馴服蛇的弄蛇人，可以馴服狐狸、松鼠和小鳥。他會用笛子吹柔和的音樂，動物都會跑過來聽。」

柯林坐的沙發旁邊有張桌子，上面擺著幾本厚重的大書。他突然把其中一本拖到面前。

「這裡有弄蛇人的圖片，」他高聲說。「妳過來看。」

那本精緻華美的書裡有很多漂亮的彩色插圖。他翻到其中一頁。

「他會這樣嗎？」他熱切地問。

「他吹笛子的時候動物會跑過來聽，」瑪莉解釋。「但他說那不是魔法，是因爲他在荒原上住了很久，所以很懂動物。他說，有時他會覺得自己其實是兔子或小鳥，因爲他太喜歡牠們了。我想他可以跟知更鳥交談，感覺就好像他們用輕柔的啁啾聲對話一樣。」

柯林把背靠在靠枕上，眼睛越睜越大，臉頰也越來越紅。

「多跟我說一些他的事。」他說。

「他知道所有關於鳥蛋和鳥巢的事，」瑪莉繼續說。「也知道狐狸、貛和水獺住在哪裡，但他會幫牠們保密，不讓其他男孩知道，這樣他們就不會跑去動物的家、嚇到那些動物。他了解所有在荒原上生活的生物喔。」

「他喜歡荒原啊？」柯林問道。「他怎麼會喜歡這麼荒涼、空曠又無聊的地方呢？」

「荒原是世界上最漂亮的地方，」瑪莉反駁。「有好多種可愛的生物在荒原上長大，好多種動物在荒原上忙著築巢、挖洞、唱歌和鳴叫，牠們在土裡、樹上或石楠灌木中忙得很快樂。荒原就是牠們的世界。」

「妳是怎麼知道這些事的？」柯林用手肘撐著身體轉向瑪莉。

「其實我從來沒去過荒原，」瑪莉好像突然想起什麼似的。「只有晚上坐車經過一次，當時我覺得荒原很醜。最先告訴我荒原有多好的是瑪莎，後來迪肯也這麼說。他的描述會讓你覺得自己彷彿就站在石楠灌木間親眼看見、親耳聽見他說的一切，那裡陽光燦爛，荊豆聞起來有蜂蜜的味道，而且到處都是蜜蜂和蝴蝶。」

「但是如果生病的話就永遠看不到這些東西了。」柯林非常焦躁，看起來就像一個聽見遠方傳來陌生聲響的人，不斷猜測那是什麼。

「你一直待在房間裡的話當然看不到啊。」瑪莉說。

「我又沒辦法去荒原。」柯林忿忿不平地說。

瑪莉整整沉默了一分鐘才放膽開口。

「說不定……有一天你可以。」

柯林動動身體，好像嚇了一跳。

「去荒原！怎麼可能？我會死掉的。」

「你怎麼知道？」瑪莉毫不留情地說。她不喜歡他用那種態度講死亡，也不怎麼同情他，總覺得他好像在炫耀這件事。

「喔，從我有記憶以來就聽人家這麼說了，」柯林生氣地說。「他們老是竊竊私語，還以為我沒注意到呢。他們也很希望我死掉。」

瑪莉覺得很彆扭。她抿起嘴唇。

「要是有人希望我死掉，」她說。「我就偏不死掉。是誰希望你死掉？」

「那些傭人，當然還有克雷文醫生。如果我死了，他就可以得到密蘇威特莊園，從窮人變成有錢人。雖然他不敢這麼說，但只要我的狀況不好，他都一副很開心的樣子。上次我得風濕熱的時候，他的臉居然變胖了。還有我覺得我爸爸也希望我死掉。」

「我才不相信他會這麼想。」瑪莉頑固地說。

柯林再次轉頭看著她。

「是嗎？」他說。

他倒回靠枕上動也不動，似乎在思考些什麼。有很長一段時間房間裡一片寂靜。或許他們倆都在想一些通常小孩子不會想的奇怪的事。

「我喜歡那個倫敦來的名醫，他叫他們把那個鐵做的東西拿掉了。」瑪莉終於開口。「他有說你會死掉嗎？」

「沒有。」

「那他說了什麼？」

「他沒有竊竊私語，」柯林回答。「可能是因爲他知道我討厭別人竊竊私語吧。我聽到他很大聲地說：『只要這孩子決定活下去，他就活得下去。要讓他保持心情愉快。』他那時聽起來好像很生氣。」

「我知道誰可以讓你保持心情愉快，」瑪莉若有所思地說，她覺得自己無論如何都要解決這件事。「我相信迪肯可以。他總是把有生命的東西掛在嘴邊，不會講那些生病或死掉的東西。他總是抬頭看著天空中飛翔的小鳥，或是低頭觀察大地生長的植物。他的藍眼睛好圓好圓，老是睜得大大的到處看，而且他的嘴巴很大，笑起來很燦爛，還有他的臉頰很紅，紅得像櫻桃一樣。」

瑪莉把凳子拉到沙發旁邊，臉上的表情因爲想起迪肯大大的菱角嘴和圓圓的藍眼睛而起了變化。

「好啦，」她說。「我們不要討論死亡，我不喜歡死亡。我們來討論活的東西，一起聊天，聊聊迪肯，然後再一起看書上的圖片。」

這是她能想到的最美好的話題。談論迪肯就等於談論荒原、農舍、十四個住在農舍裡每週只靠十六先令過活的人、跟野馬一樣被荒原青草養大的健壯孩子，還有迪肯的母親，還有跳繩、灑滿陽光的荒原，以及從黑色沃土冒出來的淡綠色嫩芽。這些人事物充滿活力，讓她聊到停不下來，她以前從來沒講過這麼多話。柯林則是有時候聽、有時候說，跟他以前的習慣完全不一樣。他們聊得好開心，不時沒來由地大笑，而且笑得好大聲、好快樂，就像兩個健康、普通又吵鬧的十歲小鬼，而非冷漠無情的難搞小女孩和一心認為自己快死掉的藥罐子男孩。

他們倆自得其樂，玩得非常開心，不但把圖畫書忘得一乾二淨，就連時間也被拋在腦後。就在他們被班・韋德史達和知更鳥的趣事逗得哈哈大笑時，柯林想到了一件事。他猛然坐起身，似乎忘了自己的背很虛弱。

「妳知道嗎？有件事我們從來沒想過耶，」他說。「我們是表親呢。」

眞奇怪，他們聊了那麼久，卻沒有注意到這個簡單的事實。這個小發現讓他們笑得更厲害，因為他們的心情已經好到無論講什麼都想笑了。就在兩人笑成一團的時候，房門突然敞開，克雷文醫生和梅洛克太太走了進來。

克雷文醫生嚇了一大跳，結果不小心撞到梅洛克太太，害她差點跌倒。

「我的天啊！」可憐的梅洛克太太失聲驚呼，眼睛瞪得老大，都快掉出來了。「我的天啊！」

「這是怎麼回事？」克雷文醫生一邊說一邊往前走。「現在是什麼情況啊？」

瑪莉又想起了那個貴族少爺。柯林回話的態度彷彿醫生的驚慌與梅洛克太太的懼怕都是雞毛蒜皮的小事，好像走進房間的只是一隻老貓和一隻老狗罷了，他完全不放在眼裡。

「她是我表妹，瑪莉．蘭諾克斯，」他說。「我要她來這裡跟我聊天。我很喜歡她。以後只要我叫她來，她就得來。」

克雷文醫生用責備的眼神看著梅洛克太太。

「噢，先生，」梅洛克太太急忙解釋。「我不知道這是怎麼回事，這裡沒有一個傭人敢提到他，我們都吩咐過的。」

「沒有人告訴她任何事，」柯林說。「她是聽到我的哭聲自己找到這裡的。我很高興她來找我。別傻了，梅洛克。」

瑪莉覺得克雷文醫生看起來不太高興，但顯然他也不敢違抗他的病人。他在柯林旁邊坐下來，開始量他的脈搏。

「你的情緒太激動了，孩子，這對你沒好處啊。」他說。

「要是她不能來陪我，我就會更激動，」柯林的眼睛裡閃著危險的光芒。「我現在好多了，她讓我覺得好多了。叫保母把她的茶和我的一起端上來，我們等一下要一起喝茶。」

梅洛克太太和克雷文醫生交換了一個困擾的眼神，顯然拿柯林完全沒辦法。

「他看起來確實好多了，先生，」梅洛克太太試探地說。「不過……」她想了一下。「今天早上她還沒來的時候他的狀況就滿不錯的。」

「她昨天晚上就來過了，陪了我很久，還唱了一首印度歌謠哄我睡覺，」柯林說。「所以我起床的時候才會覺得好多了，也有胃口吃早餐。我現在想喝茶了，梅洛克，快去跟保母說吧。」

克雷文醫生沒有待太久。他在保母進來後跟她交談了幾分鐘，又叮嚀柯林一些事情，像是他不能講太多話，不能忘記他還在生病，也不能忘記他很容易感到疲倦。瑪莉覺得他好像有無數件煩人又不能忘記的事。

柯林一臉不耐，用那雙綴著濃密黑睫毛的奇特眼睛盯著克雷文醫生的臉。

「我想把這些全都忘掉，」他說。「她能讓我忘記這些事，所以我才要她過來。」

克雷文醫生離開房間時看起來不太高興。他困惑地朝坐在大凳子上的瑪莉瞥了一眼。他剛才一走進房間，她就瞬間變回從前那個僵硬、拘謹又沉默的小孩。他看不出她有什麼吸引人的地方。但是無論如何，柯林的精神的確變好了。克雷文醫生沿著走廊往前走，重重地嘆了口氣。

「他們一天到晚要我吃我不想吃的東西，」柯林在保母把茶放在沙發旁邊的桌上時說。「但現在只要妳吃我就會吃。那些熱呼呼的鬆餅看起來好好吃喔。對了，快跟我說那個貴族少爺的事吧。」

15 築巢

下了整整一週的雨後，高遠的藍色蒼穹終於現身，熾熱的陽光再度灑落在荒原上。雖然瑪莉這陣子都沒辦法去祕密花園，也見不到迪肯，但她還是很開心。對她來說，這一週並不漫長，她每天都會去柯林的房間告訴他有關貴族少爺、花園、迪肯或荒原農舍的故事。他們看了幾本精裝書和書裡的圖片，有時瑪莉會讀給柯林聽，有時柯林會讀給她聽。當他興致勃勃、玩得很開心的時候，瑪莉就覺得要不是他臉色那麼蒼白又老是坐在沙發上，他看起來一點也不像病人。

「妳還真調皮哩，那天晚上聽到哭聲後居然下床跑出去找，」梅洛克太太曾對瑪莉這樣說。「不過說真的，對我們這些人來說算是好事。自從妳跟他變成朋友後，他都沒有亂發脾氣或大聲哭鬧過。保母本來覺得他很煩，想放棄這個工作了，現在她說如果值班時妳也在的話，她就不介意待在這裡。」

只要在和柯林聊天時提到有關祕密花園的事，瑪莉總是特別小心。她很想從他那邊打聽一些消息，但又覺得不能單刀直入地問。瑪莉慢慢喜歡上他了，所以首先要弄清楚的就是他是不是那種值得信賴、能保守祕密的人。柯林和迪肯的個性截然不同，不過他顯然很喜歡祕密花園，她覺得或許可以信任他，只是她認識他的時間還不夠長，沒辦法完全確定。第二件她想知道的是：如果他值得信任，真正百分之百值得信任的話，有沒有辦法在不被別人發現的情況下帶他去祕密花園呢？倫敦那位名醫說他應該多呼吸新鮮空氣，柯林則說他不介意去祕密花園裡呼吸新鮮空氣。說不定只要他呼吸大量新鮮空氣、認識迪肯與知更鳥、看見萬物生長，他就不會老是想著死亡。最近瑪莉常盯著自己在鏡子裡的倒影，發現自己和剛從印度過來時很不一樣，現在鏡子裡的女孩看起來比較和善一點了。就連瑪莎都察覺到她的轉變。

「荒原兒的空氣兒已經對妳產生好的影響啦，」她說。「妳變得比較不黃兒，也沒那麼瘦了，連頭髮兒都不再像以前一樣塌塌地貼在頭上，變得比較活潑、比較蓬鬆一點兒了。」

「頭髮就跟我一樣，」瑪莉說。「變得更胖、更強壯，而且一定會越來越好。」

「看起來確實是這樣，」瑪莎撥撥她耳側的頭髮。「嗯，比以前漂亮多兒了，而且臉頰兒也比較紅潤了。」

如果花園和新鮮空氣對她有好處，說不定也會對柯林有好處。但是，如果他討厭別人看他，那他可能不會想跟迪肯見面。

「為什麼別人看你你會生氣？」瑪莉有一天問了他這個問題。

「我一直很討厭別人看我，」柯林回答。「從我很小的時候就這樣了。以前他們帶我去海邊，我都躺在輪椅上，結果每個人都盯著我看，有些女生還會停下來跟保母講話，講一講就開始竊竊私語，我知道他們在說我活不到長大。有時有的女生會拍拍我的臉頰說：『可憐的孩子。』有一次我在某個女生這麼做時大聲尖叫，還咬了她的手，她就被我嚇跑了。」

「她一定覺得你跟瘋狗沒兩樣。」瑪莉用不贊同的語氣說。
「反正我又不在意她的想法。」柯林皺起眉頭。
「那你怎麼沒有在我進你房間的時候尖叫和咬我呢？」瑪莉嘴角緩緩揚起一抹微笑。
「我以爲妳是鬼或是一場夢啊，」柯林說。「人又沒辦法咬到鬼和夢，就算大聲尖叫，鬼和夢也不會在意。」
「你會不會介意……介意被其他男孩看到？」瑪莉遲疑地問。
柯林躺回靠枕上想了一下。
「有一個男孩，」他講話的速度很慢，彷彿在仔細斟酌每一個字。「有一個男孩我應該不會介意，就是知道狐狸住在哪裡的那個……迪肯。」
「我就知道你不會介意他看到你。」瑪莉說。
「因爲小鳥不介意，其他動物也不介意，」柯林不斷反覆思考。「所以我應該也不用介意。他會吸引所有動物，我是個男孩動物。」
他笑了出來，瑪莉也跟著大笑。事實上他們最後笑了好久，完全停不下來，覺得男孩動物躲在洞裡這個比喻眞的太好玩了。
從那之後，瑪莉覺得自己不必再擔心迪肯了。
天空再次轉藍的那個早晨，瑪莉很早就醒了。陽光斜斜地灑在百葉窗上，她睜開眼睛看到這幅景象立刻開心地跳下床，跑到窗前。她拉起百葉窗，打開窗戶，一陣清新的空氣迎面吹來，荒原看起來一片湛藍，整個世界就像被施了魔法一樣，到處都是輕柔的鳴叫聲，鳥兒似乎正在爲音樂會調音，進行預演。瑪莉把手伸到窗外，感受陽光。

「是暖的——好暖喔！」她說。「這種天氣會讓綠芽抽高、抽高再抽高，還會讓泥土裡的球莖和根努力長大。」

她跪在窗臺邊，盡可能將身體探向窗外，同時大口呼吸、嗅聞空氣，直到她想起迪肯的媽媽說他的翹鼻子像小兔子，大聲笑了起來。

「現在一定還很早，」她說。「那些小小的雲都是粉紅色的，我從來沒看過這樣的天空。大家都還沒醒。我連馬僮的聲音都沒聽到。」

這時，她靈光一閃，立刻站了起來。

「我等不及了！我要去看花園！」

瑪莉花了五分鐘換好衣服（她現在已經學會自己穿衣服了），從一扇她拉得動門閂的小門溜出去，踩著襪子飛奔下樓，一直到大廳才穿上鞋子。她解開大門的鎖鏈，拔開門閂，然後打開門跳下臺階，站在已經變成綠色的草地上。和煦的陽光灑在她身上，甜蜜溫暖的風輕輕吹拂，灌木及樹林間傳來啁啾的鳥鳴和清脆的叫聲。瑪莉心中湧起一股純粹的喜悅，她緊握雙手，抬頭望著天空，只見藍色、粉紅色與珍珠白相互渲染，交織著明媚春光，讓她覺得自己非得要吹吹口哨、大聲唱歌才能表達內心的激動（她知道畫眉鳥、知更鳥和雲雀一定忍不住）。她越過灌木叢、跑過小徑，直奔祕密花園。

「一切都變得不一樣了，」她說。「草變得更綠，萬物都在生長，綠色的葉芽也舒展開來了。迪肯今天下午一定會來。」

這場溫暖的雨下了很久，讓矮牆下步道邊的草本花圃產生了奇妙的變化。嫩芽從植物的根部冒出來，番紅花的莖則出現了黃色和紫紅色斑點。六個月之前，瑪莉完全不了解世界正在甦醒、對一切視而不見，但現在的她絕不會錯失任何美好的小細節。

她走到藏在常春藤後面的門時，突然傳來一陣奇怪的聲音，害她嚇了一跳。那是烏鴉發出的嘎嘎聲，來自圍牆上方。她抬頭一看，發現一隻羽毛閃亮、色澤華美的藍黑色大鳥正坐在牆頭，用睿智的眼神俯視著她。她有點緊張，因爲她從來沒有在這麼近的距離看過烏鴉，然而下一秒，烏鴉立刻展開翅膀飛越花園。她一邊推開門一邊想，不知道牠會不會跑進花園裡，希望牠不要進去。走進花園裡後，她看到烏鴉降落在一棵低矮的蘋果樹上，似乎想待在這裡。蘋果樹下有隻尾巴毛茸茸的紅色動物，烏鴉和紅色動物就這樣一上一下，一起看著彎腰跪在草地上挖土、頂著一頭紅褐色亂髮的小身影——是迪肯。

瑪莉飛也似的越過草皮，朝他衝過去。

「噢，迪肯！迪肯！」她大喊。「你怎麼會這麼早來！怎麼會！太陽才剛起床耶！」

迪肯站起身，臉上掛著一個大大的笑容，精神奕奕、頭髮凌亂，雙眼跟天空一樣藍。

「哎！」他說。「我起床兒的時間比太陽早多了，怎麼可能躺得住呢！今天早上整個世界都復活兒了，眞的，萬物不斷生長、抽高、嗡嗡作響、啁啾鳴叫、築巢兒和散發香氣兒，不起床兒怎麼行！一定要出來看看呀！太陽出來的時候，荒原兒開心得跟瘋子似的，那時兒我正走到石楠灌木叢裡，也跟瘋子一樣拚命狂奔，一邊大喊一邊唱歌兒，然後就直接跑來這兒了。我非來不可。花園正在這兒等著呢！」

瑪莉用手摀住胸口，呼吸急促，好像自己也跟著迪肯一起在荒原上狂奔一樣。

「噢，迪肯！迪肯！」她說。「我好開心喔，都快喘不過氣了！」

一看到迪肯和陌生人講話，尾巴毛茸茸的紅色動物就立刻從樹下跑到他身邊，剛才嘎嘎叫的禿鼻鴉也從樹枝上飛下來，悄悄停在他肩膀上。

「牠是隻小狐狸，」他摸摸紅色小動物的頭說。「名字叫隊長，牠則是煤灰。我剛剛一路跑過來兒的時候，煤灰也跟著我一起飛過來兒，隊長也是，跑得像後面有獵犬兒在追牠似的。牠們都跟我有一樣的感覺兒。」

那兩隻動物看起來似乎一點也不怕瑪莉。迪肯走動的時候，煤灰穩穩地站在他的肩膀上，隊長則小跑步緊跟在他身旁。

「妳看！」迪肯說。「看看這些植物長得多好呀，還有這兒跟這兒！還有……哎！妳看這兒！」

他跪了下來，瑪莉也在他旁邊跪下。眼前是一叢開滿了紫色、橘色和金黃色花朵的番紅花。瑪莉俯身靠近，對那些小花親了又親。

「我從來沒有這樣親過人，」她抬起頭來說。「可是花就不一樣了。」

迪肯露出有點困惑的微笑。

「哎！」他說。「有時我從荒原兒閒晃完回家之後，看到我媽媽舒服又愉快地站在門口兒，沐浴在陽光兒下，我就會這樣親她。」

他們從花園這一頭跑到另一頭，發現好多奇妙又美麗的事物，興奮到必須不斷強迫、提醒自己一定要小聲說話才行。迪肯要瑪莉看那些貌似死掉的玫瑰枝椏上肥碩的葉苞，還有成千上萬從土裡冒出來的嫩芽；兩人急切地將小鼻子湊近土壤，嗅聞溫暖的春日芬芳。他們四處挖掘採摘，快樂地低聲笑著，直到瑪莉的頭髮和迪肯一樣蓬亂，臉頰也跟他一樣紅潤。

那天早晨，祕密花園裡充滿了喜悅，而沉浸在這種喜悅中的美好感受讓他們更加快樂。就在這個時候，一道黑影敏捷地飛越圍牆、掠過樹木，降落在旁邊一個綠意盎然的角落。那是一隻嘴上銜著東西、色澤耀眼的紅胸小鳥。迪肯默默站定，悄悄把手搭在瑪莉肩上，好像突然發現他們其實是在教堂裡大笑一樣。

「我們必得靜止不動兒，」他用很重的約克郡口音說。「我們必得屏住呼吸兒。我上次看到牠的時候就知道牠在找伴兒，那是班·韋德史達的知更鳥兒。牠正在築巢兒，只要我們不要嚇到牠，牠就會留在這兒。」

他們輕手輕腳地蹲下，坐在草地上一動也不動。

「我們絕對不能讓牠發現我們在注意牠，」迪肯說。「要是牠覺得我們在干擾牠，牠就不會再信任我們了。這段期間牠會有點兒不一樣，牠會守護自己的家兒，變得比較害羞，戒心兒也比較強，沒有時間到處閒晃或聊天兒。我們現在一定要動也不動地假裝兒自己是草、樹或灌木叢兒，等牠習慣我們的存在兒之後，我會吹吹口哨兒，這樣牠就知道我們不會妨礙牠了。」

瑪莉不太確定她能不能像迪肯一樣讓自己看起來像草、樹或灌木叢。他在講這些奇怪的話時一派輕鬆，彷彿是再自然不過的小事。她覺得這對他來說一定很簡單。她小心翼翼地觀察他幾分鐘，猜想他會不會變成綠色、在身上放一些樹枝和葉子之類的。然而他只是文風不動地坐著，講話的聲音輕柔至極，她以為自己會聽不到他說什麼，但她聽得一清二楚。

「築巢兒是春天兒的一部分，」他說。「我敢保證，從世界形成兒之初到現在，每一年都是這樣。牠們的行為和思考模式都有自己的一套規矩兒，我們最好不要去干涉。要是太好奇兒的話，在春天兒失去朋友的機率比其他季節兒高多了。」

「可是如果我們一直聊牠，我就會忍不住看牠，」瑪莉盡可能壓低音量。「我們得聊點別的才行。我剛好有件事想告訴你。」

「聊點兒別的確實會讓牠比較開心。」迪肯說。「妳要說什麼事兒？」

「嗯……你知道柯林嗎？」

他轉頭看著她。

「妳對他的事兒知道多少？」他問。

「我見過他，這禮拜我每天都去跟他聊天，是他希望我去的，他說我能讓他忘記自己生病和快死掉的事。」瑪莉回答。

迪肯圓臉上的訝異表情消逝無蹤，似乎鬆了一口氣。

「我很高興妳知道他的事兒了，」他回答。「眞的很高興，讓我覺得心情輕鬆多了。我不能洩漏他的事兒，可是我也不喜歡隱瞞。」

「你不喜歡隱瞞花園的事嗎？」瑪莉說。

「我絕對不會把花園的事兒說出去，」他說。「但我跟媽媽說：『媽媽，我要保守一個祕密，妳知道的，這不是什麼不好的祕密，是跟鳥巢兒位置一樣無害的祕密。妳不會介意的對不對？』」

瑪莉一直都很喜歡聽他們母親的事。

「那她說什麼？」她直截了當地問，一點也不怕聽到答案。

迪肯溫和地笑了。

「就很像她會說的話兒啊，」他回答。「她摸摸我的頭笑著說：『哎，兒子，你想保守幾個祕密都行兒，我可是認識你十二年了呢。』」

「你怎麼會知道柯林的事？」瑪莉又問。

「只要是認識克雷文先生的人兒都知道莊園兒裡有個殘障的孩子，也知道克雷文先生不喜歡有人兒談論他。大家都為克雷文先生感到遺憾兒，因為克雷文太太是個很漂亮的年輕小姐，而且他們又那麼相愛。梅洛克太太每次去威特時都會順道來我們家兒拜訪，她完全不介意在我們這些小孩兒面前跟媽媽說話兒，因為她知道我們家教很好，值得信任。妳是怎麼發現他的？瑪莎上次回家兒的時候非常苦惱，她說妳聽到他在鬧脾氣兒，還問了一些問題，她不知道該怎麼回答才好。」

瑪莉把事情的經過一五一十地告訴迪肯。她半夜被呼嘯的風吵醒，被遙遠又微弱的聲音吸引到暗暗的走廊，然後拿著蠟燭走進光線昏暗、角落擺著一張雕花四柱床的房間。當她描述那張透著象牙白的小臉和奇怪的灰眼睛時，迪肯搖搖頭。

「大家都說他的眼睛兒幾乎和他媽媽的一模一樣兒，唯一不同的是他媽媽的眼睛兒總是笑笑的，」他說。「他們說克雷文先生沒辦法兒在他醒著時去看他的原因，就是因爲他的眼睛兒太像他媽媽了，只是他的臉兒很痛苦，所以看起來很不一樣。」

「你覺得他會想死嗎？」瑪莉輕聲問道。

「不會，但他希望自己沒有被生下來。媽媽說這對小孩兒來說是世界上最糟糕、最悲慘的事兒了。沒人要的小孩兒很難正常成長。克雷文先生買了所有能用錢買到的東西給那個可憐的男孩兒，卻又想忘記他的存在兒，因爲他很怕哪天兒會發現柯林變成了駝子。」

「柯林也很怕這件事，怕到不敢坐起來，」瑪莉說。「他說他一直在想，要是背上眞的出現了腫塊，他一定會發瘋，尖叫到死掉爲止。」

「哎，他眞不該躺在那兒想這種事兒，」迪肯說。「一天到晚想這種事兒的小孩是好不起來兒的。」

小狐狸躺在他腳邊，不時抬起頭來要他拍拍牠。迪肯俯身輕輕摩挲牠的脖子，默默地思考了幾分鐘，接著抬起頭環顧花園。

「我們第一次來這兒的時候，」他說。「一切都是灰色的。現在妳看看四周，然後告訴我有沒有什麼不一樣兒的地方。」

瑪莉看了一圈，輕輕倒抽了一口氣。

「哇！」她驚呼。「灰色的圍牆變了，彷彿有一團綠色的霧氣爬上去，就像罩著一層綠色的薄紗。」

「是哎，」迪肯說。「圍牆還會越來越綠兒，直到灰色通通不見爲止。妳猜猜看我在想什麼？」

「我猜一定是好事，」瑪莉熱切地說。「而且跟柯林有關。」

「我在想，要是他可以到外面兒來，就不會一直想著背上的腫塊兒了。他可以去觀察玫瑰叢上的花苞兒，看看花兒是怎麼開的，這樣他的身體可能會變得健康一點兒，」迪肯說。「我在想，我們有沒有可能讓他自己想出來兒晃晃，把輪椅推到樹下讓他坐著。」

「我也在想這件事，幾乎每次跟他見面時都在想，」瑪莉說。「如果他能保密的話，說不定我們可以在不被人看到的情況下帶他來這裡，或許你可以幫忙推輪椅。醫生有說他一定要呼吸新鮮空氣。只要他希望我們帶他出來，沒有人敢違背他的意思。再說他不會爲了別人出門，要是他願意跟我們出來的話，搞不好其他人會很高興也說不定。他可以叫園丁離開，這樣我們就不會被發現了。」

迪肯一邊撓撓隊長的背，一邊努力思考。

「我敢保證這對他一定有好處兒，」他說。「而且我們不用去想他希不希望自己被生下來。我們只是兩個觀察花園兒的小孩兒，他是第三個。兩個小男孩兒和一個小女孩兒一起觀察春天兒的樣子，我敢保證這絕對比醫生的治療還要好。」

「他躺在房間裡太久了，老是在擔心他的背，讓他變得有點奇怪。」瑪莉說。「他從書裡學到很多東西，但對書本以外的事一無所知。他說他病得太重了，沒辦法注意別的事，而且他討厭出門，也討厭花園和園丁。但因爲這座花園是個祕密，所以他喜歡聽我講花園的事。我不敢講太多，可是他有說他想看看這座花園。」

「我們一定要想辦法兒讓他來這兒，」迪肯說。「我可以幫他推輪椅沒問題。妳有注意到嗎？我們坐在這兒的時候，知更鳥兒和牠的伴兒一直在工作，妳看，牠正停在樹梢兒上，想著到底該把嘴兒裡的樹枝放在哪兒才好。」

他發出輕柔的口哨聲，知更鳥轉頭好奇地看著他，嘴裡依然銜著那根樹枝。迪肯跟班．韋德史達一樣和牠說話，只是語調聽起來比較像友善的建議。

「不管你把樹枝放哪兒都很好，」他說。「你在破殼兒而出前就已經知道該怎麼築巢兒了。繼續工作吧，小傢伙兒，沒時間兒浪費啦。」

「我好喜歡聽你跟牠講話哦！」瑪莉開心地笑了。「班．韋德史達都會罵牠或嘲笑牠，但牠還是在他面前跳來跳去，好像全都聽得懂，我知道牠就是喜歡這樣。班說牠太自大了，牠寧可被石頭砸也不想被冷落。」

迪肯哈哈大笑，接著繼續跟知更鳥說話。

「你知道我們不會煩兒你，」他說。「我們跟野生動物很像，我們也在築巢兒。祝你一切平安。記得要幫我們保密喔。」

知更鳥嘴裡銜著樹枝，所以沒有回答，只是帶著樹枝飛向花園裡那個屬於牠的角落。雖然牠沒有發出聲音，但瑪莉從那如露珠般晶亮的黑眼睛裡看得出來，牠絕對不會把他們的祕密說出去。

16 我就是不要！

那天早上他們發現接下來有好多事要做。瑪莉回到屋裡時已經有點晚了，又因爲急著趕回花園工作，所以直到最後一刻才想起自己完全忘記柯林了。

「幫我跟柯林說一聲，我還不能去找他，」她跟瑪莎說。「我忙著處理花園的事。」

瑪莎看起來怕得要命。

「哎！瑪莉小姐，」她說。「這樣他可能會不高興兒啊。」

但瑪莉並不像其他人一樣怕柯林，而且她也不是那種會自我犧牲的人。

「我不能留下來，迪肯在等我呢。」說完她就一溜煙地跑走了。

午後時光比早晨更迷人、更忙碌。他們幾乎除完了花園裡所有雜草，修剪了大部分的樹和玫瑰叢，就連土也翻好了。迪肯帶了自己的鏟子來，並教瑪莉怎麼使用園藝工具；目前看來，這座可愛又荒蕪的花園會在春天結束前綴滿恣意生長的植物，不會變成一座「園丁的花園」。

「之後那兒會有很多蘋果花兒和櫻桃花兒，」迪肯一邊說，一邊賣力工作。「圍牆那兒則是桃子樹和梅子樹，草地上也會開出滿滿的花兒，像地毯一樣。」

小狐狸和禿鼻鴉跟他們一樣忙得好開心，知更鳥和牠的伴侶則如閃電般快速飛來飛去。有時禿鼻鴉會拍拍黑色的翅膀，在莊園樹林上方翱翔；每次牠飛回來停在迪肯附近都會嘎嘎叫個幾聲，似乎在分享牠的小冒險，迪肯也會像和知更鳥交談一樣跟牠說話。只要迪肯因為太忙沒有在第一時間回答，牠就會飛到迪肯肩上，用大大的鳥喙輕輕地啄他耳朵。有時瑪莉想稍作休息，迪肯就會和她一起坐在樹下；有一次他從口袋裡掏出木笛，吹奏出輕柔又奇特的音樂，還吸引了兩隻松鼠跑到圍牆上一邊觀察、一邊聆聽。

「妳變得比之前強壯一點兒了，」迪肯在瑪莉挖土時看著她。「妳看起來真的不太一樣兒了。」

瑪莉在運動和好心情的幫助下顯得活力充沛、容光煥發。

「我每天都有變胖喔，」她開心地說。「梅洛克太太還幫我買了大一點的洋裝，瑪莎也說我的頭髮變蓬鬆了，不像以前一樣扁扁的。」

夕陽逐漸西沉，深金色的落日餘暉斜斜地灑落在樹下。瑪莉和迪肯互相道別。

「明天兒也會是好天氣，」迪肯說。「我會在日出時來這兒繼續工作。」

「我也是。」瑪莉說。

她用最快的速度跑回屋裡。她想告訴柯林，她看到了迪肯的小狐狸、禿鼻鴉和美麗的春光，她覺得他一定會很想聽。可是她一打開房門就看到瑪莎愁容滿面地站在那裡等她，打壞了她的好心情。

「怎麼了？」她問。「妳跟柯林說我不能去之後，他怎麼說？」

「哎！」瑪莎說。「我眞希望妳下午就過去了，他差點兒又要大發脾氣兒。我們爲了要讓他平靜兒下來，整個下午都忙得天昏地暗兒。他一直盯著時鐘兒看呢。」

瑪莉抿緊雙脣。她和柯林一樣不太會體諒別人，所以她不認爲一個脾氣很差的小男孩有理由干涉她做她喜歡的事。她完全不了解病魔纏身或神經質的人有什麼好可憐的，也不知道自己其實有辦法控制脾氣，不讓他人同樣受苦、緊張不安。以前她在印度只要頭痛，就會盡其所能地讓其他人也跟她一樣頭痛，或至少感到相同程度的不適。當時她覺得自己是對的，但她現在覺得柯林大錯特錯。

她走進柯林的房間，發現他沒有坐在沙發上，而是平躺在床上，在她進來時也沒有轉頭看她。這是個糟糕的開始。瑪莉小心翼翼地走到床邊，動作非常僵硬。

「你怎麼不下床？」她問道。

「今天早上我有下床，因爲我以爲妳會來，」他淡淡地回答，看都不看她一眼。「下午我就叫他們扶我回床上了。我的背和頭都很痛，覺得很累。妳爲什麼不來？」

「我和迪肯在整理花園。」瑪莉說。

柯林皺起眉頭看著她，一副高高在上的樣子。

「如果妳因爲要去找他而不來陪我聊天的話，我就不准他來莊園。」他說。

瑪莉聽了火冒三丈。她可以一聲不響地說發飆就發飆，變得既刻薄又頑固，完全不在意後果。

「要是你把迪肯趕走，我就再也不會踏進這個房間半步。」她生氣地回嘴。

「只要我叫妳來，妳就一定要來。」柯林說。

「我就是不要！」瑪莉說。

「我有辦法讓妳來，」柯林說。「他們會把妳拖過來。」

「是這樣嗎，貴族少爺？」瑪莉怒氣沖沖地說。「他們確實可以把我拖過來沒錯，但他們沒辦法逼我講話。我會坐在這裡把嘴巴閉得緊緊的，一個字也不說，而且還要盯著地板不看你！」

他們倆怒目相視，看起來就像一對可愛的歡喜冤家。如果他們兩個是在街頭流浪的小男孩，一定會立刻撲向對方拚命扭打，不過他們不是，只好退而求其次了。

「妳這個自私鬼！」柯林大吼。

「那你呢？」瑪莉說。「自私的人才會罵別人自私，只要別人不順自己的意就是自私。你比我更自私，你是我看過最自私的男生了！」

「我才不是！」柯林厲聲反駁。「我才沒有妳那個好迪肯自私！他明明知道我孤零零的一個人還叫妳跟他一起玩，他才自私，聽不聽隨便妳！」

瑪莉的眼睛裡閃過一絲怒火。

「他是全世界最好的男生！」她氣呼呼地說。「他……他就像天使一樣！」這句話聽起來可能很蠢，但是她一點也不在乎。

「還眞是善良的天使喔！」柯林冷笑了一聲。「他不過就是來自荒原農舍、平凡又不起眼的男生！」

「總比平凡又不起眼的貴族少爺好！」瑪莉頂回去。「他比你好一千倍！」

瑪莉的個性比較強勢，所以逐漸占了上風。事實上柯林這輩子從來沒有跟和他相似的人吵過架，但整體而言，這場爭執對他來說是件好事，只是他和瑪莉都不知道而已。他把頭轉向另一邊，閉上眼睛，淚水如斷了線的珍珠般湧出眼眶、滑落臉頰。他覺得自己很可憐、很可悲，他的眼淚是爲了自己，不是爲了別人。

「我才沒有妳自私呢，因爲我一直在生病，背上還長了一個腫塊，」他說。「而且我快要死了。」

「你才不會死！」瑪莉毫不留情地否定他。

柯林忿忿不平地瞪大眼睛。他之前從來沒聽過這樣的話。如果憤怒與開心這兩種情緒能並存，那就是他現在的感受。

「我不會死？」他大喊。「我會！妳明明就知道我快要死了！大家都這麼說！」

「我才不相信！」瑪莉講話的口氣很酸。「你這樣講只是想讓別人覺得對不起你。我想你一定很得意吧？我才不相信你呢！如果你是個善良的人，這句話就有可能是眞的，但是你一點也不善良——你壞透了！」

柯林不顧自己孱弱的背，氣沖沖地從床上坐起來。

「妳給我滾出去！」他大聲咆哮，抓起枕頭丟向瑪莉，可是他的身體太虛、力氣不夠，沒辦法丟得太遠，所以枕頭只是咚一聲地落在瑪莉腳邊。瑪莉的臉看起來就跟胡桃鉗玩偶一樣蒼白。

「我這就走，」她說。「我再也不會回來了！」

她走到門邊，伸手握住門把轉了一下，接著再度開口。

「我本來想告訴你很多很棒的事，」她說。「迪肯帶了他的小狐狸和禿鼻鴉來，我本來要跟你說牠們的事的，現在我什麼都不想說了！」

她大步走出房間、關上門，發現柯林的保母正站在門口，似乎聽見了他們的對話，讓她大吃一驚，更令她詫異的是——保母竟然在笑。她是個身材高大、容貌秀美的年輕女子，而且一點也不像受過訓練的專業人士，因爲她不僅無法忍受病人，還千方百計地找藉口逃避工作，把柯林丟給瑪莎或其他人照顧。瑪莉一直都不太喜歡她，因此只是站在門前看著她拿手帕掩嘴竊笑。

「妳在笑什麼？」瑪莉問道。

「笑你們兩個小孩啊，」保母說。「對生病又被寵壞的孩子來說，有個跟他一樣被寵壞的人可以吵架是再好不過的事了。」她再次拿起手帕遮住上揚的嘴角。「要是能有個凶巴巴的小女生跟他吵，他就有救了。」

「他會死掉嗎？」

「我不知道，我也不在乎，」保母無所謂地說。「他之所以會那麼痛苦，有一半都是因爲他的壞脾氣和歇斯底里。」

「什麼是歇斯底里？」瑪莉問。

「等妳碰到他要脾氣時就會知道了。總之不管怎樣，妳已經讓他有理由歇斯底里了，我很高興。」

瑪莉回到房間，從花園回來時的好心情完全消失了。她既煩躁又失望，但一點也不覺得柯林可憐，也不會爲他感到遺憾。她本來很期待能跟他分享許多有趣的事，而且還下定決心無論如何都要信任他，告訴他那個天大的祕密。她好不容易開始放下疑惑，覺得柯林值得信賴，但她現在已經不這麼認爲了。她永遠不會把花園的事告訴他，他可以一輩子待在他的房間裡，永遠呼吸不到新鮮空氣，那麼想死就隨便他啦！她又煩又生氣，而且情緒久久不退，有那麼一刻，她甚至差點忘了迪肯，忘了圍牆上攀爬的綠色藤蔓，還有荒原上吹來的徐徐微風。

瑪莎正在房間裡等她。瑪莉原本擔憂的表情暫時變成了好奇。房間桌上有一個木箱，外包裝已經拆掉了，露出裡面整潔俐落的包裹。

「是克雷文先生寄給妳的，」瑪莎說。「看起來裡面應該是圖畫書。」

瑪莉想起那天去他書房時他問她的話，「妳有想要什麼東西嗎？妳想不想要玩具、故事書或洋娃娃？」她一邊拆包裹，一邊猜想他會不會眞的寄洋娃娃過來，如果眞的是的話要怎麼辦？不過克雷文先生並沒有寄洋娃娃來，反而寄了幾本精緻華美的書，就跟柯林那些精裝書一樣，其中有兩本是園藝類的書，裡面都是圖片，另外還有兩三套遊戲和一組漂亮的兒童文具，上面印著金色的花體字，裡面則有一枝金色的筆和一個墨水瓶架。

包裹裡的東西都好棒、好美，瑪莉內在的怒氣逐漸消散，快樂開始占據她的腦海。沒想到克雷文先生還記得她。這讓她冰冷的心暖了起來。

「我的書寫體寫得比印刷體好，」她說。「我用這枝筆寫的第一樣東西就是給他的信，我要告訴他我很感謝他。」

如果她跟柯林是朋友的話，她就會馬上把這份禮物拿去給他看，他們會一起看圖片、讀園藝的書，或許還能玩那幾套遊戲；柯林會開心到忘記病痛，不會覺得自己快要死了，也不會用手摸摸脊椎、看看背上有沒有腫塊。瑪莉很受不了他這種言行態度，因爲他每次都會露出驚恐的表情，讓她覺得很害怕、很不舒服。他說，要是哪天摸到一點點隆起，他就知道自己快變成駝子了。他之所以會有這種想法，是因爲他之前聽到梅洛克太太偷偷跟保母說，他父親小時候也是這樣開始慢慢駝背的。從那之後，柯林就把這個念頭放在心底，一而再、再而三地反覆思索，直到在腦海中根深柢固爲止。他很明白自己的痛苦和別人所謂的「耍脾氣」其實多半源自於他埋藏起來的恐懼與歇斯底里的情緒；這件事除了瑪莉之外，他從來沒告訴過任何人。瑪莉聽到的時候覺得很難過，也很同情他。

「他每次都在疲倦或脾氣暴躁時想起這件事，」她自言自語地說。「他今天就很暴躁，說不定……說不定他整個下午都在想這個。」

她靜靜地低頭看著地毯，心裡不斷思考。

「我說我再也不會回去了……」她猶豫地皺起眉頭。「可是或許，只是或許，明天早上我會去看一下，如果他希望我去的話。搞不好他又會用枕頭丟我，但是……我想……我還是會去吧。」

17 耍脾氣

由於那天早上瑪莉早早起床，在花園裡努力工作了一整天，覺得又累又睏，因此一吃完瑪莎準備好的晚餐，她就迫不及待地上床睡覺。她倒在枕頭上喃喃自語地說：

「我明天會在早餐前出門，和迪肯一起整理花園，然後……我想……我會去看看他。」

夜半時分，瑪莉被一陣恐怖的叫聲驚醒，嚇得立刻跳下床。那是……那是什麼啊？就在這個時候，她覺得自己知道是什麼聲音了。走廊上傳來此起彼落的開門聲、關門聲和急促的腳步聲，同時還有人一邊大哭、一邊尖叫，那種哭叫的方式非常嚇人。

「是柯林，」她說。「他在鬧脾氣了。原來這就是保母說的歇斯底里，聽起來好可怕喔。」

瑪莉一邊聽著柯林略帶啜泣的尖叫聲，一邊暗自心想，難怪大家會這麼怕他，甚至對他百般順從，只爲了不讓他有耍脾氣的機會。她用手摀住耳朵，覺得很不舒服，整個人不停發抖。

「我不知道該怎麼辦，我不知道該怎麼辦，」她不斷唸著。「我受不了了。」

起先她想，要是她敢去找柯林的話，說不定他就會停下來，但接著她又想到柯林叫她滾出去的樣子，搞不好她的出現會火上加油，讓他更生氣。她用力摀住耳朵，可是不管她再怎麼用力，還是擋不住那陣恐怖的叫聲。瑪莉眞的太討厭、太害怕那個聲音了，強烈的負面情緒讓她突然升起一把無名火，她忍不住想，要是她也跟著亂發脾氣，說不定就能像柯林嚇到她那樣反嚇他一大跳。她把手放下來，激動地用力跺腳。

「他也該停了吧！應該要有人制止他才對啊！應該要有人去揍他！」她放聲大喊。

就在這個時候，她聽到一陣腳步聲沿著走廊匆匆跑來，接著保母打開門走進她房間。現在她的臉看起來異常蒼白，一絲笑意也沒有。

「他又開始歇斯底里了，」保母焦急地說。「他會讓自己受傷的。我們都拿他沒辦法。妳來試試吧，妳是個好孩子，而且他很喜歡妳。」

「他今天早上才把我趕出房間耶！」瑪莉激動地跺腳。

保母看到瑪莉跺腳反而很高興。其實她本來還很擔心瑪莉會哭著把頭埋在棉被裡。

「這就對了，」她說。「妳這種態度就對了。妳快去罵罵他，轉移他的注意力。去啊，孩子，越快越好。」

瑪莉一直到後來才發現這件事其實既可怕又好笑。好笑的是所有大人居然都怕到跑來跟一個小女孩求救，而且找她的原因是因為他們認為她的脾氣和柯林一樣壞。

她飛也似的跑過走廊，離柯林的房間越近，尖叫聲就越刺耳，她的火氣也越來越大。她站在門前，心情惡劣到極點，隨後一掌拍開房門，衝到四柱床邊。

「夠了！」她幾乎是用盡全力咆哮。「不要再叫了！我討厭你！大家都討厭你！我希望所有人都離開這棟房子，讓你一個人尖叫到死掉！你很快就會尖叫到死掉了，我希望你尖叫到死掉！」

一個善良又有同情心的孩子是不可能想到或說出這種話的，但正因爲從來沒有人敢制止或反駁這個歐斯底里的男孩，所以這段話所帶來的驚訝與震撼就是最佳良藥。

瑪莉跑進房間時，柯林正趴在床上用力捶打枕頭，力道之大讓他都快彈起來了。一聽到瑪莉憤怒的聲音，他便立刻轉過頭一邊喘氣、一邊乾嘔，蒼白的小臉不但哭到漲紅，還有點腫，看起來很恐怖，但凶悍的小瑪莉一點都不在乎。

「你要是再叫一聲，」她說。「我就會跟著叫，而且會叫得比你還大聲，把你嚇死，我會把你嚇死！」

事實上柯林已經停止尖叫，因爲瑪莉的確嚇到他了。本來要喊出來的那聲尖叫讓他差點嗆到。他渾身顫抖，眼淚撲簌簌地掉下來。

「我停不了！」他抽抽噎噎地說。「我停不了——我停不了！」

「你停得了啦！」瑪莉大吼。「你會那麼痛苦有一半是因爲歇斯底里和壞脾氣——只是因爲歇斯底里——歇斯底里——歇斯底里啦！」她每說一次就跺一下腳。

「我感覺到腫塊……我感覺到了，」柯林哽咽地說。「我就知道，我的背會變彎，然後我就會死了。」他再次扭動身體，皺著臉哭了起來，但沒有再尖叫了。

「你才沒有感覺到腫塊呢！」瑪莉怒氣沖沖地反駁。「就算有也只是歇斯底里的腫塊，歇斯底里會讓你長出腫塊。你那個討厭的背根本沒事，什麼都沒有，只有歇斯底里啦！轉過去，我幫你看！」

她很喜歡「歇斯底里」這個字，覺得這個字對柯林有種莫名的影響，說不定他跟她一樣，以前根本沒聽過這個字。

「保母，」她用命令的口氣說。「快點過來，讓我看看他的背！」

保母、梅洛克太太和瑪莎三人畏畏縮縮地躲在門口，目瞪口呆地看著她，她們早就嚇得倒抽好幾口冷氣了。保母戰戰兢兢地走過去，柯林還在用力抽噎、拚命喘氣，整個人抖個不停。

「說不定……說不定他不想讓我碰他。」保母猶豫地低聲說。

柯林聽到了。他在兩聲抽噎的空檔中喘著氣說：

「給、給她看啊！她、她看了就知道了！」

他赤裸的背看起來瘦得可憐，每一根肋骨和脊椎上每一塊關節都歷歷可數，但瑪莉沒有數，只是彎下腰用嚴肅又凶狠的目光仔細檢查，看起來很生氣又很老派，讓保母忍不住轉過頭掩飾抽搐的嘴角。房間頓時陷入一片寂靜，就連柯林都在瑪莉來回檢視他的脊椎時盡力屏住呼吸。瑪莉看了又看、看了又看，專注的神態彷彿她就是從倫敦來的名醫。

「一個腫塊也沒有！」她終於開口。「連針尖大小的腫塊都沒有，只有突突的脊椎骨而已，你會摸到脊椎是因爲你太瘦了。我的脊椎也有突突的骨頭，而且以前跟你一樣突，直到我開始變胖爲止，只是我現在還不夠胖，所以還是摸得到。要是你再說自己背上有腫塊，我一定會笑你！」

除了柯林之外，沒有人知道這些憤怒又幼稚的話對他有什麼影響。如果有人跟他談過埋藏於內在深處的恐懼，如果他敢問問題，如果他有同齡的玩伴，如果他不要老是躺在這棟封閉的大房子裡被憂鬱環繞、感受大家對他的忽視與厭倦，就會發現其實內心的恐慌與病痛幾乎都是他自己創造出來的。現在有個怒氣沖沖、毫無同情心的小女孩執拗地堅持己見，說他的病並沒有他想得那麼嚴重，他突然覺得她說的可能是眞的。

「我不曉得他以爲自己的脊椎有腫塊，」保母鼓起勇氣開口。「他的背那麼虛弱，是因爲他都不想坐起來。要是我知道他這麼想，我就會告訴他背上根本沒有腫塊。」

柯林深吸一口氣，微微轉過去看著保母。

「眞……眞的嗎？」他可憐兮兮地說。

「是的，少爺。」

「看吧！」瑪莉也深吸了一口氣。

柯林的臉又皺成一團，但這次是爲了要深呼吸。他剛才哭得太厲害，現在只能帶著抽噎聲斷斷續續地吸氣。他靜靜地躺在床上，淚水不斷滑過臉頰，沾濕了枕頭。他之所以哭，是因爲他感受到一種奇妙的解脫感。過了不久，他再次轉頭看著保母，奇怪的是他對她講話的態度一點也不像跋扈的貴族少爺。

「妳覺得……我可以……活到長大嗎？」他說。

雖然保母稱不上機靈，也不算善良，但她至少知道自己可以重複倫敦名醫的話。

「如果你遵照醫囑，不要亂發脾氣，而且常到外面呼吸新鮮空氣的話，就有可能活到長大。」

柯林的情緒逐漸平復，剛才那番哭喊讓他筋疲力盡、身子發軟，但也讓他變得比較溫和一點。他微微將手伸向瑪莉；令人開心的是，瑪莉的怒氣同樣消失無蹤，態度也軟化下來，她握住柯林的手，兩人算是和好了。

「我會……我會跟妳一起出去的，瑪莉，」他說。「我不應該討厭新鮮空氣。如果我們能找到——」他及時想起這是個祕密，沒有把「找到祕密花園」這句話說出口。「如果迪肯能來幫我推輪椅的話，我就會跟妳一起出去。我很想見見迪肯、狐狸和烏鴉。」

保母把亂七八糟的床重新鋪好、枕頭拍鬆，擺得整整齊齊，然後替柯林煮了牛肉湯，也盛了一碗給瑪莉。瑪莉很高興能在情緒劇烈起伏後喝點暖暖的牛肉湯。梅洛克太太和瑪莎帶著好心情悄悄離開，而保母在一切恢復秩序、整潔與平靜後也露出微妙的表情，似乎很樂意先走的樣子。她是個作息正常的年輕女子，不喜歡自己的睡眠時間被剝奪。她打了一個大呵欠，看著瑪莉把大腳凳拖到四柱床邊、握著柯林的手。

「妳該回房間睡覺了，」保母說。「他等等就會開始打瞌睡了，他鬧完脾氣都會這樣。等他睡著後我就會回隔壁房間睡。」

「你想聽我唱我保母教我的歌嗎？」瑪莉悄聲問柯林。

他輕輕地拉她的手，疲憊的眼睛裡閃著懇求的光芒。

「當然要！」他回答。「那首歌好溫柔，我一定很快就會睡著了。」

「我會哄他睡，」瑪莉對正在打呵欠的保母說。「妳想走的話就先走吧。」

「嗯，」保母心不甘情不願地說。「如果他過了半小時都還睡不著的話，妳要來叫我喔。」

「沒問題。」瑪莉答應。

保母立刻離開房間。她前腳剛走，柯林又拉拉瑪莉的手。

「我差點就說溜嘴了，」他說。「好險我及時打住。我不會講太多話，我會乖乖睡覺，但妳之前說有很多很棒的事要告訴我。妳有……妳覺得妳有找到進去祕密花園的辦法嗎？」

瑪莉看著他可憐又疲倦的小臉和腫脹的眼睛，有點心軟。

「有、有吧，」她說。「我想應該有。你先睡覺，我明天再告訴你。」

柯林的手微微顫抖。

「噢，瑪莉！」他說。「噢，瑪莉！要是我進得去祕密花園的話，我想我就可以活到長大了！妳可不可以不唱保母的歌，改成小聲告訴我妳想像中的花園是什麼樣子，就像之前那樣？這一定能讓我睡著。」

「好吧，」瑪莉回答。「你把眼睛閉起來。」

柯林閉上眼睛，安靜地躺在床上。瑪莉握住他的手，開始用輕柔的聲音慢慢說話。

「我覺得花園已經廢棄太久了，所以植物都糾纏在一起，看起來很漂亮。我覺得玫瑰會爬呀、爬呀爬，然後從樹枝和圍牆上垂下來，爬到地上，像是奇怪的灰色薄霧。有些玫瑰已經死了，但有些還活著，等到夏天的時候，花園裡的玫瑰會大肆綻放，開得滿滿的，像窗簾和噴泉一樣。我覺得泥土裡應該會有很多黃水仙、雪花蓮、百合和鳶尾花，在黑暗中努力生長，現在春天快到了，說不定……說不定……」

瑪莉注意到自己輕緩的語調讓柯林越來越平靜，於是便繼續說下去。

「說不定它們會從草地上冒出來……說不定會有一簇簇紫色和金黃色的番紅花……說不定現在已經開了。說不定葉子開始慢慢抽芽長大……說不定……花園裡的灰色正在轉變，薄薄的綠色正在蔓延……蔓延到各處……到每一個角落。小鳥會跑來花園裡……因爲花園……既安全又寧靜。說不定……說不定……說不定……」她的聲音好慢好輕。「知更鳥已經找到伴侶……而且正在築巢喔。」

柯林睡著了。

18 必得把握時間兒

第二天早上，瑪莉當然沒有一大早就爬起來。她太累了，所以睡得很晚。瑪莎端早餐來的時候告訴她，雖然柯林現在很安靜，但是他感冒了，有點發燒。他每次大哭大鬧後都會因爲耗盡體力、疲憊不堪而生病。瑪莉一邊聽，一邊慢慢吃早餐。

「他說希望請妳有空的時候過去看看他，」瑪莎說。「他這麼喜歡妳眞的很奇怪，妳昨天兒可是狠狠教訓兒了他一頓呢，對吧？從來沒有人兒敢這麼做。哎！可憐的孩子！他已經被寵壞兒了，簡直無藥可救。媽媽說對一個小孩兒來說，最糟糕的兩件事兒就是永遠兒得不到他想要的，還有永遠兒都能得到他想要的。她不知道哪個比較糟兒。妳昨天兒的脾氣兒也不小呢。不過今天兒早上我走進他房間兒的時候，他跟我說：『請幫我問問瑪莉小姐，可不可以來跟我聊聊天？』想想看，他竟然說了『請』耶！小姐，妳會去兒嗎？」

「我要先去找迪肯，」瑪莉說。「不對，我還是先去看柯林好了，我要跟他說……我知道我要跟他說什麼了。」她靈光一閃，想到了一個好辦法。

她戴著帽子去找柯林，有那麼一瞬間，柯林臉上閃過了失望的表情，他躺在床上，臉色蒼白，還有重重的黑眼圈，看起來很可憐。

「妳能過來眞好，我好高興。」他說。「昨天太累了，所以我現在頭很痛，全身都痛。妳要去哪裡？」

瑪莉俯身靠近他的床。

「我很快就回來了，」她說。「我要先去找迪肯，然後再過來找你。柯林，是……是跟花園有關的事。」

柯林眼睛一亮，臉色似乎紅潤了一點。

「噢，眞的嗎？」他大叫。「我整個晚上都夢到花園耶。我聽到妳說灰色變成綠色，然後就夢到我站在一個長滿綠色小葉子的地方，葉子還會一直抖一直抖，而且那裡到處都是鳥巢，裡面的鳥看起來既溫柔又沉靜。我會躺在這裡想這些事，等妳回來。」

五分鐘後，瑪莉就在花園裡找到了迪肯。今天他身邊除了上次的狐狸和烏鴉外，還多了兩隻溫馴的松鼠。

「我今天兒早上是騎馬過來的喔，」迪肯說。「哎！牠眞是個好夥伴兒——牠叫做跳跳！我把這兩個小傢伙兒放在口袋裡帶過來，這邊兒這隻叫堅果，這邊兒這隻叫殼果。」

他說「堅果」的時候，其中一隻松鼠跳上了他的右肩，說「殼果」的時候，另一隻松鼠跳上了他的左肩。

他們倆坐在草地上，隊長蜷曲在他們腳邊，煤灰在樹上認眞傾聽，堅果和殼果則在一旁四處探索。一想到要離開這樣的美好和快樂，瑪莉就覺得難以忍受；然而當她講述昨天的小插曲時，迪肯臉上的表情慢慢改變了她的心意。她看得出來，迪肯比她還要同情柯林。他抬頭望著天空，接著環顧四周。

「妳聽兒，到處都是嘰嘰喳喳的鳥叫聲兒，好像全世界都是鳥兒一樣。」他說。「看牠們急速飛翔兒的姿態，聽牠們彼此呼喚兒的聲音，一到春天兒就好像整個世界都醒了。妳可以看到綠葉兒舒展開來，還有，啊，還有那美好的氣息兒！」他用快樂的翹鼻子聞一聞。「但那可憐的男孩兒卻只能默默地躺在那兒，看不到外面兒的世界，於是就開始想那些不好的事兒。唉！我的天兒啊！我們必得帶他來這兒——我們必得讓他看看這個世界、聽聽鳥叫聲兒、聞聞空氣兒，讓他沐浴在陽光裡。我們必得把握時間兒，趕快把他弄出來。」

迪肯平常都會盡量注意咬字，讓瑪莉聽得懂他說的話，可是一旦講得太入迷，他就會不知不覺帶出很重的約克郡口音。其實瑪莉很喜歡約克郡口音，也試著在對話中學習他們的方言，就像現在這樣。

「是哎，我們必得把握時間兒，」她說（意思是「對，我們一定要把握時間」）。「我知道第一步該怎麼做兒。」迪肯一邊聽一邊笑，覺得她拚命捲舌模仿約克郡口音的樣子很有趣。「他很喜歡兒你，也很想見你，還有隊長和煤灰。我回去會問他明天兒早上你可不可以去看他——記得帶動物來兒——然後，等花園長出更多綠葉兒，出現花苞兒之後，我們就帶他出來兒，用輪椅推他來這兒，讓他看看這個世界。」

瑪莉畫下句點，內心非常自豪。她之前從來沒有一口氣用約克郡口音講這麼多話，而且她把方言記得很清楚。

「妳跟柯林少爺講話兒時必得用點兒約克郡口音，」迪肯咯咯笑著。「他一定會哈哈大笑，大笑對生病的人兒很好。媽媽說她相信每天兒早上大笑半小時兒，可以讓快染上傷寒的人兒痊癒喔。」

「我等一下就用約克郡口音跟他講話。」瑪莉笑著說。

到了這個時節，花園裡彷彿每天都有魔法師不分晝夜地拿著魔杖，從土壤和樹枝中變出各種可愛的事物。瑪莉眞的很不想離開，況且堅果正小心翼翼地爬上她的洋裝，殼果則從蘋果樹的樹幹上竄下來，好奇地盯著她看呢！不過她還是回家了。她在柯林的床邊坐下，柯林開始像迪肯一樣嗅聞空氣，只是沒有他那麼熟練。

「妳聞起來好像花，還有……還有很新鮮的東西。」他開心地說。「那是什麼味道啊？聞起來又涼又溫暖，而且甜甜的。」

「是荒原的風兒，」瑪莉說。「是我今天兒跟迪肯、隊長、煤灰、堅果和殼果一起坐在樹下草地兒的味道。春天兒、戶外兒和陽光的味道就是這麼好聞兒。」

她盡可能地用最重的約克郡口音說話，沒聽過約克郡方言的人不會知道這種口音有多重。柯林放聲大笑。

「妳在說什麼啊？」他說。「我以前沒聽過妳這樣講話，聽起來好好笑喔。」

「我在用約克郡口音跟你講話兒呀，」瑪莉得意地說。「我沒法兒講得跟迪肯和瑪莎一樣兒好，但你看兒，我至少學了一點兒皮毛。他們用約克郡口音說話兒的時候你完全兒聽不懂嗎？你可是約克郡土生土長的小孩兒耶！哎！你難道不覺得丟臉兒嗎？」

她說完也開始笑，笑到停不下來，兩人的笑聲就這樣在房間裡迴盪。梅洛克太太打開房門，才剛踏進來就又退回到走廊上，一臉驚訝地站在那裡聽他們大笑。

「哎，我的天兒啊！」她冒出濃重的約克郡口音，反正沒有人會聽到，而且她實在太震驚了，根本顧不上咬字。「想不到兒啊！眞是想不到兒！」

他們有好多話題可以聊。柯林好像永遠聽不膩迪肯、隊長、煤灰、堅果、殼果和名叫跳跳的馬的事。瑪莉今天和迪肯一起跑進樹林裡看跳跳，牠是一匹毛茸茸的荒原小馬，長得很漂亮，濃密的鬃毛垂在眼睛上，還不停地用如天鵝絨般柔軟的鼻子輕輕蹭人。跳跳吃的是荒原上的草，所以有點瘦，但腿上的肌肉既精實又強壯，就像用鋼鐵做的彈簧。牠一看到迪肯便抬起頭輕聲嘶鳴，小跑步奔到他身邊，把頭靠在他的肩膀上；迪肯對著牠的耳朵講話，跳跳也用奇特的喘息、噴氣與嘶鳴聲回應，後來迪肯還讓牠對瑪莉伸出小小的前蹄，用天鵝絨般的柔軟口鼻親她的臉。

「牠眞的聽得懂迪肯說的每一句話嗎？」柯林問道。

「牠好像眞的聽得懂。」瑪莉回答。「迪肯說只要你跟對方是朋友，無論對方是什麼動物，牠都會懂你，前提是你們眞的變成朋友了。」

柯林躺在床上沉默了好一會，那雙奇怪的灰眼睛看似盯著牆壁發呆，但瑪莉知道他是在想事情。

「眞希望我也有動物朋友，」他終於開口。「可是我沒有。我沒有交過任何朋友，也受不了別人。」

「你會受不了我嗎？」瑪莉問。

「不會，我受得了妳，」柯林回答。「說來有點好笑，我覺得我不但受得了妳，甚至還很喜歡妳。」

「班・韋德史達說我跟他很像，」瑪莉說。「他說他敢保證我的脾氣和他一樣壞，我覺得你也跟他很像，你、我和班，我們三個都一樣。他說我跟他都長得不好看，而且個性和外表一樣差。但我覺得認識知更鳥和迪肯之後，我的脾氣就沒有以前那麼壞了。」

「妳會覺得其他人很討厭嗎？」

「會啊，」瑪莉不帶感情地回答。「如果我在遇到知更鳥和迪肯之前見到你，一定會恨死你。」

柯林伸出細瘦的小手碰了她一下。

「瑪莉，」他說。「之前我還說要把迪肯趕走……眞希望我沒說過那些話。妳說他像天使的時候我不但嘲笑妳，還覺得妳很討厭，但是……說不定他眞的是天使。」

「這個嘛，說他是天使其實也有點好笑，」她坦白承認。「他的鼻子很翹，嘴巴很大，衣服也破破爛爛的，講話還有很重的約克郡口音，但是……但是如果眞的有天使跑來約克郡荒原住，如果眞的有約克郡天使……我想那位天使一定也跟迪肯一樣，對所有綠色植物瞭若指掌，知道該怎麼讓它們生長，也知道該怎麼跟野生動物對話，動物也會知道他是牠們的朋友。」

「我應該不會介意迪肯看我，」柯林說。「我想見他。」

「太好了，聽你這麼說我好高興喔，」瑪莉說。「因爲……因爲……」

這一刻，她突然覺得現在就是告訴柯林的最佳時機，而柯林也察覺到有什麼事要發生了。

「因爲什麼？」他急切地大喊。

瑪莉緊張到從凳子上站起來，走到床邊握住他的手。

「我可以信任你嗎？我信任迪肯，是因爲小鳥也信任他。我可以信任你嗎——眞的可以嗎——眞的可以嗎？」她不斷重複，語氣中滿是懇求。

柯林一臉嚴肅，幾乎是用氣音回答：「可以——可以！」

「嗯，迪肯明天早上會來看你，他會把動物一起帶過來。」

「哇！哇！」柯林開心地大叫。

「我還沒說完啦！」瑪莉激動到臉色發白。「接下來有個更棒的好消息。我找到通往祕密花園的門了，就在長滿常春藤的圍牆上。」

假如柯林是個健康又強壯的男孩，他可能會高聲歡呼，大喊「萬歲！萬歲！萬歲！」但他是個虛弱又歇斯底里的孩子，所以他只是把眼睛睜得好大好大，同時不斷喘氣。

「噢，瑪莉！」他語帶哽咽地大叫。「我能看看那座花園嗎？我能進去嗎？我能活到進去的那一天嗎？」他緊抓住她的手，將她拉近自己。

「你當然可以看啊！」瑪莉憤慨地說。「你當然能活到進去的那一天啊！別傻了！」

她的態度很自然、很孩子氣，一點也不歇斯底里，這讓柯林瞬間恢復理智、開始自嘲，隨後瑪莉又坐回凳子上告訴他祕密花園眞正的模樣。柯林聽得好入神，完全忘了身體的疼痛與疲倦。

「花園就跟妳想像的一樣，」他說。「聽起來就像妳眞的親眼看過一樣。我第一次聽妳說的時候就告訴過妳了。」

瑪莉猶豫了兩分鐘，最後決定鼓起勇氣說出眞相。

「其實我看過花園……也進去過，」她說。「我早在幾個禮拜前就已經找到鑰匙開門進去了，但是我不敢告訴你……因爲我不知道能不能信任你……百分之百完全信任你。」

19 春天來了！

柯林大發脾氣後的第二天早上，莊園就立刻派人去請克雷文醫生。他每次都在發生這種事之後被找過去，每次都在走進房間時看見一個蒼白的小男孩躺在床上發抖、悶悶不樂，沉浸在歇斯底里的情緒裡，彷彿隨時可以為了隻字片語開始大哭大鬧，掀起另一波混亂。事實上，克雷文醫生很害怕、也很討厭這種看診模式；剛好他這天有事不在密蘇威特莊園，直到下午才回來。

「他怎麼樣了？」克雷文醫生抵達莊園，用很不耐煩的口氣問梅洛克太太。「他的血管總有一天會因為亂發脾氣爆開的，這孩子已經快被自己的任性和歇斯底里逼瘋了。」

「這個嘛，先生，」梅洛克太太回答。「你等一下看到他的時候一定會不敢相信自己的眼睛。他被那個老是臭著一張臉、脾氣又和他一樣壞的孩子迷住了。沒人知道她是怎麼做到的。天曉得喔！那個女孩相貌平庸、話也不多，卻做到了我們都不敢做的事。她昨天晚上跟小野貓一樣衝進房裡，一邊跺腳，一邊命令他不准再尖叫，他被她嚇了一跳，就這樣安靜下來了。今天下午——哎，你看了就知道了，先生，簡直令人難以置信。」

克雷文醫生走進柯林的房間，眼前的景象讓他大吃一驚。梅洛克太太一開門，他就聽見開心的笑聲和談話聲。柯林穿著睡袍坐在沙發上，背挺得很直，正一邊看園藝書裡的圖片，一邊和身旁那個平凡的女孩聊天，此時此刻的她神采奕奕、臉上寫滿了快樂，看起來一點也不平凡。

「這些長長的藍色螺旋狀植物——我們要種很多很多，」柯林說。「那叫……翠雀草。」

「迪肯說它們是比較大又比較鮮豔的飛燕草，」瑪莉大聲說。「那裡已經有很多叢了啦。」

這時他們看到了克雷文醫生，立刻停止對話。瑪莉變得非常安靜，柯林看起來很不耐煩。

「聽說你昨天晚上生病了，孩子，我深感遺憾。」克雷文醫生有點緊張。他是個很容易緊張的人。

「我現在已經好了——好很多了，」柯林擺出一副貴族少爺的態度。「如果狀況不錯的話，這兩天我會坐輪椅出去走走。我想呼吸一點新鮮空氣。」

克雷文醫生在他旁邊坐下替他量脈搏，好奇地看著他。

「你一定要挑天氣很好的時候出去，」他說。「而且一定要很小心，別讓自己太累了。」

「新鮮空氣不會讓我覺得累。」柯林回答。

這位年紀輕輕的小紳士曾憤怒地大聲尖叫，說新鮮空氣會害他感冒、害他死掉，難怪克雷文醫生會露出詫異的表情。

「我還以爲你不喜歡新鮮空氣呢。」他說。

「自己一個人的時候我當然不喜歡，」柯林回答。「但這次我表妹會陪我一起去。」

「當然還有保母，對不對？」克雷文醫生用建議的口氣說。

「不要，保母不准跟。」柯林高高在上的姿態讓瑪莉不由自主地想起了印度王子，身上裝飾著滿滿的鑽石、綠寶石和珍珠，黝黑的小手上則綴著一顆碩大的紅寶石戒指，他總是揮著那隻閃亮亮的手命令僕人行額手禮，聽他的吩咐。

「我的表妹知道該怎麼照顧我。只要她陪我，我的狀況就會比較好。昨天也是她讓我好起來的。另外還有一個我認識的男孩會來幫我推輪椅，他力氣很大，身體也很強壯。」

克雷文醫生心中警鈴大作。要是這個煩人又歇斯底里的孩子有機會好轉，那他就沒有機會繼承密蘇威特莊園了。不過話說回來，克雷文醫生雖然軟弱，但並不是一個沒有良心的壞蛋，他不想、也不會故意讓柯林身陷危險。

「那個男孩一定要夠強壯、夠穩健，」他說。「而且我多少要知道一點有關他的事。他是誰？叫什麼名字？」

「他叫迪肯，」瑪莉突然開口，她覺得每個知道荒原的人一定都認識迪肯。她猜得沒錯。克雷文先生嚴肅的表情瞬間放鬆，揚起一抹安心的微笑。

「喔，迪肯啊，」他說。「如果是迪肯的話，你一定會很安全的，那孩子跟荒原上的野馬一樣強壯。」

「而且他很可靠，」瑪莉說。「他是全約克郡最可靠的小孩兒了。」她剛才一直在用約克郡口音和柯林聊天，一時之間忘了改回來。

「這是迪肯教妳的嗎？」克雷文醫生笑了起來。

「我把約克郡口音當成法語來學，」瑪莉冷冷地說。「就像印度方言一樣，夠聰明的人就會去學。我很喜歡這種口音，柯林也是。」

「好好好，」克雷文醫生說。「如果這種口音能讓你開心，應該也沒什麼壞處。柯林，你昨天晚上有吃鎮定劑嗎？」

「沒有，」柯林回答。「一開始我不想吃，後來瑪莉讓我平靜下來，用很輕的聲音講春天在花園中蔓延的故事給我聽，講到我睡著。」

「聽起來很撫慰人心，」克雷文醫生比剛才更加疑惑，忍不住斜眼瞄了一下坐在凳子上的瑪莉，她正安靜地盯著地毯。「你的狀況確實改善了很多，你一定要記得——」

「我什麼都不想記，」柯林打斷他的話，再次擺出貴族少爺的姿態。「一個人躺在床上記這些事只會讓我全身發痛，我很討厭這些有的沒的，一想到這些東西我就想尖叫。如果有醫生能讓人馬上忘記病痛，我會立刻把他請過來。」他揮揮細瘦的小手（那隻手實在太適合戴刻有皇家徽章的紅寶石戒指了），「我的表妹能讓我好轉，就是因為她有辦法讓我忘記病痛。」

克雷文醫生從來沒有在柯林「耍脾氣」後這麼快離開過。通常他都會被迫留下來很長一段時間，做一大堆事，可是這個下午他沒有開藥，沒有留下新的醫囑，也沒有遇到什麼惱人的情況。他若有所思地走下樓，進入圖書室；梅洛克太太覺得他講話的樣子看起來非常困惑。

「呃，先生，」她鼓起勇氣開口。「令人難以置信對吧？」

「這種情況確實是頭一遭，」克雷文醫生說。「但不能否認的是現在的狀況比之前好多了。」

「我想蘇珊．索爾比是對的……我眞的這麼覺得。」梅洛克太太說。「昨天我去威特時順便去她家和她聊了一下，她告訴我：『嗯，莎拉．安，或許兒她不是個好孩子，也不是個漂亮的孩子，但她確實是個小孩兒啊。小孩兒都需要小孩兒作伴的。』喔，我和蘇珊．索爾比以前是同學。」

「她是我認識的最好的看護，」克雷文醫生說。「只要看到她，我就知道我的病人有救了。」

梅洛克太太露出微笑。她很喜歡蘇珊．索爾比。

「蘇珊做事有自己的方法，」她滔滔不絕地說。「我整個早上都在想她昨天說的話。她說：『有一次我在孩子們吵架兒後替他們上了一課。我告訴他們，以前我上學兒的時候，地理老師告訴我們，這個世界就像顆橘子兒。我在十歲兒前就發現沒有人兒能完全擁有整顆橘子兒，每個人兒都有應得的分量，不能多拿兒。有時你會覺得自己的那份兒好像不夠，但是你們每一個人兒——每一個人兒——都不准認爲自己擁有整顆橘子兒，否則你就會發現自己錯了，而且還要經歷嚴重的打擊才會發現自己錯了。小孩兒能從其他小孩兒身上學到東西，知道抓住整顆橘子兒是沒有用的——我說的是連皮帶籽的整顆橘子兒。如果硬是抓住整顆橘子兒，很有可能連苦到難以下嚥的籽兒都得不到。』」

「她是個聰明人。」克雷文醫生穿上大衣。

「嗯，她自有一套說理的方式，」梅洛克太太開心地做出結論。「有時我會跟她說：『哎！蘇珊，如果妳是不是妳、約克郡口音也沒那麼重的話，我一定會說妳是個精明的人。』」

這天晚上柯林睡得很沉，完全沒有驚醒，等到他睜開眼睛已經是隔天早上了。他靜靜地躺著，心裡有種莫名的舒適和輕鬆，讓他不自覺地露出微笑，原來起床的感覺這麼好。他翻過身，自在地伸展四肢，彷彿體內長久以來緊繃的線鬆了，身上的束縛也解開了。柯林並不知道那是因爲他的神經終於放鬆、好好休息的緣故（如果克雷文醫生在的話就會這麼說）。他不再像以前一樣躺在床上盯著牆壁、暗暗希望自己沒醒，反而一心想著昨天他和瑪莉討論的計畫，想著花園的景象，想著迪肯和他的野生動物。能有這麼多事可以想的感覺眞好。他起床不到十分鐘，走廊就傳來一陣奔跑的腳步聲，是瑪莉來了。她衝進房間，跑到他床邊，捎來了一股充滿早晨芬芳的清新香氣。

「妳剛才有出去！妳剛才有出去！那是葉子的味道！」柯林大喊。

瑪莉一路跑過來，頭髮被風吹得亂七八糟，早晨的空氣讓她雙頰紅潤、容光煥發，但柯林沒有注意到這些。

「好美喔！」瑪莉上氣不接下氣地說。「從來沒看過這麼美的東西！它來了！我以爲還要再過幾天呢，但是它已經來了，就在這裡！春天來了！是迪肯告訴我的！」

「眞的嗎？」其實柯林對春天一無所知，但他還是心跳加速，從床上坐了起來。「快把窗戶打開！」他笑得好開心，一半是因爲興奮與喜悅，一半是因爲腦海中的想像，「說不定可以聽到金色喇叭的演奏呢！」

他開懷大笑，瑪莉走過去把窗戶打開，清新的空氣、柔軟的香味和小鳥的歌聲全都在一瞬間湧入了房裡。

「這就是新鮮空氣，」她說。「現在你躺下來深深吸一口氣，迪肯躺在荒原上時就是這麼做的。他說他能感覺到新鮮空氣在血管裡流動，讓他變得強壯，也讓他覺得自己似乎可以活到永遠的永遠。你深呼吸看看，深呼吸。」

瑪莉只是單純重複迪肯說的話，但這段話卻深深吸引了柯林，激發了他的想像。

「『永遠的永遠』！新鮮空氣讓他有這種感覺嗎？」他照著瑪莉說的話做，一遍又一遍地深呼吸，吸進大量新鮮空氣，直到覺得身體出現了新奇又令人愉快的變化爲止。

瑪莉走回床邊。

「大地長出了各式各樣的植物，」她急匆匆地說。「到處都是逐漸綻放的花朵，還有好多花苞和葉芽，綠色的薄紗已經快要把灰色蓋住了。小鳥也飛來飛去、忙著築巢，有些鳥還因爲怕搶不到祕密花園裡的位置而大打出手。玫瑰叢看起來好漂亮，小徑和樹上開滿了櫻草花，我們種下去的種子正慢慢發芽。對了，迪肯今天帶了狐狸、烏鴉、松鼠和一隻剛出生的小羊喔！」

說到這裡，瑪莉停下來喘口氣。三天前，迪肯在荊豆灌木旁發現那隻小羊，當時牠正躺在死去的母親身邊。迪肯不是第一次發現失去母親的小羊了，所以他知道該怎麼做。他把小羊包在夾克裡帶回農舍，讓牠躺在爐火旁休息，餵牠喝溫熱的牛奶。小羊軟綿綿的，有一張可愛的娃娃臉，看起來傻乎乎的，四隻腳相較於身體顯得又細又長。迪肯抱著牠越過荒原，口袋裡還裝著牠的奶瓶和小松鼠。早上瑪莉坐在樹下，讓溫暖的小羊彎著腳窩在她大腿上，心中充滿奇妙又難以言喻的快樂。一隻小羊——一隻小羊耶！一隻活生生的小羊像小寶寶一樣躺在你的大腿上！

保母進來的時候，瑪莉正興高采烈地描述自己的喜悅，柯林則在床上一邊聽、一邊深呼吸。保母看到敞開的窗戶時嚇了一跳，過去有多少溫暖的日子她都因為眼前這位病人堅持開窗會讓他感冒，所以只能坐在房間裡悶到快要窒息。

「柯林少爺，你確定你不覺得冷嗎？」她問道。

「不冷，」柯林回答。「我正在呼吸新鮮空氣，讓自己變得更強壯。我要起來到沙發上吃早餐了，我的表妹要跟我一起吃。」

保母帶著微笑離開房間，準備柯林吩咐的兩份早餐。她覺得傭人房比病房好玩多了，現在大家都想知道樓上的最新消息，還不斷開玩笑說那位不受歡迎的小隱士「找到大師了，恭喜」（這是廚師說的）。所有傭人都很厭倦他亂發脾氣的行為，其中有家室的男管家已經不只一次表示他認為少爺需要被「好好教訓一頓」。

兩人份的早餐已經準備好了。柯林坐在沙發上用他最經典的貴族少爺口氣對保母說：

「今天早上會有一個男孩、一隻狐狸、一隻烏鴉、兩隻松鼠和一隻剛出生的小羊來看我，我希望他們一到就立刻有人帶他們上來。你們不准在傭人房跟動物玩，把他們留在那裡。我要他們直接過來。」

保母輕輕地倒抽了一口氣，隨即試圖用咳嗽掩飾過去。

「好的，少爺。」她回答。

「我告訴妳該怎麼做，」柯林揮著手說。「妳去叫瑪莎把他們帶過來。那個男孩是瑪莎的弟弟，名字叫迪肯，他對動物很有一套。」

「希望那些動物不會咬人，柯林少爺。」保母緊張地說。

「我說了，他對動物很有一套，」柯林厲聲喝斥。「他的動物不會咬人。」

「印度就有弄蛇人，」瑪莉說。「他們可以把蛇的頭放進自己的嘴巴裡喔。」

「我的天啊！」保母打了個冷顫。

他們在早晨空氣與涼風的吹拂下享用早餐。柯林的早餐非常豐盛，瑪莉饒富興味地看著他。

「你會跟我一樣開始變胖，」她說。「我以前在印度時不喜歡吃早餐，現在我每天都想吃。」

「我今天早上很想吃早餐，」柯林說。「可能是因爲新鮮空氣的關係吧。妳覺得迪肯什麼時候會來？」

迪肯就快到了。十分鐘後，瑪莉舉起手說：

「你聽！你有聽到烏鴉的叫聲嗎？」

柯林豎起耳朵，那陣粗啞的嘎嘎聲眞是房子裡能聽到最奇怪的聲音了。

「有耶。」他回答。

「那是煤灰，」瑪莉說。「你再聽聽看，有沒有聽到小聲的咩咩叫？」

「噢，聽到了！」柯林大叫，臉頰泛起紅暈。

「那就是剛出生的小羊，」瑪莉說。「他來了。」

迪肯腳上的荒原靴又厚又笨重，雖然他試著放輕腳步，但還是在長長的走廊上踩出了沉重的聲響。瑪莉和柯林聽到他慢慢接近、慢慢接近，然後穿過掛著壁毯的門，走到祕密通道的軟地毯上。

「少爺，請容我向您介紹，」瑪莎一邊說，一邊開門。「請容我向您介紹迪肯和他的動物們。」

迪肯走了進來，臉上掛著一個又大又開心的笑容。新生的小羊窩在他懷裡，紅色的小狐狸踩著小碎步緊跟在他身邊，堅果坐在他的左肩，煤灰停在他的右肩，殼果的頭和爪子則從他口袋裡探出來。

柯林慢慢坐起身，目不轉睛地看著，就像他第一次看到瑪莉時那樣，但這次他的眼神裡滿是驚奇和喜悅。事實上，雖然他之前已經聽過很多有關迪肯的事，他還是不知道這個男孩到底長什麼樣子，他的狐狸、烏鴉、松鼠和小羊都離他那麼近、跟他那麼親密，彷彿成爲了他的一部分。柯林這輩子從來沒有跟男生講過話，他沉浸在自己的愉悅與好奇心裡，完全沒想到要開口說話。

但迪肯一點也不害羞或尷尬。他之所以不覺得難爲情，是因爲烏鴉煤灰也不會說話，他們第一次相遇的時候，煤灰也只是沉默地盯著他看而已。動物在了解一個人之前都會沉默地盯著人看。迪肯走到沙發旁邊，輕輕地將小羊放在柯林腿上，小羊馬上轉向溫暖的天鵝絨睡袍，不停用鼻子蹭著睡袍上的皺褶，並用滿是捲毛的頭不耐煩地輕輕頂他。這下子誰還能忍著不說話呢！

「牠在幹嘛？」柯林大叫。「牠想要幹嘛？」

「牠想要找媽媽，」迪肯臉上綻出一個微笑。「我帶牠來的時候牠還有點兒餓，因爲我知道你會想看牠吃東西。」

他在沙發旁跪下來，從口袋裡拿出奶瓶。

「過來，小傢伙兒，」他用小麥色的手輕輕地把毛茸茸的白色頭顱轉過來。「你想要的是這個，奶瓶兒能給你的比天鵝絨衣裳兒多多啦。喝吧。」他把橡膠奶嘴塞進小羊不斷亂蹭的嘴巴裡，小羊立刻開心地吸吮起來。

餵奶的這段期間，他們三人都很安靜，一直到小羊睡著了之後，問題才如泉水般不斷湧現，迪肯很有耐心地一一回答。他分享了三天前在黎明時分發現小羊的經過，那時他正站在荒原上聽雲雀唱歌，看著牠在又高又遠的天空中翱翔，直到變成遼闊湛藍中的一個小黑點。

「我幾乎看不到牠，只聽得到牠的歌聲兒，我想知道在牠越飛越遠兒，彷彿快要飛離這個世界的時候，我還能不能聽見牠唱歌兒。這時，我聽到遠處的荊豆灌木叢兒裡傳出別的聲音，是虛弱的咩咩叫，我一聽就知道那是很餓的新生小羊兒的叫聲兒，如果羊媽媽還在的話牠是不會挨餓的，所以我就跑去找牠了。哎！我找了好久喔！我在荊豆灌木叢兒裡跑來跑去，繞了一圈又一圈兒，每次都轉錯彎兒，最後終於在荒原兒上的石頭旁兒看到一點兒白色，我爬上去後就發現了這個小傢伙兒，牠又冷又餓，差點兒就死掉了呢。」

迪肯說話的時候，煤灰嚴肅地穿過窗戶飛進飛出，還不時嘎嘎叫個幾聲，好像在評論莊園的景色；堅果和殼果在外面的大樹上探險，沿著樹幹跑上跑下，探索青翠的枝椏；隊長蜷曲在迪肯身邊，迪肯則因為個人偏好坐在壁爐前的地毯上。

他們一起瀏覽園藝書籍中的圖片，迪肯知道每一種花的俗名，還知道有哪些已經在祕密花園裡開花了。

「我不會唸這上面寫的字兒，」他指著圖片下的「耬斗菜」三個字。「我們都叫這種植物夢幻草，旁邊兒那個是金魚草兒，野外的樹籬邊兒經常能看到這兩種植物，不過這張圖上的是人為種植的，所以長得比較大兒、比較漂亮。祕密花園兒裡有很大叢夢幻草，開花兒的時候看起來就像藍色和白色的蝴蝶兒翩翩飛舞。」

「我要去看那些花！」柯林大喊。「我要去看那些花！」

「是哎，你必得去兒，」瑪莉認真地說。「你必得把握時間兒。」

20 我會活到永遠的永遠的永遠！

可是他們被迫等了超過一個禮拜，因為接連好幾天的風都太大，然後柯林又得了感冒，兩件事接踵而來，讓柯林怒火中燒。幸好他還有別的事可以做。他們小心翼翼地祕密籌畫花園之旅，迪肯幾乎每天都會來，雖然只有短短幾分鐘，但他會告訴柯林荒原上、小路邊、樹叢裡和小溪旁發生了什麼事，水獺、獾與河鼠的家長什麼樣子，當然也描述了鳥巢和田鼠的洞穴。光是從擅長馴服動物的人口中聽到這些小細節、透過言語窺探整個地底世界熱情的忙碌情景，就足以讓人激動到渾身發抖。

「牠們跟我們一樣兒，」迪肯說。「差別兒在於牠們每年都要重新蓋一次自己的家兒，這讓牠們忙得不得了，所以經常手忙腳亂。」

不過最讓他們著迷的還是偷偷把柯林送進祕密花園的計畫及準備工作。瑪莉和迪肯會推著輪椅走過灌木叢轉角，抵達常春藤圍牆外的花園步道，屆時一定要小心謹慎，絕對不能讓別人看到他們。隨著日子一天天過去，柯林越來越覺得花園的神祕感就是它最迷人、最有魅力的地方，絕不能破壞這種氛圍，更不能讓別人懷疑他們之間有什麼祕密，一定要讓其他人以為他之所以會跟瑪莉和迪肯一起出去，是因為他很喜歡他們、不在意他們的目光。他們開心地討論到時要走的路線，先從這條路過去，再從那條路過來，然後穿越小徑，繞噴水池的花圃一圈，假裝他們對園丁總管羅契先生規畫的「幼苗移栽」很有興趣。這些舉動看起來都很合理，不會有人懷疑有什麼不對勁；接著他們會轉進灌木叢步道，直到抵達長長的圍牆前都不會有人看到他們。這個計畫既嚴密又周詳，簡直跟戰爭時期的偉大將軍擬定行軍策略一樣。

有關柯林房間裡這些奇怪新鮮事的謠言很快就傳開了。最先走漏消息的是傭人房，接著傳到馬僮那裡，最後連園丁都聽說了。即便如此，羅契先生收到來自柯林少爺的命令時還是非常驚訝，少爺居然要他去那個外人從未看過的房間報到，說是要親自跟他談談。

「哎呀，哎呀，」他自言自語，匆忙地換上大衣。「現在該怎麼辦呢？不願被人看到的王子殿下竟然要召見他看不上眼的人啦。」

羅契先生並不是沒有好奇心的人。他從來沒見過大家口中的「少爺」，但卻聽了不少誇張的故事，故事中男孩的外表和行爲都很詭異，脾氣壞到極點。他最常聽到的就是他隨時都可能會死，再來就是有關駝背、四肢無力等各種稀奇古怪的描述，都是那些從來沒看過他的人說的。

「莊園裡的情況正在改變，羅契先生。」梅洛克太太一邊說，一邊帶著他踏上階梯，步入走廊，朝目前仍神祕莫測的房間走去。

「只希望是好的改變啊，梅洛克太太。」他回答。

「反正也不會變得更壞啦，」梅洛克太太說。「奇怪的是，大家都覺得自己分內的工作變得輕鬆多了。羅契先生，若你等一下發現自己好像走進了動物園，又看到瑪莎．索爾比的弟弟迪肯把這裡當成自己家、甚至比你我還要自在，請不要太過驚訝。」

正如瑪莉心中暗自相信的一樣，迪肯真的有某種魔力。羅契先生一聽到他的名字，臉上就露出慈祥的笑容。

「不管是白金漢宮還是礦坑深處，他都會很自在的，」他說。「我可沒誇張，那孩子就是這樣，適應力強得很。」

或許讓羅契先生有心理準備是對的，不然他可能會嚇一大跳。房間的門一打開，一隻停在高高的雕刻椅背上、看起來非常愜意的大烏鴉便大聲地嘎嘎叫，宣布訪客來到。儘管梅洛克太太已經警告過了，羅契先生還是嚇得差點往後跳，場面一陣尷尬。

柯林不在床上，也不在沙發上。他坐在扶手椅上，一隻年幼的小羊站在他旁邊用吃奶時特有的方式搖尾巴，而迪肯正跪著用奶瓶餵小羊喝奶；一隻松鼠站在迪肯微彎的背上，全神貫注地啃堅果；印度來的小女孩則坐在一張大腳凳上看著他們。

「柯林少爺，羅契先生來了。」梅洛克太太說。

貴族少爺轉過頭看著他的傭人（至少在園丁總管眼中看起來是這樣）。

「喔，你就是羅契嗎？」他說。「我叫你來是要交代一些重要的事。」

「沒問題，少爺。」羅契回答，心中暗自揣測柯林會不會要他砍掉園林中所有橡樹，或是把果園改建成流水造景花園之類的。

「今天下午我會坐輪椅出去走走，」柯林說。「如果我能適應新鮮空氣，可能就每天都會出去。我出門的時候，所有園丁都不准靠近花園圍牆旁的長步道，不准有人在那裡。我會在兩點的時候出門，所有人都必須離開，直到我傳話說可以回來工作為止。」

「沒問題，少爺。」羅契先生說。橡樹可以留在原地，果園也很安全，讓他鬆了一口氣。

「瑪莉，」柯林轉向她。「妳說印度人講完話後要怎麼叫人離開？」

「要說『你可以退下了』。」瑪莉回答。

貴族少爺揮揮手。

「你可以退下了，羅契，」他說。「記住，我剛剛交代的事很重要。」

「嘎──嘎！」烏鴉的叫聲粗啞卻不失禮貌。

「沒問題，少爺。謝謝你，少爺。」話一說完，梅洛克太太便帶羅契先生離開房間。他是個好脾氣的人，一到走廊上，他便忍不住揚起微笑，差點笑出聲音來。

「我的天啊！」他說。「他還真有國王的架子，派頭比所有皇室成員加起來還要大呢。」

「唉！」梅洛克太太抱怨地說。「自從他出生以來我們就任由他踐踏，他認為這是理所當然的事。」

「如果他能活下來，或許會改掉這個習慣也說不定。」羅契先生說。

「嗯，我敢保證，」梅洛克太太說。「如果他能活下來，那個印度來的孩子也繼續待在這裡的話，她一定能教會他『不是整顆橘子都屬於他』這個道理，就像蘇珊．索爾比說的一樣，他會慢慢知道自己能拿多少、該拿多少。」

房間裡，柯林往後倒在靠枕上。

「現在一切都安全了，」他說。「今天下午我就可以看到花園了，今天下午我就可以進去了！」

迪肯帶著動物回到花園裡，瑪莉則留在房間陪柯林。她覺得他看起來沒有很累，但在午餐端上來之前他都很安靜，吃飯時也不怎麼說話。她想知道他爲什麼這麼安靜，於是便開口問他。

「柯林，你的眼睛爲什麼會那麼大？」她說。「只要你開始想事情，眼睛就會睜得跟盤子一樣大。你在想什麼呢？」

「我一直在想花園會是什麼樣子。」他回答。

「花園？」瑪莉問。

「就是春天啊，」他說。「我在想，我之前從來沒有眞正看過春天。我幾乎不出門，就算出門也不會認眞觀察周遭環境，連想都沒想過。」

「我在印度也從來沒看過春天，印度沒有春天。」瑪莉說。

柯林的生活一直很封閉、充滿病痛和憂鬱，所以他的想像力比瑪莉豐富，至少他花了很多時間瀏覽漂亮的書籍和圖片。

「那天早上妳跑進來大喊『它來了！它來了』的時候，我有種奇怪的感覺，聽起來好像春天會伴隨著音樂及長長的遊行隊伍出現。我在一本書裡看過這種圖片，一群優雅的大人和小孩戴著花環，拿著開滿花朵的樹枝，開心地笑著跳舞，大家全都擠在一起，還有人在吹笛子。所以我才會要妳打開窗戶，還說『說不定可以聽到金色喇叭的演奏呢』。」

「好好玩喔！」瑪莉說。「春天給人的感覺就是這樣。如果所有花朵、葉子、綠色植物、小鳥和野生動物同時跳著舞經過，場面一定很熱鬧！我敢說牠們會一邊跳舞一邊唱歌，還會吹笛子，讓空氣中充滿音樂聲。」

他們倆笑了起來，不是因爲覺得這個想法很好笑，而是因爲他們很喜歡這個畫面。

過了不久，保母進來替柯林做好外出的準備。她注意到柯林不再像以前一樣木頭似的躺在那裡等人家幫他換衣服，而是坐起來努力地移動手腳配合，同時不斷和瑪莉說說笑笑。

「他今天心情很好，先生，」保母對專程來檢查柯林的克雷文醫生說。「精神也很好，所以比較有力氣。」

「下午等他回來後我會再來一趟，」克雷文醫生說。「我要知道他適不適合外出。」他壓低聲音，「我希望妳能跟他一起去。」

「先生，我寧可現在馬上離職也不想站在這裡聽這種建議。」保母的態度突然變得很強硬。

「我也還沒眞的要妳這麼做，」克雷文醫生有點緊張。「我們可以實驗看看。我很信任迪肯這個孩子，就算把新生兒交到他手上也沒問題。」

莊園裡最強壯的僕從把柯林抱下樓放在輪椅上，迪肯則在外面等他。等男僕擺好毯子和靠枕後，柯林便對男僕和保母揮揮手。

「你們可以退下了。」他一說完，大家便火速離開，回到房子裡，忍不住咯咯笑了起來。

迪肯穩穩推著輪椅慢慢走，瑪莉跟在輪椅旁邊，柯林則把背靠在靠枕上，抬頭望著天空，天空看起來又高又遠，雪白的小雲朵就像展翅飛翔的白色小鳥，在晶瑩剔透的藍天中飄盪。輕柔的風夾雜著奇異、帶著野性的清新甜香，從荒原上吹來。柯林大口吸氣，瘦弱的胸膛不斷起伏，他的大眼睛彷彿正代替耳朵傾聽這一切。

「我聽到歌聲、嗡嗡聲，還有喊叫聲，」他說。「隨著風吹過來的香味是什麼啊？」

「是荒原兒上荊豆花兒開的味道，」迪肯回答。「哎！蜜蜂今天兒一定很開心。」他們走的那條小徑上一個人也沒有，事實上，每個園丁和園丁的孩子都被遣走了。他們三人按照之前仔細計畫好的路線在灌木叢裡繞進繞出，享受有趣的神祕感，接著又到噴水池花圃晃了一圈，最後轉進常春藤圍牆旁的長步道。他們心中懷著滿滿的興奮與快樂，同時基於某種無法解釋的理由開始用氣音說話。

「就在這裡，」瑪莉悄聲說。「我之前就是在這裡走來走去，一直猜一直猜。」

「就是這裡嗎？」柯林提高音量，用熱切好奇的眼神掃視常春藤。「可是我什麼也沒看到，」他輕聲說。「這裡沒有門啊。」

「我本來也是這麼想的。」瑪莉說。

他們屏住呼吸、沉浸在美好的無聲裡，推著輪椅繼續往前走。

「這裡是班・韋德史達工作的花園。」瑪莉說。

「就是這裡嗎？」柯林問。

他們又往前走了幾步，瑪莉再次悄聲開口。

「知更鳥就是從這裡飛過圍牆的。」她說。

「真的嗎？」柯林高聲說。「噢！真希望現在就能看到牠！」

「那邊，」瑪莉滿懷喜悅，認真地指著一大叢紫丁香。「那邊之前有個小土堆，牠就是停在那裡讓我發現鑰匙的。」

柯林坐起身。

「哪裡？在哪裡？那裡嗎？」他高聲追問，眼睛瞪得好大，就像《小紅帽》裡的大野狼一樣，大到小紅帽不注意都難。迪肯停下腳步，輪椅也跟著停了下來。

「這裡，」瑪莉踏上常春藤旁邊的花圃。「這裡是我跟知更鳥說話時站的地方，那時牠在牆頭上對我唱歌，這邊就是被風吹起來的常春藤。」她掀起垂掛的常春藤。

「噢！這裡——在這裡！」柯林倒抽了一口氣。

「這是把手，這就是門啦。迪肯，把他推進去吧，要快一點喔！」

迪肯用力一推，動作既穩定又俐落。

柯林往後倒在靠枕上，開心地喘不過氣。他用手蒙著眼睛，將一切景象隔絕在外，直到他們如變魔術般進入花園，停下輪椅，關上門之後，他才把手放下、環顧四周，看了一圈又一圈，就跟當初瑪莉和迪肯進到花園時一樣。長出纖細小嫩葉的美麗綠色薄紗籠罩著圍牆、大地，以及攤邊的枝條和藤蔓；樹下的青翠草坪、涼亭的灰色花盆裡，還有這裡、那裡，到處都綴滿了點點金黃、紫色和白色；頭頂上的大樹開出一簇簇粉紅與雪白，周遭充滿了微弱又甜美的鳥鳴、振翅聲、蜜蜂的嗡嗡聲及各種香氣。溫暖的陽光灑落在柯林臉上，有如一隻手輕柔地撫觸著他。瑪莉和迪肯站在一旁，驚訝地望著柯林。他看起來非常奇怪，跟以前完全不一樣，粉色的光芒逐漸暈染他蒼白的小臉、脖子、手和全身。

「我會好起來的！我會好起來的！」他大喊。「瑪莉！迪肯！我會好起來的！我會活到永遠的永遠的永遠！」

21 班・韋德史達

活在這個世界上最奇怪的一件事，就是你不時會在某個瞬間認爲自己能活到永遠的永遠的永遠。你可能在溫柔肅穆的破曉時分獨自走到戶外仰望，看著東方蒼白的天空慢慢轉變、染上晨曦，出現不可思議的未知之美，直到那亙古不變的壯麗日出讓你大爲驚嘆，連心跳都差點停止——這幅景象在過去好幾千、好幾萬年來，每天早上都會出現，但就在那特定的瞬間，讓你覺得自己能永遠活下去；你也可能獨自一人站在灑滿落日餘暉的樹林裡，看著神祕的橘金色陽光斜斜地從枝椏間流瀉而下，彷彿一遍又一遍地慢慢訴說著什麼，但無論你再怎麼嘗試、再怎麼努力也聽不見；那個瞬間也有可能是你站在寂靜遼闊的暗藍色夜空下，上百萬顆繁星正靜靜地等待、凝視著你，也有可能是你聽見遙遠的樂聲，或是看著某人雙眼的那一刻。

柯林在牆圍起來的祕密花園裡第一次看到、聽到、感受到春天時，就是這種感覺。那天下午，世界似乎把自己最完美、燦爛、漂亮、親切的一面展現在他面前。或許春天源自於上天最純粹、美好的善意，它降臨大地，盡其所能地充滿每一個角落。迪肯停下來好幾次，安靜地站著輕輕搖頭，眼裡透出不可思議的神情。

「哎！太棒了，」他說。「我現在十二歲，快要十三歲了，這十三年兒來我經歷了無數個美好的午後，但沒有一個像今天兒一樣棒。」

「是哎，眞的好棒喔，」瑪莉開心地嘆了口氣。「我敢保證，這個下午一定是全世界最棒的下午了。」

「你們覺不覺得兒，」柯林用如夢似幻的口氣小心翼翼地說。「這一切兒好像都是爲了我發生兒的？」

「天哪！」瑪莉崇拜地大喊。「你的約克郡話兒說得眞好！你學得可眞快兒呢，眞的。」

空氣中充滿了快樂。

他們把輪椅推到李子樹下，樹上開滿了雪白的花，蜜蜂繞著花朵嗡嗡演奏，看起來就像精靈國王寶座上的華蓋。李子樹旁佇立著盛開的櫻桃樹和蘋果樹，蘋果樹上綴滿了粉色與白色的花苞，還有許多綻放的花朵。湛藍的天空有如美麗的眼睛，透過繁茂花棚間的縫隙俯視著大地。

瑪莉和迪肯忙得團團轉，柯林則在一旁看著他們。他們不時拿些新鮮的東西給他看，像是綻放的花、緊閉的花苞、正在展葉的樹枝、掉到草地上的啄木鳥羽毛，還有孵化的鳥留下的空蛋殼。迪肯推著輪椅一圈又一圈地慢慢繞著花園，每隔一段時間就停一下，讓柯林看看從土壤裡探出頭的新生命，以及自樹梢上垂落的自然奇蹟。柯林有如置身於魔法國王和皇后統治的魔法國度，體驗到一切神祕、奇妙的事物。

「我們會看到知更鳥嗎？」柯林問。

「再過不久你就會常常看到牠了，」迪肯回答。「等雛鳥兒從蛋裡孵出來兒之後，牠就會忙得暈頭轉向。你會看到牠嘴裡銜著跟自己一樣大的蟲兒飛進飛出兒，牠帶著蟲兒回巢兒的時候，雛鳥兒會嘰嘰喳喳地大叫，每隻嘴巴兒都張得那麼大、叫得那麼大聲兒，讓牠好慌張，不知道要先餵哪個大嘴巴兒才好。媽媽說，每次她看到知更鳥兒為了填飽那些嗷嗷待哺的嘴巴兒努力工作，她就覺得自己其實算是個無所事事兒的貴婦兒。她還說她看到知更鳥兒的汗水落在那些雛鳥兒身上，只是一般人兒都看不見。」

說完三人開心地咯咯笑了起來，隨即立刻想起他們絕對不能被別人聽到，因此不得不用手摀住嘴巴。他們早在好幾天前就叮嚀過柯林，在這裡一定要輕聲細語。柯林很喜歡這種神祕感，也盡量壓低聲音，但興奮和愉悅的情緒讓他們很難把笑聲壓得跟悄悄話一樣小聲。

這天下午，每一刻都充滿新鮮事。陽光隨著時間流轉變得更加金黃，他們把輪椅推回樹蔭下，迪肯則坐在草皮上拿出笛子。這時，柯林瞥到了一樣剛才來不及注意的東西。

「那邊那棵樹已經很老了，對不對？」他說。

迪肯轉頭看向草地的另一邊，瑪莉的眼神也跟著飄過去，三人陷入了短暫的沉默。

「對。」迪肯用輕柔的聲音打破寂靜。

瑪莉凝望著那棵樹，陷入沉思。

「那棵樹的樹枝很灰，上面一片葉子也沒有，」柯林繼續說。「它已經死了，對不對？」

「是哎，」迪肯承認。「不過玫瑰兒已經長到那棵樹兒上了，等到玫瑰兒長出葉子、開出花兒之後，就會把所有死掉的枝幹蓋住，到時看起來就不像死掉的樹兒了，反而會變成最漂亮的樹兒。」

瑪莉仍然看著樹沉思。

「看起來好像有一根很粗的樹枝斷掉了，」柯林說。「不知道怎麼斷的。」

「樹枝已經斷了很多年兒了，」迪肯說。「哎！」他突然鬆了一口氣似的把手搭在柯林身上。「你看，是知更鳥兒！牠來了！牠剛剛在外面爲牠的伴侶覓食兒。」

柯林只瞥到一眼，差點就錯過了那隻銜著食物的紅胸小鳥。知更鳥掠過綠意盎然的花園上空，飛進角落，旋即不見蹤影。柯林再次倒回靠枕上輕聲笑著。

「牠幫牠的愛人帶下午茶回去。現在大概快五點了。我也想來點下午茶。」

他們安全地結束了老樹的話題。

「知更鳥會來是因爲魔法的關係，」瑪莉後來偷偷告訴迪肯。「我知道一定是魔法。」她和迪肯兩人都很擔心柯林會繼續追問有關老樹的事。那根樹枝是十年前斷掉的。他們之前就討論過這件事，當時迪肯一邊說，一邊煩惱地用手抓抓頭。

「我們必得表現出那棵樹兒跟其他樹兒沒什麼不同，」他說。「我們絕對不能告訴他樹枝是怎麼斷的，可憐的傢伙兒……如果他問起了那棵樹兒，我們必得要……必得要表現得很開心兒。」

「是哎，我們必得這麼做。」當時瑪莉這麼回答。

可是當她凝望著那棵樹的時候，她覺得自己表現得一點也不開心。在那短短幾分鐘的時間裡，她不斷思考迪肯說的另一件事。那時迪肯繼續困惑地抓著紅褐色亂髮，但那雙藍眼睛裡卻逐漸流露出一種美好又溫柔的神情。

「克雷文太太是位非常可愛的年輕小姐，」他用遲疑的口氣說。「媽媽覺得她或許回來密蘇威特關心過柯林少爺很多次，就像所有離開這個世界的母親一樣。就是這樣，她們總是會回來。或許她剛好就在花園兒裡，或許就是她要我們做這些工作，又要我們把他帶來這兒的。」

瑪莉原本以爲迪肯說的是魔法之類的東西。她對魔法深信不疑，甚至心裡暗暗相信迪肯會對周遭所有人事物施魔法（當然是好的那種魔法），所以大家才會這麼喜歡他，動物也是因爲這樣才會跟他變成好朋友。她猜想，當柯林問出危險問題的那一刻，會不會是迪肯的天賦把知更鳥召喚過來的？她覺得迪肯整個下午都在使用魔法，讓柯林看起來判若兩人，他現在一點也不像是會尖叫、捶枕頭和咬枕頭的瘋子，就連那如象牙般蒼白的膚色也變了。一開始進入花園時那道出現在他臉上、手上和脖子上的微弱光彩還沒消失，他看起來不再像是用蠟或象牙做成的，而是個有血有肉的孩子。

他們看著知更鳥來回帶食物給伴侶兩、三次，讓柯林一直聯想到下午茶，他覺得他們也應該要喝點下午茶。

「隨便找個男僕，叫他幫我們準備一籃下午茶，放在杜鵑花步道上，」他說。「這樣妳跟迪肯就可以去把籃子拿進來。」

這個點子不錯，執行起來也很簡單。他們把白色的布鋪在草地上，拿出熱茶、奶油吐司和烤餅，快樂地塡飽肚子、享受午後時光；好幾隻有家庭任務在身的小鳥都停了下來，好奇地想著這裡到底發生了什麼事，接著便開始認眞調查那些麵包屑。堅果和殼果帶著幾塊蛋糕飛奔到樹上，煤灰則叼著半片奶油烤餅跑到角落啄一啄、看一看、翻一翻，用沙啞的嘎嘎聲評論幾句，最後開心地把烤餅一口呑進嘴裡。

最美麗、最柔和的時刻來了。橘金色的陽光斜斜地灑落下來，蜜蜂踏上回家的路，飛過天空的小鳥也變少了。下午茶餐籃已經收好了，隨時可以帶回去；瑪莉和迪肯坐在草地上，柯林則躺在靠枕上，用手把前額厚重的頭髮往後梳，氣色非常自然。

「眞希望時間可以停在這裡。」他說。「我明天還要來，後天也要，大後天也要。」

「你想呼吸很多新鮮空氣，對嗎？」瑪莉說。

「沒錯，其他的我都不在乎，」柯林回答。「現在我已經看過春天了，接下來還要看夏天，看這裡的植物長大。我也會在這裡長大。」

「你會的，」迪肯說。「我們會讓你散散步兒、挖挖土，就和其他人兒一樣。」

柯林的臉漲得通紅。

「散步！」他大喊。「挖土！眞的可以嗎？」

迪肯用謹愼的眼神瞄了柯林一眼。他和瑪莉從來沒問過他的腿怎麼了。

「當然可以，」迪肯認眞地說。「你……你也有腿兒啊，就和其他人兒一樣！」

瑪莉忐忑不安，直到聽見柯林的回答才放下心中的大石頭。

「其實我的腿沒什麼大礙，」他說。「只是太瘦又太沒力了，會一直發抖，所以我連試著站起來都不敢，我會怕。」

瑪莉和迪肯鬆了一口氣。

「只要你不再害怕兒，就可以站起來了，」迪肯雀躍地說。「你很快就不會再害怕兒了。」

「真的嗎？」柯林靜靜地躺著，似乎在想些什麼。

他們陷入了短暫的寂靜。夕陽緩緩落下，此刻萬籟俱寂。他們過了一個忙碌又興奮的下午。柯林看起來很舒服、很自在，就連動物也停止活動，依偎在三人身邊休息。煤灰棲息在低矮的樹枝上，縮起一隻腳，昏昏沉沉地打瞌睡，瑪莉覺得牠看起來似乎馬上就要開始打呼了。

柯林在寂靜中微微抬起頭，用一種大聲又警戒的氣音說話，讓其他兩人嚇了一跳。

「那個人是誰？」

迪肯和瑪莉連忙站了起來。

「哪個人？」兩人異口同聲地喊道，語氣又輕又急。

柯林指著高高的圍牆。

「你們看！」他激動地悄聲說。「看啊！」

瑪莉和迪肯轉身一看，只見牆頭露出一截梯子，班・韋德史達正站在梯子上怒氣沖沖地瞪著他們！

「如果我不是單身漢兒，妳也不是小女孩兒的話，」他一邊大喊，一邊對瑪莉揮舞著拳頭。「我一定會好好揍妳一頓兒！」

他帶著威脅的姿態往上踩了一階，彷彿眞的要從那裡跳下來修理她一樣，但等到瑪莉走過去之後，他顯然又改變了主意，只是站在梯子頂端繼續對她揮拳。

「眞沒想到是妳！」他激動地說。「我第一眼兒見到妳的時候就覺得無法忍受，看看妳那張蠟黃的小臉兒，一天兒到晚問東問西兒，跑到不歡迎妳的地方到處亂看，眞搞不懂妳幹嘛老是纏著我，要不是因爲知更鳥兒──那隻該死的鳥兒──」

「班．韋德史達，」瑪莉上氣不接下氣地大叫。她站在圍牆下方一邊喘氣，一邊往上喊話。「班．韋德史達，是知更鳥告訴我怎麼進來的！」

班看起來更火大，一副眞的要跨過圍牆跳下來的樣子。

「妳這個小混蛋兒！」他往下大吼。「把壞事兒都怪到知更鳥兒身上──雖然牠的確什麼事兒都幹得出來，但告訴妳怎麼進去花園兒！牠！哎！妳這個小混蛋兒──」瑪莉知道班接下來會說什麼，因爲他實在太好奇了。「──妳到底是怎麼進去的？」

「我說了，是知更鳥告訴我怎麼進來的，」瑪莉頑強地說。「牠自己不知道，但牠就是這麼做了。你在對我揮拳頭，我才不要告訴你怎麼進來。」

就在這個時候，班猛然停下揮舞的拳頭，他的視線越過瑪莉頭頂，盯著某個越過草地朝他而來的東西，驚訝到連下巴都快掉下來了。

從班連珠炮似的開始痛罵瑪莉那一刻，柯林就一臉訝異地坐起身，聽得好入迷，好像被下咒一樣，但過了沒多久，他就恢復正常，迫切地揮手叫迪肯過去。

「把我推過去那裡！」他用命令的口氣說。「推近一點，停在他正前方！」

讓班・韋德史達愣住的就是這幅景象。一張擺滿了豪華靠枕和長袍的輪椅，上面坐著一位貴族少爺，大大的眼睛周圍綴著一圈濃密的黑睫毛，一隻蒼白的小手傲慢地伸向他，威風凜凜地指揮著，輪椅如皇室馬車般直直駛來，停在他鼻子下，也難怪他嚇得嘴都合不攏了。

「你知不知道我是誰？」柯林質問。

班・韋德史達目瞪口呆，睜著蒼老又布滿血絲的眼睛直盯著他們，好像見鬼一樣。他看了又看、看了又看，接著吞了一口口水，半個字都說不出來。

「你知不知道我是誰？」柯林又問了一次，姿態更加跋扈。「回答啊！」

班・韋德史達用粗糙的手揉揉眼睛和前額，語帶顫抖地說：

「你是誰兒？是哎，我當然知道，因為你母親的眼睛兒就長在你臉上瞪著我呢。天曉得你是怎麼進去兒的。你就是那個可憐的殘障吧。」

柯林氣得忘了自己的背有多虛弱，滿臉通紅地直直坐起身。

「我才不是殘障！」他氣沖沖地大喊。「我不是！」

「他才不是！」瑪莉忿忿不平地對著圍牆大吼。「他身上連針尖大小的腫塊都沒有！我看過了，一個都沒有——沒有！」

班・韋德史達再次用手揉揉前額，好像永遠也看不夠似的猛盯著柯林。他的手在顫抖，嘴脣在顫抖，聲音也在顫抖，他是個無知又笨拙的老人，只記得自己曾聽說過的事。

「你……你不是駝子嗎？」他用沙啞的聲音問道。

「不是！」柯林大叫。

「你……你的腿兒不是歪的嗎？」班顫抖地說，聲音聽起來更沙啞了。

這句話太過分了。過去鬧脾氣時的強烈情緒以一種全新的方式在柯林體內流竄。從來沒有人說過他的腿是歪的，就連竊竊私語也沒有，而班・韋德史達居然相信他的腿是歪的。身為一個貴族少爺，柯林完全無法忍受這種事。怒火和受辱的傲氣讓他將一切拋諸腦後，這一刻，他全身上下充滿了過去從未體驗過的力量，一種幾近反常的力量。

「過來！」他對迪肯大吼，同時掀起蓋在腿上的毯子，掙扎地站起來。「過來！過來！馬上過來！」

迪肯飛快地跑到他身邊。瑪莉倒抽了一口氣，屏住呼吸，覺得自己的臉正慢慢轉白。

「他做得到！他做得到！他做得到！」她用最快的速度不斷喃喃自語。

柯林猛地動了一下，把毯子丟到地上。迪肯抓著他的手臂，他伸出瘦弱的腿，纖細的腳就這樣踏上草地。柯林站得好直好直，直得像箭一樣，整個人看起來出奇地高。他昂起頭，眼睛裡閃爍著奇異的光芒。

「看著我！」他用力朝班・韋德史達揮揮手。「你看著我啊——你！看著我！」

「他站得跟我一樣直兒！」迪肯大喊。「他站得跟所有約克郡小孩兒一樣直兒！」

瑪莉覺得班・韋德史達的反應很奇怪。他哽咽了一聲，眼淚突然從那飽經風霜的臉頰上滾落，一雙蒼老的手緊握在一起。

「哎！」他放聲大喊。「大家真會說謊兒！雖然你和木條兒一樣瘦，和鬼魂兒一樣白，但你身上一點兒腫塊也沒有。你會變成一個男子漢兒的。願神保佑你！」

迪肯用力撐著柯林的手臂。柯林站得穩穩的，比剛才更直、更挺，雙眼直視著班・韋德史達。

「我爸爸不在的時候，我就是你的主人，」他說。「你必須服從我。這是我的花園，你不准洩漏一個字！你現在就從梯子上下去，走到長步道上，瑪莉小姐會去帶你進來，我有話要跟你說。我們不歡迎你，但你現在必須跟我們一起保守這個祕密。動作快！」

班・韋德史達乖戾的老臉上還留著奇怪的淚水，他似乎沒辦法移開視線，只能靜靜俯視著身材細瘦、仰著頭、站得筆直的柯林。

「哎！孩子，」他低聲說。「哎！我的孩子！」他突然回過神來，用園丁習慣的方式摸摸帽子，「是的，少爺！是的，少爺！」然後便遵照柯林的命令爬下梯子，消失在牆頭。

22 日落時分

等班消失在牆頂後，柯林便轉向瑪莉。

「去帶他吧。」他說。瑪莉像一陣風似的飛奔過草地，跑到常春藤下的門邊。

迪肯仔細地觀察柯林，發現他兩頰冒出猩紅色的斑點，看起來很嚇人，但是他仍穩穩地站著，完全沒有要倒下的跡象。

「我可以站了。」柯林的頭依舊抬得高高的，口氣很驕傲。

「我就說嘛，只要你不害怕兒就能站了，」迪肯回答。「你剛才一點兒都不害怕兒。」

「對，我剛才一點都不害怕。」柯林點點頭。接著他突然想起瑪莉說過的話。

「你會魔法嗎？」他直接問。

迪肯揚起嘴角，露出大大的笑容。

「你自己就會魔法兒啊，」他說。「讓植物從土裡冒出來兒的也是魔法兒。」他用厚重的靴子輕輕碰了一下草地上的番紅花叢。

柯林低頭看著那叢花。

「是哎，」他慢慢地說。「沒有比能讓植物冒出來兒更厲害的魔法兒了——眞的。」

他拉直背脊，站得前所未有的挺。

「我要走到那棵樹那裡，」他指著幾公尺外的一棵樹說。「我要在韋德史達進來的時候站著。要是我想休息就可以靠著樹休息，想坐下就坐下，不過當然要等韋德史達來之後再坐。幫我從輪椅上拿條毯子。」

在迪肯的攙扶下，他踩著穩健的腳步慢慢走到樹旁，然後用不太明顯的方式微微靠著樹幹，整個人依舊站得筆直，看起來很高。

班・韋德史達穿過牆上的門走進花園，看見柯林站在樹下。這時，瑪莉低聲說了幾句話。

「妳咕噥啥兒啊？」他的口氣很不耐煩，不想把注意力從柯林細瘦挺拔的身影及驕傲的臉上移開。

可是瑪莉沒有回答。其實她說的是：

「你做得到！你做得到！我就說你做得到！你做得到！你做得到！你做得到！」

她是在對柯林喊話，希望自己能使出魔法，讓他一直穩穩地站著。她無法忍受他在班・韋德史達面前放棄。他沒有放棄。瑪莉心中突然湧起一種感覺，覺得柯林雖然身材瘦削，看起來卻很美。他擺出傲慢又有趣的姿態，眼神直盯著班・韋德史達。

「看著我！」他用命令的口氣說。「全身上下都給我看清楚！我是駝子嗎？我的腿是歪的嗎？」

班・韋德史達的情緒尚未完全平復，但已經沒有剛才那麼激動了。他用一貫的語氣回答柯林。

「不是兒，」他說。「完全不是兒。你這些年兒來到底在幹啥兒啊？居然一個人兒躲起來，讓別人兒說你是個殘廢、是個傻瓜兒？」

「傻瓜？」柯林生氣地說。「誰說的？」

「一群笨蛋說的，」班說。「這個世界上充滿許多一天兒到晚胡說八道的蠢貨兒，只會到處說謊兒。你為什麼不叫他們閉嘴兒呢？」

「大家都以為我要死了，」柯林沒好氣地說。「但是我不會死！」

他的態度非常堅決。班．韋德史達忍不住上下打量他，從頭看到腳，又從腳看到頭。

「你不會死！」他的語氣流露出純粹的喜悅。「不可能會死！你看起來活力充沛呢。我剛剛看到你急著站起來時就知道，你的身體兒很好，小少爺，快坐在毯子上吧，我隨時聽候差遣兒。」

班的言行舉止混雜著隱晦的溫柔和細膩的理解。剛剛他們從長步道走過來的路上，瑪莉就盡可能用最快的速度交代一切，最重要的是要記住，柯林正在好轉，花園能讓他變得越來越健康，任何人都不准讓他想起什麼腫塊和死亡。

柯林擺出高人一等的姿態坐到樹下的毯子上。

「韋德史達，你在花園裡負責什麼工作？」他問道。

「做他們吩咐我做的事兒，」班說。「我是靠人情兒才能留下來工作的……因為她很喜歡我。」

「她？」柯林一頭霧水。

「你的母親。」班回答。

「我的母親？」柯林說完後靜靜地看著班。「這是她的花園，對不對？」

「是哎，沒錯兒！」班也回望著他。「她非常喜歡這個花園兒。」

「現在這是我的花園了，我很喜歡這裡。我每天都會過來。」柯林說。「不過這是個祕密，我的命令就是不要讓任何人知道我們會來這裡。迪肯和我的表妹花了很大的心力才讓花園活過來，之後我偶爾會要你過來幫忙，但你來的時候不能讓別人看到你。」

班．韋德史達扭曲著蒼老乾癟的臉，露出一抹微笑。

「我以前會在沒人看到的時候進來這兒。」他說。

「什麼！」柯林大喊。「什麼時候？」

「我最後一次來這兒……」班搔搔下巴，環顧四周。「是兩年前的事兒了。」

「可是這十年來沒有人進來過啊！」柯林高聲說。「沒有門啊！」

「我就是那個『沒有人』，」班冷冷地說。「我不是從門兒進來的，我是翻牆進來的。可是這兩年兒我的風濕病兒太嚴重，所以就沒有再來了。」

「你是進來修剪兒植物的！」迪肯大喊。「我本來還一直想不透兒爲什麼會有修剪兒的痕跡。」

「她眞的很喜歡這座花園兒……眞的！」班慢慢地說。「她又年輕又漂亮，還曾經笑著對我說：『班，如果我生病或離開了，你要替我照顧我的玫瑰喔。』後來她眞的離開了，大家卻被吩咐不准進來這兒，但我還是來了，」他哽咽了一聲。「我每年都越過圍牆兒進來修剪枝葉兒，直到風濕病兒讓我沒辦法爬牆兒為止。是她先交代我要照顧花園兒的。」

「要是沒有你的照顧，這些植物是不可能長得這麼漂亮的，」迪肯說。「我之前一直搞不懂到底是怎麼回事兒呢。」

「你這麼做我很高興，韋德史達，」柯林說。「你知道怎麼保守祕密吧？」

「是哎，我知道，少爺，」班回答。「對一個有風濕病兒的人兒來說，從門兒走進來輕鬆多了。」

剛才瑪莉把她的小鏟子丟在靠近樹的草地上，柯林伸手拿起鏟子，臉上浮現出奇怪的表情，接著開始挖土。其他三人都看著他，瑪莉專注地屏住呼吸；雖然他細瘦的手不太有力，但他還是成功地將鏟子末端插進土裡，翻起一些土來。

「你做得到！你做得到！」瑪莉喃喃自語。「我說你做得到！」

迪肯一語不發，圓圓的藍眼睛裡滿是熱切和好奇，班．韋德史達則露出感興趣的表情看著柯林。

柯林鍥而不捨地繼續挖，翻出幾鏟土壤後，他欣喜若狂地用最道地的約克郡口音對迪肯說：

「你說你會讓我像其他人兒一樣散步兒，你說你會讓我挖土，我以為你只是在哄我，結果才過了一天兒我就能走了，還在這兒挖土。」

班．韋德史達聽到柯林用約克郡口音說話，驚訝得再次張大嘴巴，最後咯咯笑了起來。

「哎！」他說。「聽起來你似乎很聰明兒嘛。你的確是約克郡土生土長的孩子，還會挖土呢。你想不想種點東西兒？我可以幫你弄一盆兒玫瑰兒來。」

「去拿！」柯林一邊說，一邊興奮地挖土。「快！快去！」

班．韋德史達以迅雷不及掩耳的速度趕去拿玫瑰，似乎忘了自己的風濕痛；迪肯拿起他的園藝鏟挖了一個又大又寬的洞，這種洞是細瘦蒼白的手挖不出來的；與此同時，瑪莉溜出花園拿了一個澆花器回來。迪肯挖洞的時候，柯林在旁邊繼續翻起一鏟又一鏟的柔軟土壤，他抬頭仰望天空，臉頰紅潤，手邊這項簡單又新奇的挖土運動讓他容光煥發。

「我想在太陽變得很低很低之前把玫瑰種好。」他說。

瑪莉覺得說不定太陽會因爲這樣而多停留幾分鐘才下山。班．韋德史達把溫室裡的玫瑰連花帶盆地拿過來，用最快的速度蹣跚地越過草坪。他也開始興奮起來了。他在挖好的洞旁邊跪下，打破花盆。

「拿去吧，孩子，」他把玫瑰交給柯林。「像國王抵達新的領地兒一樣，把花兒種到土裡吧。」

柯林細瘦蒼白的小手微微顫抖，他把玫瑰放進土壤裡，然後扶著玫瑰讓班塡土。隨著洞越塡越滿、土越壓越實，他的臉色也越來越紅潤。瑪莉四肢著地、俯身向前；煤灰從樹上飛下來，大搖大擺地走過來看他們在做什麼；堅果和殼果則在旁邊的櫻桃樹上嘰嘰喳喳地聊個沒完。

「種好了！」柯林終於開口。「太陽才剛碰到地平線而已。迪肯，拉我一把，我想站著看太陽下山，那也是魔法的一部分。」

迪肯扶他站起來。魔法（或者管他是什麼東西）給了柯林力量，讓他在太陽慢慢沉入地平線、結束這個奇妙又美好的下午時笑容滿面，靠自己的雙腳站了起來。

23 魔法

他們回到屋裡的時候，克雷文醫生已經等了老半天，甚至開始在想要不要叫人去花園小徑找找才是明智之舉。柯林被帶回房間後，這可憐的傢伙便仔細檢查他的身體狀況。

「你不應該在外面待這麼久，」他說。「你不能讓自己過度疲勞。」

「我一點也不累，」柯林說。「我覺得好多了。我明天早上還要出去，就跟今天下午一樣。」

「我不確定該不該讓你去，」克雷文醫生說。「那麼做恐怕不太明智。」

「阻止我確實不太明智，」柯林的語氣非常嚴肅。「我就是要去。」

柯林最大的壞習慣就是擺出一副無理小暴君的姿態命令別人，這點連瑪莉都知道，但他自己卻渾然不覺。他這輩子就像住在荒島上，他就是島上的國王，想做什麼就做什麼，沒有人可以挑戰他的權威。瑪莉以前跟他很像，但來到密蘇威特莊園後她逐漸意識到這種態度其實並不正常，也很不受歡迎，因此她想和柯林好好談談這件事。克雷文醫生離開後，瑪莉便坐在一旁好奇地盯著柯林，看了好幾分鐘，想讓他主動開口問她為什麼一直看他，而她也確實達到目的了。

「妳幹嘛一直看我？」柯林說。

「我覺得克雷文醫生很可憐。」

「我也這麼覺得，」柯林冷靜的語氣中夾雜著一絲滿足。「既然我不會死，他就得不到密蘇威特了。」

「我覺得他很可憐的原因當然也包含這件事沒錯，」瑪莉說。「但我剛才想的是，要以禮對待一個總是很無禮的十歲男孩一定很難受，我絕對做不到。」

「我很無禮嗎？」柯林泰然自若地問。

「假如你是他兒子，而他又是那種會打人的傢伙，」瑪莉說。「他一定早就賞你一巴掌了。」

「可是他不敢打我。」柯林說。

「沒錯，他不敢打你，」瑪莉一邊說，一邊不帶偏見地思考。「沒有人敢做你不喜歡的事是因爲……因爲你快死了之類的。你是個可憐的孩子。」

「可是，」柯林固執地反駁。「我不再是可憐的孩子了，我要讓他們知道我一點也不可憐。今天下午我靠自己的雙腳站起來了。」

「你會這麼奇怪就是因爲你老是爲所欲爲，什麼事都順你的意。」瑪莉繼續表達自己的看法。

柯林皺著眉頭轉過來看她。

「我很奇怪嗎？」他問道。

「對啊，」瑪莉回答。「非常奇怪，但這也沒什麼好生氣的。」她用中立的態度補充，「因爲我也很奇怪，班．韋德史達也很奇怪。可是當我開始喜歡別人、找到花園之後，我就沒有之前那麼怪了。」

「我不想當奇怪的人，」柯林說。「我以後也不要當奇怪的人。」他再次皺起眉頭，口氣非常堅決。

他是個很驕傲的孩子。他躺著思考了一會，臉上綻出一個美麗的笑容，整張臉看起來完全不一樣了。

「我不會再那麼奇怪了，」他說。「只要我每天去花園就能改掉這種個性。花園裡有魔法，而且是好的魔法，妳知道的，瑪莉。我很確定那裡有魔法。」

「我也這麼覺得。」瑪莉附和。

「就算那裡沒有眞的魔法，」柯林說。「我們也可以假裝有。那裡有某種東西……眞的有！」

「那就是魔法沒錯，」瑪莉說。「但不是黑魔法，而是像雪一樣白的魔法。」

他們總是把那種無形的力量稱作魔法。在接下來的幾個月中，花園裡似乎眞的有魔法，因爲那幾個月既燦爛又美好，令人驚豔。噢！從來沒擁有過花園的人是無法理解祕密花園裡發生的事的；若你曾擁有一座花園，你就會知道要用上整整一本書的篇幅才能詳盡描繪那幾個月發生的一切。起初，青翠的綠意以永不退讓的姿態一路蔓延到土壤、草坪和花圃上，甚至是圍牆的裂縫裡；接著那些綠色的枝葉中開始出現花苞，花苞逐漸舒展開來，綻出繽紛的色彩，有各種深淺的藍、各種深淺的紫，還有不同色調的緋紅。在這段愉快的日子裡，花園裡的每一寸土壤、每一個洞穴和每一道縫隙中都藏有可愛的花朵。班・韋德史達親眼目睹了一切，他刮下牆磚之間的水泥，做成一袋袋用來培育爬藤植物的營養土。草地上長滿了一束又一束的鳶尾花與白百合，綠色的涼亭被一大片美麗的翠雀草、夢幻草和風鈴草占領，開滿了藍色與白色的小花。

「她很喜歡這些花……真的很喜歡，」班・韋德史達說。「她曾說過，她喜歡這些花向著藍天抽高的樣子。她不是那種會小看大地的人，不是，她很喜歡大地，但她說藍天看起來讓人有快樂的感覺。」

迪肯和瑪莉種下的種子開始發芽、茁壯，就像有精靈暗中照顧一樣。色彩多樣的罌粟花如絲緞般隨著微風舞動，開心地和園中生長多年的花朵（這些資深住客似乎很好奇那些新植物是怎麼進來的）爭妍鬥豔。還有玫瑰——玫瑰！那些玫瑰從草地上探出頭、繞著日晷相互交纏、圍住樹幹、從枝椏上垂落、爬上磚牆，如瀑布般的花海四處蔓延，席捲了整座花園。這些玫瑰一刻比一刻更有活力，一天比一天更有生氣。新長出來的嫩葉和花苞（尤其是花苞）一開始都很幼小，接著便像施了魔法般越長越大，直到展葉開花，花朵有如盛滿香氣的杯子，細膩的芬芳從杯緣溢散出去，瀰漫在花園的空氣裡。

柯林也親眼看見了這些變化。他每天早上都會被帶去花園，只要沒下雨，他就會待上一整天，就連陰天也打壞不了他的好心情。他說他會躺在草地上「觀察植物生長」，又說只要看得夠久，就能看到花苞綻放的過程，有時還會遇見奇怪的小蟲，牠們忙著做一些看似不知所以卻絕對正經的工作，像是扛著樹枝、羽毛或食物碎屑，或是爬到草葉尖端探索這座花園王國；有一次他還花了一整早上看一隻鼴鼠把土刨出來堆在洞口，然後用像妖精般帶有長指甲的爪子爬出地面。除此之外，迪肯也告訴他有關螞蟻、甲蟲、蜜蜂、青蛙、小鳥、植物、狐狸、水獺、雪貂、松鼠、鱒魚、河鼠和獾等各種生物的形跡與生活方式，讓他赫然發現眼前有個新世界正等著他去探索，可以聊、可以想的事有好多好多，無窮無盡。

然而魔法所帶來的變化遠不止於此。柯林在眞正靠自己的雙腳站起來後就開始不斷思考有關魔法的事，當瑪莉告訴他自己唸的咒語時，他非常激動，也很相信咒語的效用，一天到晚掛在嘴邊講個不停。

「世界上一定有很多魔法，」有一天，柯林一臉睿智地說。「只是人們不知道魔法是什麼樣子，也不知道該怎麼使用魔法。說不定最簡單的魔法就是不斷重複說出好事會發生，直到好事眞的發生爲止。我要來實驗看看。」

第二天早上，他們一走進祕密花園，柯林就把班・韋德史達叫來。班用最快的速度趕到現場，發現這位貴族少爺站在樹下，趾高氣揚，臉上掛著美麗的微笑。

「早安，班・韋德史達，」柯林說。「我希望你、迪肯和瑪莉小姐面對我站成一排，我要告訴你們一件很重要的事。」

「是哎，是哎，少爺！」班一邊回答，一邊用手碰碰前額（班・韋德史達其中一項不爲人知的魅力就是他年少時曾出海航行好一段時間，所以他會像水手一樣回答）。

「我要做個科學實驗，」柯林解釋。「我長大後要提出重大的科學發現，所以現在就要開始這項實驗。」

「是哎，是哎，少爺！」班立刻回答，不過其實這是他第一次聽到「重大科學發現」這幾個字。

瑪莉也是第一次聽到這幾個詞。她開始意識到，柯林雖然很奇怪，可是他讀過大量的書報文章，因此講起話來莫名地有說服力。現在他才十歲多、快要十一歲，但當他揚起頭盯著你看時，你會覺得自己好像能相信他說的話。此時此刻的他比平常更有說服力，因爲他突然覺得自己就像大人發表演說一樣，這種感覺讓他格外著迷。

「我要提出的這項重大科學發現，」他繼續說。「跟魔法有關。魔法是很棒的東西，但除了古籍中提到的少數幾個人之外，幾乎沒有人了解魔法。瑪莉是在印度出生的，那裡有印度魔法師，所以她稍微懂一點。我相信迪肯也會一些魔法，但他自己可能沒有察覺到這件事。他能吸引人和動物，要是他沒辦法馴服動物的話，我是絕對不會讓他來見我的——能馴服動物就代表能馴服男孩，因爲男孩也是一種動物。我很確定天地萬物中都有魔法存在，只是我們的感知不夠敏銳，所以無法完全掌握魔法，也沒辦法像利用電力、馬匹和蒸氣一樣好好利用魔法。」

他的觀點聽起來非常宏大、魄力十足，讓班．韋德史達激動到難以保持冷靜。

「是哎，是哎，少爺！」他挺直了身體頻頻附和。

「瑪莉發現這裡的時候，花園看起來似乎已經死了，」演講者柯林繼續發表看法。「可是後來有某種力量開始把植物推出土壤，從虛無中生出萬物。第一天還什麼都沒有，第二天那些生命就出現了。我從來沒看過這種景象，所以非常好奇。科學家都很好奇，未來我也要當科學家。我不斷問自己那是什麼？那到底是什麼？那是某種無形的力量，這一切不可能憑空發生！我不知道那是什麼力量，所以我稱之爲魔法。我以前從來沒看過日出，但瑪莉和迪肯看過，從他們的描述聽來，我很確定那也是魔法。有某種力量把太陽推上天空，然後再滑下去。自從來到這座花園後，只要我抬頭透過樹枝間的縫隙望著天空，心裡就會有種奇怪又快樂的感覺，彷彿有一股力量在我胸口裡又推又拉，讓我呼吸加速。魔法總是不斷推拉，藉此憑空變出世間萬有。葉子和樹木、花朵和小鳥、狐狸和獾，還有松鼠和人，一切都源自於魔法，所以魔法一定就在我們周遭，在這座花園裡，在世界上每一個角落。這座花園裡的魔法讓我靠自己的雙腳站起來，讓我知道我會繼續活下去，長大成人。我要開始做科學實驗，試著把一些魔法放進我身體裡，讓魔法推我、拉我，讓我變得更強壯。我不知道該怎麼做，但我認爲只要不斷想著魔法、呼喚魔法，或許魔法就會出現了。說不定這就是施行魔法最基本的第一步。我第一次試著想站起來的時候，瑪莉不斷用最快的速度自言自語說：『你做得到！你做得到！』然後我就做到了。當然我自己也必須付出努力，但她的魔法確實幫了我一把，迪肯的魔法也是。以後每個早上、每個下午、每一天，只要我想到，我就要對自己說：『魔法就在我身體裡！魔法正在讓我好起來！我會和迪肯一樣強壯、和迪肯一樣強壯！』你們也要跟我一起做。這就是我的實驗。你會幫我嗎，班．韋德史達？」

「會哎，會哎，少爺！」班激動地答應。「會哎，會哎！」

「如果你們每天都能像士兵受訓一樣頻繁、重複地想著這些話，我們就可以觀察接下來會發生什麼事，看看實驗成不成功。重複說同一句話和重複想一件事能讓你學到東西，而那些東西會永遠刻在你腦海裡，我想魔法應該也是一樣。如果不停呼喚魔法來幫忙，魔法就會成爲你的一部分、留在你心裡，發揮效用。」

「我以前在印度聽軍官跟我媽媽說過，印度魔法師會把同一句話重複上千次。」瑪莉說。

「我聽過吉姆・費特沃的太太講同一個字兒講了上千次——她老是叫吉姆死醉鬼，」班用乾癟的聲音說。「結果當然就是那樣啦，他狠狠揍了她一頓兒，然後就跑到藍獅酒吧像個大爺兒一樣喝得爛醉。」

柯林皺起眉頭思考了幾分鐘，開心地笑了起來。

「嗯，」他說。「從這個例子可以看出魔法是有用的，只是她用了錯誤的魔法，導致他揍了她一頓。如果她用對的魔法說一些好話，也許他就不會像個大爺一樣喝得爛醉，也許……也許他還會買一頂新的無邊軟帽給她。」

班・韋德史達咯咯輕笑，蒼老的小眼睛裡閃爍著敏銳的敬佩之情。

「柯林少爺，你是個雙腿筆直兒、頭腦聰明的小孩兒，」他說。「下次我遇到貝絲・費特沃的時候會提醒她魔法兒的作用。要是科學實驗兒成功的話，她一定會很開心兒的。」

迪肯一直站在旁邊聽他們說話，湛藍的圓眼睛裡閃著好奇的光芒。堅果和殼果坐在他的肩膀上，一隻白色的長耳兔依偎在他懷裡；他輕輕地摸著兔子，兔子則把耳朵貼在背上，看起來很舒服的樣子。

「你覺得實驗會成功嗎？」柯林問迪肯，想知道他是怎麼想的。他時常猜想，不知道迪肯快樂地笑著看他或他的「動物」時在想些什麼。

此時迪肯臉上正掛著大大的笑容，笑得比平常還要開心。

「是哎，」他回答。「我覺得會成功，就像陽光照在種子上，種子就會長大一樣兒，實驗一定會成功。我們要現在就開始兒嗎？」

柯林很開心，瑪莉也是。柯林想起書籍插圖中畫的印度魔法師與信徒，便提議他們全都盤腿坐在那棵葉蔭濃密的大樹下。

「就像坐在寺廟裡一樣，」柯林說。「而且我有點累了，我想坐著。」

「哎！」迪肯大喊。「千萬不能一開始兒就說你累了，那會讓魔法兒失效的。」

柯林轉過頭看著他，眼神直透入他那雙純眞的圓眼睛。

「你說得對，」他慢條斯理地說。「我應該全心全意想著魔法。」

他們圍成一圈坐了下來，看起來既莊嚴又神祕。班．韋德史達覺得自己好像莫名地被帶進了一場禱告會。通常他會說自己是堅決「反對禱告會」的那種人，但現在這是柯林少爺的交代的事，因此他並不覺得討厭，反倒因爲柯林要他來幫忙而感到開心。瑪莉態度肅穆、滿懷喜悅，迪肯懷中抱著兔子——或許他發出了沒人聽見的訊號來吸引動物吧，當他像其他人一樣盤腿坐下時，狐狸、松鼠和小羊都慢慢靠近、加入這個圈圈，悠然自得地各自找地方安頓下來。

「『動物』來了，」柯林嚴肅地說。「牠們想幫助我們。」

瑪莉暗暗心想，柯林看起來真的好耀眼。他像神父一樣頭抬得高高的，奇異的眼睛流露出美妙的神采，陽光穿透繁茂的樹枝灑落在他身上。

「我們可以開始了，」柯林說。「瑪莉，我們是不是應該像伊斯蘭僧人一樣前後搖擺呢？」

「我沒辦法兒前後搖擺兒，」班・韋德史達說。「我有風濕痛兒啊。」

「魔法會把你的風濕痛帶走，」柯林用大祭司的口氣說。「我們等你的風濕痛被帶走後再開始前後搖擺，現在只要唱詩就好。」

「我不會唱詩兒，」班有點不耐煩地說。「我以前試過一次兒，可是被唱詩班兒拒絕啦。」

沒有人笑，大家都非常嚴肅。柯林臉上完全沒有露出煩躁的表情，只是一心一意地想著魔法。

「那就由我來唱詩。」他開始吟誦，看起來就像個奇怪的男孩神靈。「陽光閃耀，陽光閃耀，那就是魔法。花朵生長，植根騷動，那就是魔法。活著是魔法，變強壯是魔法，魔法就在我之中，魔法就在我之中。在我之中，在我之中，在我們每一個人之中，在班・韋德史達的背上。魔法！魔法！快來幫助我們吧！」

他反覆吟誦了很多次，雖然不到上千次，但也不少了。瑪莉聽得好入迷，她覺得柯林唱的詩歌既奇異又美妙，希望他能一直一直唱下去。班・韋德史達開始感受到一種如夢似幻般的舒緩與慰藉，讓他覺得很愉快。蜜蜂的嗡嗡聲與吟唱聲相互交織，令人昏昏欲睡。迪肯盤腿坐著，一隻手搭在小羊背上，兔子則在他的臂彎裡甜睡。煤灰把其中一隻松鼠趕走，降落在迪肯肩上，然後蜷起身體緊靠著他，垂下灰色的眼簾。最後柯林停止吟誦，大聲宣布：

「現在我要開始繞著花園走。」

班．韋德史達的頭才剛慢慢垂下來，接著又猛然一抬。

「你睡著了。」柯林說。

「沒兒，沒兒，」班含糊不清地咕噥著。「講道兒講得眞好……但我得趕在奉獻募捐兒前離開啦。」

他根本還沒清醒。

「你不是在教堂啦。」柯林說。

「我當然不是在教堂啦，」班整理好思緒後說。「誰說我在教堂？你唱的每一個字兒我都聽得清清楚楚，你說魔法兒在我的背上，但醫生說那是風濕痛兒。」

柯林揮揮手。

「那是錯的魔法，」他說。「你會好起來的。現在你可以回去工作了，明天再過來。」

「我想看著你繞花園兒走一圈兒。」班低聲抱怨。

雖然不是不友善的抱怨，但還是抱怨。他是個頑固的老頭，對魔法半信半疑，因此他暗自下定決心，如果柯林要他離開的話，他就要爬上梯子從牆頭望著他，這樣他就能在少爺絆倒或發生意外時立刻拖著蹣跚的腳步趕回來。

柯林沒有拒絕班想留下的要求，遊園隊伍的成員就此定案。他們看起來眞的很像巡遊隊伍。柯林走在最前面，迪肯和瑪莉各居一側，班．韋德史達走在後面，其他動物則尾隨著他們。小羊和狐狸緊跟著迪肯；白色長耳兔在旁邊蹦蹦跳跳，還不時停下來吃草；煤灰神情嚴肅地殿後，儼然覺得自己是隊伍的負責人。

遊園隊伍以緩慢又莊重的步調前進。他們每走幾公尺便停下來休息一陣子，柯林倚著迪肯的手臂，班．韋德史達則以銳利的目光偷偷注意他們；柯林不時抽回手，用不靠迪肯支撐的方式獨力往前走幾步。他在行進的過程中總是高高昂起頭，看起來非常有氣勢。

「魔法在我之中！」他不斷唸著。「魔法正在讓我變強壯！我感覺得到！我感覺得到！」

似乎眞的有某種力量在支持他，替他加油打氣。他坐在涼亭的椅子上喘氣（有一、兩次是坐在草地上），也靠著迪肯休息了好幾次，但他堅持不放棄，最後終於繞了花園一圈。他帶著紅潤的雙頰回到剛剛那棵葉蔭濃密的大樹下，臉上閃著勝利的光芒。

「我做到了！魔法生效了！」他大叫。「這是我的第一項科學發現！」

「不知道克雷文醫生會怎麼說？」瑪莉突然冒出一句。

「他什麼也不會說，」柯林回答。「因爲不會有人告訴他這件事。這是最高機密，沒有人會知道這件事，等我變得夠強壯，能像其他小孩一樣走路奔跑的時候，我才會公開這個祕密。我每天都會坐輪椅過來，再坐輪椅回去，在實驗成功之前，我不會讓任何人有機會竊竊私語或亂問問題，也不會讓我爸爸知道這件事。我會在他回到密蘇威特時走進他的書房對他說：『我來了。我就跟其他小孩一樣，我很健康，我會活到長大。這是科學實驗的結果。』」

「到時他一定會以爲自己是在作夢，」瑪莉高聲說道。「他絕對不會相信自己的眼睛。」

勝利的喜悅讓柯林滿臉通紅。他相信自己一定會好起來，只是他不知道這種正面思考已經讓他在康復的戰役中贏一半了。其中最能激勵他的動力，就是想像爸爸看到自己的兒子就跟別人的兒子一樣身體強健、站得筆直時的表情。過去他臥病在床的時候，爸爸總是因爲他背部虛弱、飽受病痛所苦而不敢看他，這是他最黑暗、最悲慘，也最痛恨的一段人生。

「他不得不相信。」他說。「我在魔法生效之後到成爲科學家之前這段期間還有很多事要做，其中一項就是成爲運動員。」

「再過一、兩個禮拜兒，我們就能送你去參加拳擊比賽兒了，」班．韋德史達說。「你會贏得拳擊腰帶兒，成爲英國的冠軍拳擊手兒。」

柯林目光嚴峻地瞪著他。

「韋德史達，」他說。「你這樣就是大不敬。雖然你在這個祕密圈子裡，不代表你可以自作主張。無論魔法多有效，我都不會變成什麼冠軍拳擊手。我要當科學探險家。」

「請見諒……請見諒，少爺，」班舉起手輕觸前額，以表敬意。「我不應該拿這件事兒來開玩笑兒。」他眼裡閃爍著光芒，心中暗自竊喜。其實他一點也不在意柯林斥責他，因爲有力氣斥責就表示這個孩子已經變得更強壯、更有精神了。

24 盡情地笑吧

祕密花園只是迪肯照顧的其中一座花園。荒原的農舍旁還有一塊用粗糙矮石牆圍起來的園圃，每天清晨、黃昏，還有沒去找柯林和瑪莉的日子，他都會在這座花園中替他母親種植或照顧馬鈴薯、高麗菜、蕪菁、蘿蔔和各式各樣的香草。迪肯在動物的陪伴下於這一小片土地上創造奇蹟，而且從未感到厭倦。他總是在挖土或除草時吹口哨，要不然就是哼著約克郡荒原的傳統歌謠，有時還會跟煤灰和隊長講話，或是和在一旁協助他的兄弟姊妹聊天、教他們怎麼種菜。

「要是沒有迪肯的花園兒，我們的生活兒就不可能像現在這麼舒適兒。」索爾比太太說。「萬物都會為了他生長。他種的馬鈴薯兒和高麗菜兒比別人種的大兩倍兒，吃起來兒也比別人種的更好吃兒。」

索爾比太太喜歡在閒暇時去外面和迪肯聊天。吃完晚餐後，天邊依然閃耀著清澈的夕陽餘暉，所以還可以繼續工作一陣子。這段時間是她的寧靜時光，她可以坐在矮石牆上看著迪肯，聽他說當天發生的事。她很喜歡這段時間。花園裡不只種蔬果而已，有時迪肯會買幾包便宜的花卉種子，在醋栗樹叢和高麗菜之間種下美麗又氣味芬芳的生命，然後再沿著花園邊邊栽下整排木犀草、石竹、三色堇和他每年收集起來的種子，還有那些每到春天就會再度發芽、蓬勃生長，隨著時間慢慢形成迷人花叢的植物。這座花園矮牆是全約克郡最美的風景，牆上每道裂痕都綴滿了他插上去的荒原毛地黃、蕨類、岩水芹和籬牆花，讓人只能透過植物間的縫隙瞥見石牆。

「媽媽，如果想讓這些植物生氣勃勃兒，」迪肯會這麼說。「只要跟它們做朋友就行兒了。植物就和動物一樣兒，它們渴了就給它們水喝，餓了就給它們東西吃兒，它們跟我們一樣兒想要活下去兒。如果它們死了，我就會覺得自己很壞，沒有用心對待它們。」

索爾比太太就是在暮色中聽迪肯講述密蘇威特莊園發生的事。一開始她只聽說「柯林少爺」很想跟瑪莉小姐一起去外面玩，這對他的身體有益。然而過沒多久，柯林和瑪莉就認爲迪肯的媽媽可以「加入祕密圈」。不知怎的，他們覺得她一定是個「安全又可靠」的人。

因此迪肯就在一個美麗、寧靜的傍晚將整個故事鉅細靡遺地告訴索爾比太太。他說了埋在土裡的鑰匙、知更鳥、如死亡般的灰色薄霧，還有瑪莉小姐打算永遠不告訴別人的祕密，然後是他遇見瑪莉、瑪莉怎麼把這個祕密說給他聽、瑪莉對柯林少爺的疑慮，以及他被帶進這座祕密國度的戲劇性過程，最後再加上班·韋德史達越過牆頭窺探的生氣面孔，還有柯林少爺突然爆發的憤怒力量。索爾比太太那張溫柔美麗的臉隨著故事情節不斷變化，換了好幾次表情。

「我的天兒！」她說。「看樣子那個小女孩兒能來莊園兒是件好事兒呢。這造就了現在的她，也拯救了他。他居然能靠自己的雙腳站起來兒了！大家還一直以爲他是個可憐的傻瓜兒，身體裡一根直的骨頭兒都沒有呢。」

她問了一大堆問題，藍色的眼睛裡滿是沉思。

「他變得健康、快樂又不再抱怨兒，莊園兒裡的人兒不會懷疑嗎？」索爾比太太問道。

「他們根本搞不清楚到底是怎麼回事兒，」迪肯回答。「他的樣子每天兒都在變，不但臉兒變得比較圓兒、不那麼尖兒，就連臉色也不像蠟一樣白兒了。不過他偶爾還是得抱怨兒一下。」迪肯臉上綻出一個大大的笑容。

「我的老天兒，他抱怨什麼呀？」索爾比太太又問。

迪肯咯咯笑了起來。

「他抱怨是爲了不要讓其他人兒猜到發生什麼事兒了。如果醫生知道他能站起來兒，可能就會寫信兒告訴克雷文先生，但柯林少爺不想讓克雷文先生知道這個祕密。他打算每天兒練習腿兒上的魔法兒，等他的父親回來兒後，他要親自走到他的房間兒裡，讓他知道自己的兒子能站得跟其他小孩兒一樣直兒。所以他和瑪莉認爲最好還是偶爾抱怨兒一下、哭鬧兒一下，其他人兒才不會察覺有什麼不對勁兒。」

他話還沒說完，索爾比太太就輕柔地笑了起來。

「哎！」她說。「我敢保證那兩個孩子一定玩得很開心兒。他們要演不少戲兒呢，小孩兒最喜歡演戲兒了。快告訴我他們是怎麼做的，我的迪肯。」

迪肯停下手邊的拔草工作，跪坐著挺直身體，眼裡閃爍著愉快又有趣的光芒。

「柯林少爺每次都是坐輪椅出門兒的，」他開始解釋。「他對僕從約翰破口大罵，覺得他不夠細心兒。他會一直低著頭兒，表現出很無助兒的樣子，直到我們看不見房子之後，他才會抬起頭兒來。每次他坐進輪椅時都會不耐煩地抱怨兒。他和瑪莉小姐都很喜歡演戲兒，瑪莉小姐只要聽到他抱怨兒，就會說：『可憐的柯林！是不是很不舒服啊？你的身體是不是很虛弱啊？可憐的柯林！』──但最大的問題兒是，他們有好幾次差點兒忍不住笑出來兒。等安全進到花園兒後，他們就會放聲大笑，笑到喘不過氣兒。他們笑的時候還要把臉兒埋進柯林少爺的靠枕兒裡，這樣才不會被附近的園丁兒聽見。」

「他們笑得越開心兒越好！」索爾比太太笑著說。「健康的小孩兒笑聲好過任何特效藥兒。他們一定會越長越胖兒的。」

「他們眞的越來越胖兒，」迪肯說。「他們老是覺得餓，又不知道該怎麼在不說謊兒的情況下吃個夠。柯林少爺說，如果他一直要食物兒，他們就不會相信他還在生病兒了。瑪莉小姐說她可以把自己的份分一點兒給他，但他說這樣瑪莉就會吃不飽兒、會變瘦兒，他們兩個必得一起變胖兒。」

披著藍色披肩的索爾比太太一聽到他們「吃不飽」的煩惱，立刻笑得前仰後合，迪肯也跟著笑個不停。

「我告訴你該怎麼做兒吧，孩子，」索爾比太太好不容易止住笑聲說。「我想到了一個可以幫助他們的辦法兒。你早上去找他們的時候，帶著一桶新鮮的牛奶，我會替他們烤一塊酥脆的農家麵包兒或一些加了葡萄乾兒的小圓麵包兒，就像你們這些孩子喜歡兒的那種。沒有什麼比新鮮的牛奶和麵包兒更好的了。他們可以在花園兒裡先墊墊肚子，回家後再吃些精緻的食物兒，這樣就會飽了。」

「哎！媽媽！」迪肯用崇拜的語氣說。「妳好厲害喔！總是能找到解決問題的辦法兒。他們昨天兒眞的很煩惱，不知道該怎麼在不多要食物兒的情況下撐下去，他們覺得肚子太空了。」

「這兩個孩子長得很快兒，身體也慢慢健康起來兒了。食物兒之於小孩兒，就像新鮮的血肉之於小狼兒一樣，」索爾比太太和迪肯相視而笑。「哎！不過他們一定玩得很開心兒！」

這位溫柔、美麗又好相處的母親說得一點也沒錯，她說他們很享受「演戲兒」這件事眞是再正確也不過了。柯林和瑪莉覺得演戲是世界上最刺激、最好玩的遊戲，他們會想到用這種方式來保護自己免遭懷疑，其實是無意間受到兩個人的啓發：第一個是困惑的保母，第二個則是克雷文醫生。

「柯林少爺，你的胃口變得很好呢，」有一天保母突然提起這件事。「以前你幾乎什麼都不吃，覺得很多食物都會讓你不舒服。」

「現在沒有什麼會讓我不舒服的食物了，」柯林直率地回答，隨即發現保母用好奇的眼神看著他，他才想到自己或許不應該表現得太健康。「至少我沒有像以前那樣常常覺得不舒服啦。這都是新鮮空氣的功勞。」

「大概吧，」保母依舊帶著困惑的表情盯著他看。「我必須向克雷文醫生報告一下。」

「你有看到她盯著你的那個表情嗎！」瑪莉在保母離開後說。「好像有什麼非追查不可的事一樣。」

「我不會讓她查出什麼的，」柯林說。「絕對不能讓任何人起疑。」

那天早上克雷文醫生來的時候也是一臉疑惑，問了一大堆問題，讓柯林煩不勝煩。

「你好像常常待在花園裡，」克雷文醫生試探地問。「你都去了哪裡呢？」

柯林擺出自己最喜歡的姿態，一副高高在上、不在乎他人意見的姿態。

「我不會讓任何人知道我去了哪裡，」他回答。「我當然是去我喜歡的地方。我交代過，任何人都不准出現在花園裡，這樣我才不會被盯著看。你明知故問！」

「雖然你好像整天都待在外面，但我不認爲戶外活動對你有害，眞的。保母說你的食量比以前大很多。」

「也許吧，」柯林靈光一閃，想到了一個好主意。「也許這種胃口很不正常。」

「我不這麼認爲，因爲那些食物都很合你的胃口，」克雷文醫生說。「你增重的速度很快，氣色也比較好了。」

「也許……也許我吃太多了，而且還發燒，」柯林裝出一副沮喪陰鬱的樣子。「沒辦法活太久的人往往都……很不一樣。」

克雷文醫生搖搖頭。他握住柯林的手腕，然後捲起袖子，檢查他的手臂。

「你沒有發燒，」他若有所思地說。「長出來的肌肉也很健康。孩子，如果你能繼續堅持下去，我們就再也不用提到死亡了。你父親要是知道情況大幅改善，一定會很高興的。」

「我才不想讓他知道！」柯林突然氣沖沖地大吼。「要是我的狀況又變糟，他只會更失望——搞不好今天晚上我的狀況就會變糟了。我可能會發燒，我感覺自己現在好像快要發燒了。誰都不准寫信給我爸爸——不准——不准！你讓我很生氣，你明知道生氣對我不好。我覺得全身發燙。我討厭被寫在信裡、討厭被談論，就跟我討厭被別人盯著看一樣！」

「噓——好了好了，孩子，」克雷文醫生急忙安撫他。「沒有你的允許，我什麼也不會寫。你太敏感了。千萬別讓已經好轉的狀況再次惡化啊。」

克雷文醫生沒有再提起寫信的事，後來他也私下提醒保母，千萬別在柯林面前提到這件事。

「那孩子的情況改善了很多，」他說。「太驚人了，似乎有點反常。當然，他現在願意做那些我們以前根本沒辦法逼他做的事。還有，他還是很容易激動，絕對不要提起任何會激怒他的事。」

保母與克雷文醫生的反應讓瑪莉和柯林提高警覺，緊張地討論對策。他們就是從這個時候開始計畫「演戲兒」的。

「我可能得鬧一下脾氣，」柯林後悔地說。「我不想鬧脾氣，再說我現在的心情也不夠差，沒辦法大發脾氣，搞不好我根本發不了脾氣。我沒有哽咽的感覺，反而還一直想著美好的事，腦子裡半點負能量也沒有。不過，要是他們又說要寫信給我爸爸，說不定我就能做出一點反應。」

他下定決心要吃少一點。可惜的是，這個絕妙的好點子完全無法執行，因爲他每天早上起床後的胃口都很好，沙發旁的桌上又擺滿了手工麵包、新鮮奶油、雪白的水煮蛋、覆盆子果醬和濃郁奶油醬等各式各樣的美食。瑪莉每天都會跟柯林一起吃早餐，每當他們坐到桌邊（特別是熱騰騰的銀色餐盤蓋下出現滋滋作響、油亮又散發出誘人香氣的薄切火腿時），就會絕望地互看一眼。

「瑪莉，我想我們應該要把這些早餐吃光光，」柯林到最後總是這麼說。「我們可以少吃一點午餐，然後少吃更多晚餐。」

可是他們發現自己根本無法少吃任何一餐。送回廚房的餐具總是盤底朝天、吃得一乾二淨，引發了不少議論。

「眞希望，」有時柯林會這樣說。「眞希望火腿能切得厚一點，而且一人只有一塊鬆餅眞的太少了，根本吃不飽。」

「快死的人吃一塊鬆餅就飽了啊，」瑪莉第一次聽到這些話時這麼回答。「但要繼續活下去的人就吃不飽了。有時窗外會飄進荒原上吹來的石楠和荊豆香氣，那種新鮮的味道讓我覺得自己可以一口氣吃掉三塊鬆餅。」

那天早上，他們在花園裡開心地玩了將近兩個小時。迪肯走到一大叢玫瑰後方，拿出兩個錫桶，一桶裝滿了新鮮的牛奶，上面還浮著一層乳脂，另一桶則裝著農家自製葡萄乾小圓麵包，麵包用乾淨的藍白雙色手帕仔細地包起來，所以拿出來的時候還熱呼呼的，讓他們又驚又喜，爆出陣陣歡呼。索爾比太太想得太周到了！她眞是個親切又聰明的人！這些小圓麵包好好吃！新鮮的牛奶也好好喝喔！

「她跟迪肯一樣身上有魔法，」柯林說。「魔法讓她知道該如何處事，而且都是好事。

她是個有魔法的人。迪肯，告訴她我們很感激，萬分感激。」

柯林三不五時就會用一些大人的詞彙。他非常喜歡這樣說話，用字和敘述能力也逐漸提升。

「告訴她，她為人慷慨，我們萬分感激。」

接著他便把自己的尊貴姿態拋諸腦後，開始把小圓麵包塞進嘴裡，大口狂喝桶子裡的牛奶。畢竟早餐已經是兩個多小時前的事了，他的運動量又比平常多很多，再加上荒原新鮮空氣的洗禮，讓他像個飢腸轆轆的普通男孩一樣大吃大喝起來。

許多美好的事物都是這樣開始的。瑪莉和柯林吃飽後突然意識到，索爾比太太家裡有十四個人，可能沒有足夠的食物可以每天額外分給他們，因此他們決定自掏腰包、請索爾比太太收下他們的錢，這樣她就能多買些食物了。

除此之外，迪肯還帶來一項激勵人心的好消息。他發現花園外的園林（就是瑪莉第一次看到他對著野生動物吹笛子的那座森林）裡有個很深很深的小洞，他們可以用石頭搭建出小烤爐來烤雞蛋和馬鈴薯。烤雞蛋是瑪莉和柯林過去從未嚐過的美味，而抹上鹽和新鮮奶油的熱呼呼馬鈴薯不但好吃，又能填飽肚子，簡直是森林之王等級的美食。更重要的是，他們想買多少雞蛋和馬鈴薯就買多少，不必擔心自己好像從十四個人嘴裡搶走食物了。

他們每天早上都會在李子樹下圍成神祕的圈圈，伴著美麗的晨光進行魔法儀式。李子樹結束了短暫的花期，開始長出濃密厚實的綠葉，形成繁茂的樹棚。柯林每天都會練習走路，每隔一段時間就會鍛鍊一下自己新發現的力量。隨著時光流轉，他變得越來越強壯，走路也走得越來越穩、越來越遠。他對魔法的信念一天比一天更強烈，魔法在他身上的效用似乎也隨之增強。他覺得自己的力氣越來越大，於是便接二連三地嘗試了許多實驗，直到迪肯跟他分享了一個最棒的鍛鍊方法。

「昨天兒，」迪肯在某次缺席後的隔天早上說。「我去威特幫媽媽辦事兒，結果在藍牛旅館旁邊兒遇到鮑伯·哈沃斯。他是全荒原最強壯的人兒，不但是摔角比賽冠軍，還跳得比誰都高，鏈球也丟得比誰都遠兒，連續好幾年兒都去蘇格蘭參加運動比賽。我們從小兒就認識了，他是個很友善的人兒。後來我問了他幾個問題兒，柯林少爺，因爲地方士紳都說他是運動員兒，所以我就想到你了。我問他：『鮑伯，你是怎麼把肌肉練得那麼大塊兒的？你有做什麼額外兒的運動來鍛鍊肌肉嗎？』他說：『有啊，孩子，當然有。以前曾有個很強壯的人兒來威特表演，還教我怎麼鍛鍊手臂兒、腿兒和身體各部位的肌肉。』接著我又問：『身體虛弱的人兒也可以用這種方法變強壯嗎？』他笑著說：『你是說你自己嗎？』我說：『不是兒，我認識一個小男孩兒，他剛從一場大病兒中痊癒，我想學一些鍛鍊的技巧，幫助他快點好起來兒。』我沒有指名道姓兒，他也沒有問，就像我剛才說的，他是個友善的人兒。他站起來兒親切地示範給我看，我在旁邊模仿，直到把那些動作記在心兒底爲止。」

柯林聽了好興奮。

「你可以示範給我看嗎？」他大叫。「可以嗎？」

「可以哎，當然可以，」迪肯站了起來。「可是他說剛開始鍛鍊的時候動作一定要很輕兒、很小心兒，不能獨自嘗試兒，每隔一段時間兒要休息一下，做的時候要深呼吸兒，不要一次做太久。」

「我一定會很小心的，」柯林說。「快教我！快點！迪肯，你是全世界最懂魔法的男孩了！」

迪肯站在草地上，慢慢示範了一連串精心設計、簡單又實用的肌肉鍛鍊動作。柯林睜大眼睛仔細觀察，模仿了幾個坐著也能做的動作，接著他站穩腳步，又溫和地做了幾次。瑪莉也跟著一起做，而在一旁默默看著他們的煤灰從樹枝上飛下來，開始煩躁地東跳西跳，因爲牠沒辦法學他們做那些動作。

自此之後，鍛鍊肌肉就跟圍圈圈進行魔法儀式一樣，成爲每天的例行公事。柯林和瑪莉變得越來越健康，能進行鍛鍊的時間越來越長，胃口也越來越好，要不是迪肯每天早上都帶著一大籃食物藏在灌木叢後面的話，他們一定會餓得暈頭轉向。森林裡的石頭小烤爐和索爾比太太準備的食物讓他們每天都吃得好飽、心滿意足，以致梅洛克太太、保母和克雷文醫生再次起了疑心。一旦肚子裡塞滿了烤雞蛋、馬鈴薯、營養豐富的新鮮牛奶、燕麥餅、小圓麵包、石楠蜂蜜和奶油醬，就很容易不想吃晚餐，或是對早餐抱著可有可無的態度。

「他們幾乎什麼都沒吃，」保母說。「要是不強迫他們攝取一些養分的話，他們會餓死的。可是他們的氣色看起來還是很好。」

「眞是的！」梅洛克太太氣呼呼地說。「哎！我快被他們煩死了，他們簡直是兩隻小魔鬼。前一天還吃到肚子都快撐破了，第二天卻對廚師精心烹調的餐點嗤之以鼻。昨天廚師準備了美味多汁的嫩雞和麵包沾醬，他們卻連碰也不碰……那可憐的女人還特地爲他們發明了一種布丁哩！結果全都原封不動地送回廚房，她都快哭出來了。她怕要是他們餓死的話，她會變成罪魁禍首。」

克雷文醫生花了很長的時間仔細檢查柯林。保母向克雷文醫生報告近況時，還拿出特意留下來的早餐托盤給他看，食物幾乎動都沒動。克雷文醫生露出極度擔憂的表情，當他坐在沙發旁替柯林做檢查時，臉上的擔憂變得更深。他前陣子去倫敦出差，所以將近兩個禮拜沒看到柯林。年幼的孩子一旦開始恢復健康，速度都很快。柯林的膚色逐漸從蠟白轉爲紅潤的玫瑰色，原本凹陷的眼周、臉頰和太陽穴也變得很飽滿，漂亮的眼睛非常清澈，厚重的黑色鬈髮彷彿在他額頭上健康地跳躍，看起來既柔軟、溫暖又充滿活力，而他的嘴唇不僅更加豐潤，唇色也變得很正常。事實上，他現在的狀態若是要裝成不健康的樣子，實在很沒說服力。克雷文醫生用手托著下巴，反覆思考柯林的狀況。

「聽說你什麼都不吃，我覺得很遺憾，」他說。「這樣不行，你會把好不容易恢復的健康全都搞壞。你的狀態好得驚人，前陣子也吃得很多啊。」

「我就跟你說那種胃口很不正常啊。」柯林回答。

坐在凳子上的瑪莉突然發出奇怪的聲音。她拚命忍住，努力不發出聲音，最後還差點嗆到。

「怎麼了？」克雷文醫生轉頭看著她。

瑪莉的態度頓時變得非常嚴肅。

「我有點想打噴嚏又有點想咳嗽，」她不好意思地說。「所以喉嚨有點卡住了。」

「可是，」瑪莉事後對柯林說。「我忍不住嘛。那時我突然想到你吃掉最後一顆大馬鈴薯，還有張嘴咬下沾滿果醬和奶油的厚麵包的樣子，所以就不小心笑出來了。」

「他們兩個有可能從什麼地方偷偷拿到食物嗎？」克雷文醫生詢問梅洛克太太。

「不可能，除非他們自己從樹上摘、從土裡挖，」梅洛克太太回答。「他們整天都待在外面，身邊也沒有其他人。如果他們想吃點別的東西，只要說一聲我們就會送過去。」

「嗯，」克雷文醫生說。「既然他們覺得不吃也沒關係，我們就別自找麻煩了。這孩子變了很多，跟以前完全不一樣。」

「那個女孩子也是啊，」梅洛克太太說。「自從她開始長肉後就變得很漂亮，也不會擺一張難看的臭臉了。她的頭髮變得比較蓬鬆、比較健康，氣色也紅潤許多。她以前是個悶悶不樂、脾氣暴躁的小孩，現在她和柯林少爺會像兩個小瘋子一樣笑成一團。說不定他們就是因爲這樣才變胖的。」

「說不定眞的是這樣，」克雷文醫生說。「就讓他們盡情地笑吧。」

25 簾幕

祕密花園裡開滿了絢麗繽紛的花朵，而且每天早上都會出現新的奇蹟。知更鳥的巢裡冒出了幾顆鳥蛋，牠的伴侶坐在蛋上面，用毛茸茸的小胸口和翅膀小心翼翼地替蛋保暖。起初牠的伴侶非常焦慮，知更鳥也繃緊神經、保持警戒，就連迪肯也沒有靠近牠們築巢的角落，只是安靜地等待某種神祕的咒語奏效、傳遞至知更鳥的靈魂深處，讓牠們明白花園裡所有生物都跟牠們一樣了解生命的美好——那窩蛋蘊含著溫柔、無盡、令人敬畏又令人心碎的美麗與莊嚴。只要花園中有人不是發自內心地理解這件事，只要有人把蛋拿走或把蛋碰傷，整個世界就會開始旋轉、崩塌，一切就此終結；只要有人沒有意識到這一點，並犯下不可挽回的錯誤，就算有金黃色的春日氣息籠罩，花園裡的幸福與快樂也不復存在。幸好他們每個人都能理解、感受到這件事，知更鳥和牠的伴侶也知道他們都懂。

一開始，知更鳥緊張兮兮地盯著瑪莉和柯林。出於某種神祕的原因，牠知道自己不用盯著迪肯。牠那如露珠般晶亮的黑眼睛第一次看到迪肯時，就知道他不是陌生人，而是某種沒有鳥喙和羽毛的知更鳥。他會說知更鳥的語言（這是一種非常特殊的語言，不會跟別的語言混淆），對知更鳥說知更鳥語就像對法國人說法語一樣。迪肯總是用知更鳥語和牠對話，因此知更鳥認爲，就算迪肯對人類說話時會用一些古怪的音調胡言亂語也沒關係，因爲人類沒有聰明到能了解鳥類的語言，所以他才不得不用這種怪腔怪調跟他們溝通。迪肯的行爲舉止也和知更鳥一樣，牠們從來不會嚇到其他知更鳥，也不會突然做出一些看似危險或具有威脅性的動作。任何一隻知更鳥都能了解迪肯，所以他的存在完全不會干擾到牠們。

然而另外兩個小孩確實有必要好好盯著才行。那個男孩最初並不是用腳走進來的，他總是坐在裝了輪子的東西上被推進來，身上還蓋著動物皮毛，看起來非常可疑。後來他開始用腳站立、到處走來走去，動作既奇怪又不協調，好像還需要其他人來幫他。知更鳥曾躲在樹叢裡不安地監視著一切，看到男孩先把頭歪向左邊，然後又歪向右邊，牠覺得那種緩慢的動作表示他可能準備要往前撲，就像貓一樣，只要貓鬼鬼祟祟地慢慢移動，就表示牠準備好撲向獵物了。知更鳥把這些事一五一十地說給伴侶聽，連說了好幾天，最後決定還是不要再聊這個話題比較好，因爲牠的伴侶太害怕了，牠很擔心鳥媽媽會傷害到蛋。

男孩開始自己走路、甚至動得快一點之後，知更鳥便大大鬆了一口氣。牠已經因爲男孩緊張很久了（至少對知更鳥來說很久）。他的行爲舉止和其他人類不一樣，他似乎非常喜歡走路，但每隔一陣子就會坐下或躺下來休息，然後再用不協調的動作站起來繼續走。

有一天，知更鳥突然想起小時候爸媽教牠學飛的情況，就跟眼前的男孩一樣，一開始先飛短短幾公尺就好，而且一定要停下來休息。牠突然意識到，這個男孩可能正在學飛，更確切地說應該是在學走路。牠對伴侶提起這件事，又說等牠們的寶寶孵出來，牠們也要像這樣帶孩子學飛，這讓牠的伴侶安心了不少，甚至開始對男孩產生濃厚的興趣，從鳥巢邊緣看著男孩讓鳥媽媽覺得很開心。不過鳥媽媽老是在想，牠們的蛋一定會比男孩聰明，也會學得更快；後來牠又語帶包容地說，其實人類本來就比鳥蛋還要笨、還要慢，他們從來沒有眞正學會該怎麼飛，你絕對不會在天空或樹頂遇到任何人類。

過了一段時間，男孩的動作開始變得和其他人類差不多，但那三個小孩不時會做出異常的舉動。他們會站在樹下，用奇怪的方式移動雙手、雙腳和頭部，既不是走、也不是跑，更不是坐。他們每天都會做這些動作，知更鳥無法對伴侶解釋他們在做或想做什麼，只能確定這種行爲不會干擾或驚動到牠們的蛋，況且說著一口流利知更鳥語的男孩也跟著做，所以牠很確定這些動作沒有危險。當然啦，不管是知更鳥還是牠的伴侶都沒聽過摔角冠軍鮑伯．哈沃斯的名字，也不知道他的運動能鍛鍊身體，讓肌肉變得更結實。知更鳥和人類不一樣，牠們從小到大都在鍛鍊肌肉，所以擁有一身健壯的體魄是很自然的事。如果你每天都要四處飛行才能找到食物，那你的肌肉是絕對不會萎縮的（肌肉萎縮的意思就是肌肉因爲不常使用而逐漸衰弱、失去功能）。

那個男孩跟著另外兩個小孩到處奔走、挖土和拔草的時候，角落的鳥巢便瀰漫著一種和平又滿足的氛圍，爲了蛋擔驚受怕的日子已經過去了，現在牠們很確定自己的蛋安全得像是被鎖在銀行金庫裡一樣，再加上可以觀察附近各種新奇好玩的事，讓孵蛋成爲充滿樂趣的活動。下雨的時候那些小孩都不會來花園，鳥媽媽還會覺得有點無聊呢。

不過柯林和瑪莉並不覺得雨天很無聊。某天早晨，屋外雨聲不斷，柯林覺得很煩，因爲他不能冒險站起來走路，只能被迫坐在沙發上。瑪莉靈光一閃，想到了一個好主意。

「現在我是個正常的男生了，」柯林說。「我的腿、我的手和我的身體都充滿了魔法，我靜不下來，老是想找點事做。瑪莉，妳知道嗎？我每天都很早起床，窗外的鳥總是不停大叫，好像窗外的一切都在開心地大叫，每次我都覺得自己應該跳下床跟著大叫。妳想想，如果我眞的這麼做會發生什麼事！」

瑪莉咯咯笑了起來。

「保母會衝進來，梅洛克太太也會衝進來，她們一定會覺得你瘋了，然後立刻派人去找醫生。」她說。

柯林也跟著笑了。他能想像大家因爲他突然大叫而感到害怕，然後又因爲他站得筆直而感到驚訝。

「眞希望我爸爸趕快回家，」他說。「我想親口告訴他我能站了。我一直在想這件事……可是我們不能一直這樣下去啊，我沒辦法一直靜靜地躺在這裡裝病，而且我看起來跟以前差太多了。眞希望今天沒有下雨。」

瑪莉就是在這一刻突然靈光乍現。

「柯林，」她神祕兮兮地說。「你知道這棟房子裡有幾個房間嗎？」

「我猜應該有一千個吧。」柯林回答。

「其中有一百個房間從來沒有人進去過，」瑪莉說。「有一次我趁著下雨天到處亂晃，走進好幾個房間，完全沒有人知道，梅洛克也只是差點發現而已。我回去的時候不小心迷路了，最後走到你的走廊外面。那是我第二次聽見你的哭聲。」

癱在沙發上的柯林立刻坐直身體。

「一百個沒人進去過的房間，」他說。「聽起來就跟祕密花園一樣。或許我們可以去探險一下。妳可以用輪椅推我過去，沒有人會知道我們去了哪裡。」

「我就是這麼想的，」瑪莉說。「沒有人敢跟蹤我們。房子裡有很多迴廊，你可以在那裡跑跑步，我們也能鍛鍊一下肌肉。喔，還有個印度風格的小房間，櫃子裡擺了好多象牙大象。各式各樣的房間都有。」

「搖鈴吧。」柯林說。

他在保母走進來時吩咐道：

「把我的輪椅推過來，」他說。「我和瑪莉小姐要去看看房子裡沒有人用的地方。有的地方有樓梯，所以我要約翰把我推到掛滿畫作的那條迴廊上，然後他就得離開那裡讓我們自由活動，等我叫他的時候再來。」

那天早上，陰雨天不再那麼討人厭了。僕從約翰把輪椅推到掛滿畫作的迴廊上，接著遵照柯林的命令離開現場。柯林和瑪莉交換了一個開心的眼神。瑪莉確認約翰眞的回到樓下的工作崗位後，柯林便從輪椅上站了起來。

「我要從迴廊這一頭跑到另一頭，」他說。「然後練習跳躍，接著再做鮑伯・哈沃斯的肌肉鍛鍊。」

柯林和瑪莉一一完成這些運動，接著又做了很多其他的事。他們一邊探險，一邊欣賞迴廊裡的肖像畫，最後終於找到了那個穿著綠色錦緞洋裝、手上停著一隻鸚鵡的女孩畫像。

「這些畫像上的人，」柯林說。「一定都是我的親戚。他們已經過世很久了，我想那張有鸚鵡的畫像應該是我的曾曾曾姑婆。她跟妳長得很像耶，瑪莉——不是像現在的妳，而是像剛來這裡的妳。妳現在比剛來的時候胖很多，也漂亮多了。」

「你也是啊。」瑪莉回敬一句，兩人笑成一團。

他們也去了很有印度風格的小房間，開心地用象牙大象玩了一陣子，也看到了掛著玫瑰色織錦壁毯的女性起居室，還有老鼠在抱枕上留下的洞，但洞是空的，老鼠都已經長大離開了。他們探索的房間比瑪莉第一次閒晃時找到的還多，另外他們還發現了新的走廊、新的轉角、新的樓梯、他們很喜歡的古董畫，以及各種奇怪又用途不明的老舊物品。那是個充滿驚喜與歡笑的早晨，他們在同時有其他人的房子裡四處遊蕩，但又覺得他們離自己好遠好遠，這種感覺眞是不可思議。

「幸好我們有出來探險，」柯林說。「我從來不知道家裡這麼大、這麼舊又這麼奇怪。我很喜歡這裡。以後只要下雨我們就出來走走吧！一定每次都能發現什麼稀奇古怪的新地方和新玩意兒。」

那天早上他們不但發掘了很多新鮮的事物，還讓自己胃口大開，以致回到柯林的房間後完全無法把午餐原封不動地送回去。

保母把托盤拿下樓，用力地丟在廚房櫃子上，好讓廚師盧米斯太太看到被柯林和瑪莉掃空的碗盤。

「妳看！」保母說。「那兩個孩子簡直是這棟神祕的房子裡最神祕的存在。」

「如果他們每天都吃這麼多，」年輕力壯的僕從約翰說。「也難怪他現在的體重比上個月多了兩倍。我看我還是早點放棄這份工作好了，不然肌肉可能會拉傷。」

那天下午，瑪莉發現柯林的房間有點不一樣。其實她昨天就注意到了，但沒說什麼，她以爲那只是碰巧而已。此時此刻，她也什麼都沒說，只是注視著壁爐臺上的畫作。沒錯，原本遮住畫作的簾幕被拉到一邊了，所以她才能盯著畫看。這就是她注意到的改變。

「我知道妳在等我解釋，」柯林在她盯著畫作幾分鐘後開口。「每次妳想聽我解釋的時候我都知道。妳在想爲什麼簾幕被拉開了。我會一直讓它保持這個樣子。」

「爲什麼？」瑪莉問。

「因爲她的笑容再也不會讓我感到生氣了。我前天半夜醒來，月光很亮，讓我覺得房間裡好像充滿魔法，一切都好美，美到我沒辦法繼續躺在床上，於是就爬起來看著窗外。房間裡很亮，有一小片月光落在簾幕上，不知道爲什麼，我就過去拉了簾幕細繩。她俯視著我，好像很高興看到我站在這裡，所以我變得喜歡看她，我想一直看著她的笑容。我覺得她一定也是那種會施魔法的人。」

「你現在看起來很像她，」瑪莉說。「有時候我會想，或許你是她的靈魂轉世也說不定。」

這個想法似乎深深打動了柯林。他沉思許久，接著慢慢開口。

「如果我是她的靈魂……我爸爸就會喜歡我了。」他說。

「你希望他喜歡你嗎？」瑪莉問道。

「他不喜歡我，所以我以前很討厭自己希望他喜歡我。如果他之後開始喜歡我的話，我想我應該會告訴他關於魔法的事。或許魔法能讓他變得快樂一點。」

26 是媽媽！

他們對魔法深信不疑。有時柯林還會在早上唸完咒語後進行演說，發表自己對魔法的看法。

「我喜歡演說，」他解釋。「等我長大提出重大科學發現後，勢必要進行相關的成果發表，現在就是一種練習。我還很年輕，只能發表短短的演說，更何況要是講太久，班・韋德史達會以為自己在教堂裡，然後開始打瞌睡。」

「演說兒最棒的地方兒，」班說。「就是講者可以站起來兒說他想說的話兒，愛說啥就說啥，其他人都不能插嘴兒。改天兒我自個兒也來演說兒一下。」

柯林在樹下侃侃而談時，班會用一種如飢似渴的眼神緊盯著他看，不時流露出嚴格又充滿關愛的目光。他這麼做並不是因為他對演說內容很有興趣，而是因為他看到柯林的腿一天比一天更直、更強健；看到他高高地抬起孩子氣的頭；看到他曾經瘦削的尖下巴逐漸圓潤，雙眼開始透出和他記憶中另一雙眼睛相似的光芒。柯林有時會注意到班熱切的凝視，他很訝異，不知道班在想什麼。有一次，他在班看得入迷時開口問他：

「班・韋德史達，你在想什麼啊？」

「我在想，」班回答。「我敢說你這禮拜兒一定胖了一、兩公斤。我剛剛在看你的小腿兒和肩膀兒，眞想把你放到磅秤上量一下兒。」

「這都是因爲魔法，還有索爾比太太的牛奶、小圓麵包和各式各樣的食物。」柯林說。「由此可知，科學實驗非常成功。」

那天早上，迪肯因爲太晚來所以沒有聽到演說。他衝進花園，臉頰紅通通的，有趣的臉孔看起來比平常更加閃耀、容光煥發。由於下雨時沒辦法來花園，因此放晴後要拔的雜草非常多，尤其是溫暖滂沱的大雨過後，濕潤的泥土讓花朵和野草急速生長，讓他們的工作量暴增。他們必須在雜草剛發芽抽葉時就拔起來，否則雜草很快就會抓住土壤、牢牢扎根。幾天下來，柯林除草的功力已經變得和其他人一樣好，有時他還會一邊拔草，一邊演說。

「魔法會在你努力工作時發揮最大的功效，」那天早上他說。「你可以感受到魔法在骨頭和肌肉裡流竄。我最近想讀一些有關骨頭和肌肉的書，然後寫一本講魔法的書。我現在就在構思內容了。每天都有新的發現。」

他說完後不久便放下泥鏟站了起來，沉默了好幾分鐘。他們以爲他正在思考演說內容，他常常這樣。瑪莉和迪肯看到他丟下鏟子站起身，好像突然想到什麼非常重要的事。他挺直身體，興高采烈地揮舞手臂，臉上閃著紅潤的光芒，奇特的大眼睛裡滿是欣喜。剎那間，他澈底明白了什麼。

「瑪莉！迪肯！」他放聲大喊。「快點看我！」

他們停下手邊除草的動作，抬頭看著他。

「你們還記得第一次帶我來花園的那個早上嗎？」他問道。

迪肯認眞地看著他。身爲一個能馴服動物的人，他能注意到大多數人不會注意到的事，而且通常不會把這些小細節說出來。現在他就在柯林身上看到了別人看不到的事。

「是哎，我們記得。」他回答。

瑪莉也認眞地看著柯林，但沒有答腔。

「就在剛剛，」柯林說。「就在那一瞬間，我全都想起來了——我看著自己抓著鏟子的手，然後就全都想起來了——我一定要站起來確認一下到底是不是眞的。是眞的！我的病已經好了！全都好了！」

「是哎，全都好了！」迪肯說。

「我的病已經好了！我的病已經好了！」柯林滿臉通紅地不斷重複。

他之前就隱約感受到自己已經痊癒了。他曾希望過、感覺過、想像過，直到剛才那一刻，他突然覺得有股力量在體內湧流，那是一種強烈又充滿喜悅的信念和體悟，讓他忍不住想大聲說出來。

「我要活到永遠的永遠的永遠！」他開心地大叫。「我要探索成千上萬種新事物，我要好好認識人類、生物和所有會生長的東西，就像迪肯一樣，我會一直一直使用魔法。我的病已經好了！我的病已經好了！我覺得……我覺得我要大聲喊出內心的感激和快樂！」

這時，在玫瑰叢附近工作的班．韋德史達轉過頭看著他。

「你可以唱〈三一頌〉啊。」他用沙啞又含糊的聲音說。他對〈三一頌〉沒什麼想法，提出這個建議時也不帶有任何特殊的情感和敬意。

柯林不知道什麼是〈三一頌〉。好奇心旺盛的他總是會打破砂鍋問到底。

「那是什麼啊？」他問道。

「我敢說迪肯一定能唱一遍兒給你聽。」班回答。

迪肯露出一抹無所不知、無所不能的微笑。

「人們會在教堂兒裡唱〈三一頌〉，」他解釋。「我媽媽說她相信雲雀早上起床兒的時候也會唱〈三一頌〉。」

「如果她都這麼說，那〈三一頌〉一定很好聽，」柯林回答。「我以前老是生病，所以從來沒有去過教堂。唱吧，迪肯，我想聽聽看。」

迪肯是個很真誠、很單純的人。他比柯林還要理解柯林自己的感受。他靠著某種天生的直覺來理解他人，這種事對他來說太自然了，所以他並不知道那就是所謂的理解。他摘下帽子，面帶笑容地環顧四周。

「唱這首歌兒的時候一定要脫帽兒，」他對柯林說。「班，你也是兒——還有，你知道的，一定要站起來兒。」

柯林摘下帽子，全神貫注地看著迪肯。燦爛的陽光灑在他濃密的黑髮上，照得頭頂暖暖的。班．韋德史達手忙腳亂地站起來，跟著脫帽，蒼老的臉上滿是疑惑，彷彿不太確定自己為什麼要做這些莫名其妙的事。

迪肯站在樹林和玫瑰叢中間，用純淨、自然又嘹亮的少年嗓音高聲歌唱：

讚美眞神萬福之本，
天下萬物當讚主恩，
天上萬軍頌讚主名，
讚美聖父、聖子、聖靈。
阿門。

他唱完後，班．韋德史達緊繃著下巴默默站在原地，用不安的眼神看著柯林。柯林則露出若有所思的讚賞表情。

「這首歌很好聽，」他說。「我很喜歡。當我想喊出對魔法的感激時，內心想表達的大概就是這個意思，」他停頓了一下，疑惑地思考著。「或許兩者是一樣的。畢竟我們不可能知道每件事物的確切名稱嘛。迪肯，再唱一遍。瑪莉，這次我們試著一起唱吧，我也想唱，這是我的歌。第一句是什麼？讚美眞神萬福之本？」

他們又唱了一遍，瑪莉和柯林盡可能地用自己最悅耳的聲音歌唱，迪肯則提高音量，唱得更加動聽。他們唱到第二句歌詞時，班．韋德史達清清喉嚨，發出刺耳的噪音，然後在第三句氣勢磅礡地加入他們，而且唱得好用力，簡直到凶狠的程度。唱完「阿門」後，瑪莉發現班的表情非常特別，就跟他當初發現柯林並不是殘廢時的表情一模一樣——他的下巴不斷抽搐，雙眼凝視著前方眨呀眨，飽經風霜的蒼老臉頰上沾滿了淚水。

「之前我對〈三一頌〉一點兒感覺都沒有，」他啞著嗓子說。「但我現在改變主意兒了。我認爲你這禮拜兒胖了快三公斤兒啊，柯林少爺——三公斤兒！」

就在這個時候，某個東西吸引了柯林的注意。他的視線越過花園，表情非常驚訝。

「有人來了，」他快速地說。「是誰？」

常春藤圍牆上的門微微敞開，有個女人站在花園裡。其實她在他們唱到最後一句歌詞時就進來了。她靜靜地站著，靜靜地聽，靜靜地望著他們。常春藤垂掛在她身後，陽光穿過樹林，在她的藍色長披肩上灑下細小的光點。她站在綠色植物中間，純淨美麗的臉上掛著微笑，就像柯林書中那些色彩柔和的細膩插圖。她的眼神既親切又溫暖，彷彿能包容世界上所有人事物，包容他們，包容班．韋德史達，包容動物，包容每一朵盛開的花。雖然她意外出現，但沒有人認爲她是不受歡迎的入侵者。迪肯的眼睛像燈一樣亮了起來。

「媽媽——是媽媽！」他一邊大喊，一邊跑過草地。

柯林也朝著她走去，瑪莉則跟在柯林旁邊，兩人都能感覺到自己的心跳越來越快。

「是媽媽！」他們在半路上會合後，迪肯又重複了一遍。「我知道你們都想見她，所以就把門兒的位置告訴她了。」

柯林兩頰泛紅，帶著貴族般的羞澀伸出手，雙眼卻熱切地望著她的臉。

「我在生病的時候就很想見妳了，」他說。「想看看妳、迪肯和祕密花園。我以前從來沒有想見任何人、或是想看任何東西。」

索爾比太太看著柯林仰起的小臉，突然神情一變，兩頰漲紅，嘴角微微顫抖，眼裡似乎漾著一層薄薄的水霧。

「哎！親愛的孩子！」她用顫抖的聲音說。「哎！親愛的孩子！」她好像根本沒料到自己會講出這句話。她並沒有叫他「柯林少爺」，而是突如其來地叫他「親愛的孩子」。說不定她也會在迪肯的表情感動她時這樣叫他。柯林很喜歡這個稱呼。

「妳是因爲我很健康所以才這麼驚訝嗎？」他問道。

她把手放在他的肩膀上，眼裡的水霧因著微笑逐漸散去。

「是哎，你說對了！」她說。「不過你和你的母親長得好像，讓我的心兒跳得好快啊。」

「妳覺得，」柯林有點不安地問。「妳覺得我爸爸會因爲這樣喜歡我嗎？」

「是哎，當然會啊，親愛的孩子，」她輕快地拍了一下他的肩膀。「他必得回家兒——他必得回家兒。」

「蘇珊・索爾比，」班・韋德史達走到她旁邊說。「妳看看這孩子的腿兒！兩個月前這雙腿兒就像塞在襪子裡的鼓棒兒一樣，我還聽到有人兒說他是O型腿兒，有的又說他是X型腿兒。可是妳看看他的腿兒！」

索爾比太太笑了起來，那是一種非常舒服、非常療癒的笑聲。

「這雙腿兒很快就會變得又強壯又健康，」她說。「只要讓他在花園兒裡玩樂、工作、盡情地吃東西兒、喝好多好多香甜營養的牛奶兒，那這雙腿兒就會變成全約克郡最健康的腿兒了。感謝老天兒！」

索爾比太太把兩隻手放在瑪莉肩上，用慈愛的眼神看著她的臉。

「妳也一樣呀！」她說。「妳要像我們家伊莉莎白．艾倫一樣健健康康地長大，我敢說妳一定也長得和妳母親很像。我們家瑪莎說，梅洛克太太聽說妳母親是個美人兒呢，妳長大後一定會像粉紅玫瑰兒一樣美。我親愛的孩子，祝福妳。」

索爾比太太沒有告訴瑪莉，瑪莎在「外出日」回家時曾說她是個又黃又醜的小孩，還說她不太相信梅洛克太太聽說的事。那時她還頑固地補充說：「沒道理兒啊，這小女孩兒那麼醜，她媽媽不可能是什麼美人兒啦。」

瑪莉沒時間注意自己的臉有什麼改變。她只知道自己的長相「不一樣」了，頭髮也變得更多、長得更快。不過她還記得自己過去在印度很喜歡看著媽媽，因此聽到自己有一天可能長得像她，讓她覺得很開心。

索爾比太太跟他們一起繞著花園散步，聽他們說這裡的故事，讓他們帶她去看活過來的每一棵樹和每一叢灌木。柯林走在她旁邊，瑪莉則走在另一邊，兩人不斷抬頭望著她那張撫慰人心的玫瑰色臉孔，心裡偷偷對她帶給他們的愉悅感到好奇——那種感覺溫暖有力，好像她能完全了解他們，就像迪肯了解他的動物一樣。她會俯身觀察花朵，把花當成小孩和它們說話。煤灰也緊跟著她，對她嘎嘎叫了兩、三次，還像平常停在迪肯肩上那樣停在她的肩膀上。他們告訴她有關知更鳥的故事，還有雛鳥第一次學飛的過程。她帶著母性的溫柔輕輕笑了起來。

「我猜牠們學飛兒就跟小孩兒學走路一樣，好險我的小孩兒只有腿兒、沒有翅膀，不然我真的要擔心死兒啦。」她說。

索爾比太太是個很棒的人，舉手投足間都洋溢著荒原農舍的溫暖和親切。最後他們也把魔法的事告訴她了。

「妳相信魔法嗎？」柯林在講完印度魔法師的故事後問道。「我很希望妳相信。」

「我相信呀，孩子。」索爾比太太回答。「我不知道這種東西叫魔法兒，不過名稱很重要嗎？我敢說法國人兒一定是用另外一個字兒來稱呼它，德國人兒又是用另一個字兒。能讓種子長大、讓陽光照耀、讓你頭好壯壯的，一定是好的力量兒。這種力量兒不像我們這些愚昧的笨蛋想的那樣，認爲名字兒很重要。這股強大又美好的力量兒永遠不會停止對你的祝福和關心兒，它不斷創造出成千上萬兒個世界，其中當然也包含了我們的世界。你們要永遠相信這股強大又美好的力量兒，也要知道這股力量兒無處不在——隨便你們怎麼稱呼它都沒關係兒。我走進花園兒的時候，你們就是在對這股力量兒唱歌兒呀。」

「那時我真的好開心，」柯林睜著美麗又奇異的大眼睛看著她說。「我突然感覺到自己很不一樣，我的四肢居然變得那麼強壯，妳懂嗎——我能挖土、能站立——所以我跳了起來，想對任何願意聆聽的事物大聲吶喊。」

「你們唱〈三一頌〉的時候，魔法兒就在聽呀。不管你唱甚麼歌兒它都會聽，重要的是你內心兒的喜悅。哎！孩子，孩子，你就是創造喜悅的人兒呀。」索爾比太太又輕快地拍了一下柯林的肩膀。

那天早上，她像往常一樣替他們準備了一籃食物，等瑪莉和柯林覺得餓了，迪肯就把藏在玫瑰叢後方的食物拿出來。她和他們一起坐在樹下，看著他們狼吞虎嚥，他們的好胃口讓她感到心滿意足，快樂地笑了起來。索爾比太太非常風趣，總是有辦法用各種古怪的事物逗他們笑。她用濃重的約克郡口音講了幾個故事，還教了他們幾個新詞彙。當她聽到他們抱怨要一直演戲、假裝柯林是個脾氣暴躁的病人越來越難時，她忍不住哈哈大笑。

「妳看，我們在一起的時候幾乎時時刻刻都想笑，」柯林說。「可是一直笑聽起來根本不像生病，所以我們會拚命把笑聲吞回去，但過沒多久就會忍不住爆笑，眞的很慘。」

「我一直想到同一件事，」瑪莉說。「每次只要想到那件事我就忍不住想笑。我一直想到柯林的臉會變得像滿月一樣圓。當然現在還不像啦，可是他每天都在變胖——要是某天早上他的臉眞的變得跟滿月一樣，我們該怎麼辦啊！」

「老天兒保佑，看樣子你們要演的戲兒還眞不少呢，」索爾比太太說。「不過你們很快就不用演了，克雷文老爺會回家兒的。」

「妳覺得他會回來嗎？」柯林問。「為什麼？」

索爾比太太輕柔地笑了起來。

「如果他在你親口告訴他之前就發現你已經痊癒的事兒，我想你一定會很傷心兒吧，」他說。「你花了好幾個晚上熬夜計畫這件事兒呢。」

「我無法接受他從別人口中聽到這件事，」柯林說。「我每天都在想不同的方式，目前我決定要直接跑進他的房間裡。」

「這對他來說是好的開始兒，」索爾比太太說。「我眞想看看他的表情兒，孩子，想看得不得了！他必得回來兒的，必得回來兒！」

接著他們還討論了要去農舍玩的事，連怎麼玩都計畫好了。首先要坐車橫越荒原，在石楠灌木間野餐，然後去看索爾比家的十二個孩子和迪肯的花園，一直玩到他們累壞爲止。

最後，索爾比太太站了起來，打算到屋子裡找梅洛克太太，柯林也該坐輪椅回去了。坐上輪椅之前，他站在索爾比太太身邊，站得很近，用一種困惑又充滿敬慕的眼神看著她，接著突然伸手緊抓住她的藍色披肩。

「妳就是我一直……一直想要的，」他說。「眞希望妳是我的媽媽，就像妳是迪肯的媽媽一樣！」

索爾比太太立刻彎下腰，用溫暖的手臂將柯林拉進藍色披肩下的懷抱裡，彷彿他是迪肯的親弟弟。她的眼裡頓時瀰漫著水霧。

「哎！親愛的孩子！」她說。「我相信你的親生母親就在這座花園兒裡，她絕對不會離開這兒的。你父親必得回到你身邊兒——必得回到你身邊兒！」

27 花園裡

自創世以來，每個世紀都會發現新奇的事物。上個世紀的驚人發現比過去任何一個世紀還要多，而當今這個新世紀會繼續揭露成千上百種令人驚嘆的事物。一開始，大家會拒絕相信這些新發現的古怪事物，接著開始希望眞的有這些事物存在，最後逐漸了解這些事物的確能實現；成功了之後，全世界的人都會疑惑地想，爲什麼我們沒有在幾個世紀前就發現或發明這些事物呢？上個世紀，人類發現的其中一項新事物就是思想，純粹的思想，和電池一樣具有能量，和陽光一樣對人有益，或是和毒藥一樣對人有害。讓悲傷或負面的想法進入大腦就像讓猩紅熱細菌進入體內一樣，是件非常危險的事。如果你讓這些想法在腦海中逗留，它就會深植在你的心靈和思維模式裡，纏著你一輩子。

過去瑪莉心中充滿了各種負面想法，像是討厭別人、對他人的刻薄批評、不打算快樂也不打算喜歡任何人事物的決心等，導致她變成了一個臉色蠟黃、病懨懨、無聊又惹人厭的小孩。不過，生活對她非常仁慈，只是她完全沒有意識到這件事。周遭的環境與情勢開始將她推向更好的境遇，讓她的心思意念逐漸充滿知更鳥、擠滿孩子的荒原農舍、奇怪又頑固的老園丁、說話帶有約克郡口音的平凡女傭、春天、日漸復甦的祕密花園，還有荒原來的男孩和他的動物。瑪莉心中再也沒有多餘的空間容納負面思想，這種改變影響了她的肝臟和消化系統，她的膚色不再蠟黃，也不會常常覺得累了。

柯林以前總是把自己關在房間裡，心中充滿恐懼、脆弱和被他人注視的厭惡感，時時刻刻都在思考自己的早逝和腫塊。他是個歇斯底里、幾近瘋狂的疑病症患者，對陽光和春天一無所知，也不知道其實只要他願意嘗試就能澈底痊癒，靠自己的雙腳站起來。直到美好的新思想開始驅趕討厭的舊思想後，生命力才逐漸回到他身上，血液在他的血管裡健康地流動，力量如洪水般湧入他的身體。他的科學實驗既簡單又實用，而且一點也不奇怪。如果腦中出現負面或沮喪的思想，只要及時有所自覺，用正面積極的想法取而代之，任何人身上都有可能產生比柯林更奇妙、更驚人的變化。正面與負面思想是無法同時並存的。

我的孩子，在你種下玫瑰的土地上，
不會長出荊棘。

祕密花園逐漸復甦，兩個孩子也越來越有活力。與此同時，有個男人在美麗的遠方四處遊蕩，探索挪威的峽灣與瑞士的山谷。過去整整十年的時間裡，他的腦海中充滿許多黑暗又令人心碎的想法。他沒有勇氣、也從來沒有試著用其他思緒來取代這些陰鬱的能量。他在湛藍的湖邊散步，一邊想著它們；他躺在盛開的藍色龍膽花海裡，一邊想著它們；他嗅著瀰漫在空氣中的甜美花香，一邊想著它們。他曾經那麼幸福、那麼快樂，剎那間，令人恐懼的哀傷驟然降臨，於是他放任黑暗吞噬自己的靈魂，固執地拒絕任何一絲能穿透心底的光亮，並將自己的家園與責任拋諸腦後，任由生活變得荒蕪。旅行途中，他身上仍籠罩著一股深沉的憂鬱，其他人看到他都覺得很不舒服，彷彿他的憂鬱會汙染周遭的空氣、毒害到別人。大多數人都認定他一定是個瘋子，不然就是犯下了什麼不可告人的罪行，只能埋藏在心底。他的身材高大、臉色陰沉，總是歪著肩膀、駝著背在入住飯店時寫下：英國約克郡密蘇威特莊園，亞契伯德．克雷文。

自從他在書房見過瑪莉，告訴她可以隨意使用她想要的「一點土壤」後，他便離開莊園到遠方旅行。他去了幾個歐洲最美麗的地方，但停留的天數都很短。他刻意選擇幽靜又偏僻的去處，也曾登上高聳入雲的山脈巔峰，在破曉時分俯瞰其他染上晨曦的高山，彷彿這個世界才剛誕生而已。

可是光芒似乎不曾照耀在他身上。直到某一天突然發生一件奇怪的事，那是他十年來第一次有這種感覺。那天，他正在奧地利蒂羅爾一座風景優美的山谷中散步，那裡的景色美到能一掃靈魂的陰霾。他走了很久很久，靈魂卻仍籠罩在陰影下。最後他走累了，便躺在溪流旁一片如地毯般的苔蘚上休息。那是一條清澈的小溪，水流一路穿越濃密濕潤的綠意，愉快地沿著狹窄的水道往下奔去，有時還會在汩汩流過岩塊時發出有如低沉笑語般的聲響。他看見幾隻小鳥飛到溪邊，低頭啜飲溪水，接著又拍拍翅膀飛走了。這條小溪就像活的一樣，細微的流水聲將寂靜襯托得更加深沉。整座山谷好安靜、好安靜。

他坐起身，盯著清澈的潺潺流水，覺得自己的思緒和身體逐漸平靜下來，就像這座山谷一樣寧靜。他想自己是不是要睡著了，但他沒有睡著。他坐在那裡凝視著波光粼粼的溪水，接著慢慢注意到溪邊生長的植物。靠近小溪的地方長了一整片可愛的藍色勿忘我，他看著濕濕的葉片，突然發現自己已經有好多年沒有這樣靜下心來看過任何東西。他溫柔地想，那些勿忘我眞可愛，上百朵盛開的藍色小花眞的好美，他不知道這些單純的想法正慢慢塡滿他的心，慢慢、慢慢地塡滿，將其他思緒輕輕地推到外面，就像清澈甘甜的活泉水緩緩注入一攤混濁的死水，一點一點地流進來，直到髒水全都排出爲止。但他當然沒有意識到這一點。坐在那裡望著那片柔和淡雅的亮藍色時，他只覺得山谷變得越來越安靜。他不知道自己在那裡坐了多久，也不知道身上產生了什麼變化，最後他像睡醒似的動動身體，慢慢站起來，踩在如地毯般的苔蘚上，深深地、長長地吸了一口氣，覺得自己好像有點不太一樣。他體內好像有什麼東西悄悄地解開了束縛，得到釋放。

「怎麼回事？」他輕聲地說，伸手摸摸前額。「我覺得自己好像……活了過來！」

我還不夠了解未知事物的奇妙之處，沒辦法解釋他爲什麼會有這樣的改變。沒有人有辦法解釋，就連他自己也不懂到底是怎麼回事。幾個月過後，他依然記得這個奇異的時刻。他回到密蘇威特莊園，偶然發現他在山谷裡看勿忘我那天，柯林也在祕密花園裡大喊：

「我要活到永遠的永遠的永遠！」

這種超乎尋常的平靜在他心裡停留了一整夜，讓他睡得非常安詳，他以前從來沒有睡得這麼好、這麼沉。可是這種狀態並沒有維持太久，他不知道他可以繼續保有這份平靜。第二天晚上，他對黑暗的想法敞開大門，讓那些負能量湧進腦海裡，占據他的心。他離開山谷，繼續接下來的旅程。可是他覺得很奇怪，不知道爲什麼，那些陰鬱又沉重的負擔有時會消失個幾分鐘、甚至半小時，讓他覺得自己還活著，不是個已死的人。他對這種改變及其原因毫無頭緒，但他慢慢、慢慢地跟著花園一起「活了過來」。

他在金黃色夏季轉變爲深金色秋季時抵達了科摩湖，並在那裡發現了夢境的美好。他不是在晶瑩剔透的藍色湖泊旁流連，就是在山丘上柔軟厚實的蒼鬱草木間漫步，直到走累了、讓自己能睡個好覺爲止。這段時間，他發現自己的睡眠狀態逐漸好轉，夢境也不再是恐怖的折磨。

「或許，」他想。「我的身體變健康了。」

他的身體確實變得比較健康，不過更重要的是，他會偶爾改變想法，讓自己沉浸在難得的寧靜時光裡，這讓他的靈魂同樣慢慢恢復健康。他開始想起密蘇威特，考慮是不是該回家了。有時他會模模糊糊地想起他的兒子，等他回去之後，他會再次站在雕有花紋的四柱大床前，俯視著男孩輪廓分明、如象牙般白皙的瘦削小臉，還有鑲在緊閉雙眼四周、濃得驚人的黑睫毛……想到這裡他便退縮了，因爲他不曉得自己到時會有什麼感覺。

有一天，天氣非常晴朗，他走到很遠的地方，回程路上，一輪明月高高地懸掛夜空，整個世界只剩下暗紫色的影子和銀白色的月光。湖泊、湖岸和森林一片寂靜，美得不可思議，讓他不想回去下榻的別墅。他走到湖邊樹蔭下的小露臺，在椅子上坐了下來，呼吸著夜晚迷人的芬芳。他感受到一股奇異的平靜流竄全身，而且越來越深、越來越沉，最後他睡著了。

他不知道自己睡著了，也不知道自己正在作夢；這場夢太過眞實，以致他完全沒有意識到那是夢境。醒來後他還記得，當時他以爲自己非常清醒、非常警覺，他以爲自己坐在椅子上聞著夜晚綻放的玫瑰香，聽著湖水在腳邊的拍打聲，接著他聽到有人在叫他。那個聲音好甜美、好清澈、好快樂，好像是從遙遠的地方傳來的，但聽起來又清晰得像是在他耳邊。

「亞契！亞契！亞契！」那個聲音呼喚著他的名字，接著又用更甜美、更清澈的聲音喊道，「亞契！亞契！」

他以爲自己從椅子上跳了起來。他並不覺得訝異，那個聲音非常眞實，似乎本來就該出現在這裡。他似乎本來就該聽見這個聲音。

「莉莉亞絲！莉莉亞絲！」他大喊。「莉莉亞絲！妳在哪裡？」

「在花園裡，」那個聲音有如金笛吹出的音符般動聽。「在花園裡！」

然後夢就結束了。可是他沒有醒來，就這樣在湖邊深沉香甜地睡了一整個晚上，度過了美好的一夜。等到他終於醒來的時候，天空中早已布滿明亮的晨光，一位傭人站在旁邊盯著他看。那位傭人來自義大利，他和別墅中其他傭人都一樣已經習慣了這位外國老爺的古怪行徑，所以並沒有多問什麼。沒有人知道他什麼時候會出去、什麼時候會回來、會睡在哪裡，會整夜躺在湖中的船上漂蕩，還是在花園裡漫步。傭人端著放有幾封信的托盤，靜靜等待克雷文先生把信拿走。他離開後，克雷文先生手裡拿著信坐在椅子上，望著湖面好一陣子。他仍然能感受到那種奇異的平靜，同時還有另外一種感覺，一種放鬆的感覺，好像過去那些痛苦從來沒有發生過一樣，好像有什麼東西改變了。他想起了那場夢，那場非常、非常眞實的夢。

「在花園裡！」他驚訝地說。「在花園裡！可是門被鎖上了，鑰匙也深埋在土裡了。」

幾分鐘後，他瞄了手上那疊信件一眼，看到最上面那封是來自約克郡的英文信函。信封上的字跡顯然出自女性之手，但他認不出來那是誰的字。他拆開信件，沒有多想到底是誰寫的，不過信上的第一句話立刻吸引了他的注意。

親愛的先生：

我是蘇珊・索爾比，之前我曾冒昧地在荒原上把你攔下來，談論有關瑪莉小姐的事。我再次冒昧地寫這封信懇求你，先生，假如我是你，我會立刻啓程回家。我想你回來後一定會很高興的。請原諒我這麼說，先生，若你的夫人還在的話，我想她也會請你回來的。

你忠心的僕人

蘇珊・索爾比

克雷文先生讀了兩遍，然後把信放回信封裡。他一直在想昨天晚上的夢。

「我要回密蘇威特，」他說。「對，我要馬上回去。」

他穿越花園回到別墅裡，吩咐皮契爾打包行李，準備回英國。

幾天之後，他再次回到約克郡。他發現自己在漫長的鐵路之旅中不斷想著他的兒子。過去十年間他從來沒有這樣想著他，只希望自己能忘掉他，現在他雖然沒有刻意回想，但腦海中仍不斷浮現出有關柯林的記憶。他還記得那個黑暗的日子，孩子活了下來，孩子的母親卻死了，他像瘋子一樣大聲咆哮，連看他一眼都不願意；最後他還是去看他了，他是個可憐又虛弱的小生命，大家都說他再過幾天就要死了。可是幾天過去了，他還活著，照顧他的人都很驚訝，然後大家又認爲他將來會變成畸形或殘障。

他並不是故意要當個不稱職的父親，但他一直沒有當父親的自覺。他爲孩子提供醫生、保母和各種奢侈品，可是一想到孩子他就立刻退縮，將自己埋藏在深沉的悲痛裡。旅外整整一年後，他回到密蘇威特，那個模樣悲慘的小傢伙疲倦地抬起臉，表情冷漠，灰色的大眼睛周圍有一圈濃密烏黑的睫毛，看起來跟他過去深愛的那雙快樂的眼睛好像，卻又好不一樣。他面如死灰，無法承受看到那雙眼睛的痛苦，只能默默別過頭。從那次之後，他就很少在柯林醒著時去看他，對他的了解也僅限於他是個體弱多病的孩子，總是歇斯底里、發了瘋似的大鬧脾氣，而避免他發怒、傷害自己的唯一辦法，就是生活中所有事情都必須順他的意。

這些並不是什麼開心的回憶。然而當火車蜿蜒地駛過高山和金黃色的平原時，「活了過來」的克雷文先生開始用全新的角度思考。他想了很久，想得很深刻、很透徹。

「或許我這十年來都錯了，」他對自己說。「十年是很長一段時間，或許現在做什麼都太遲了……太遲了。我這些年來到底在想什麼啊！」

一開口就說「太遲了」絕對是錯誤的魔法，連柯林都會這樣告訴他。但他現在對魔法一無所知，無論是黑魔法還是白魔法他都不懂，他還不知道魔法的存在。他心想，蘇珊．索爾比之所以會鼓起勇氣寫那封信，說不定只是因爲她的母性直覺感知到柯林的狀況惡化，病得奄奄一息了。要不是他心裡還充滿了那種奇異的平靜，他一定會陷入前所未有的悲慘情緒，難以自拔。那股平靜帶給他勇氣和希望，他沒有因爲那些糟糕的猜測而放棄，反倒試著相信事情會往好的方向走。

「會不會是她發現我對柯林有幫助，能遏制他的脾氣呢？」他想。「我要在回密蘇威特前先去她家見她一面。」

他乘著馬車越過荒原，停在農舍前。有七、八個小孩在農舍前玩耍，他們一看到他就友善地打招呼、行了屈膝禮，告訴他，他們的母親一大早就到荒原另一邊幫忙一位家裡剛添了新生兒的女士，接著又主動補充，「我們家迪肯」今天去莊園裡其中一座花園工作了，他每個禮拜有好幾天都會去那裡。

克雷文先生看著眼前這群臉型圓潤、兩頰緋紅、體格結實的小傢伙，每個人都對他露出獨一無二的笑容。他突然發覺這群孩子既健康又可愛。他對這些親切的笑臉回以微笑，從口袋裡掏出一塊金幣，遞給最年長的「我們家的伊莉莎白．艾倫」。

「如果你們把金幣分成八份的話，每個人都可以分到半克朗。」他說。

他在笑聲和屈膝禮的包圍下坐車離開，留下農舍前的孩子開心地蹦蹦跳跳，用手肘彼此推來推去。

坐著馬車在優美的荒原上兜風令人心曠神怡。爲什麼他會有種回家的感覺呢？他以爲自己再也不會有這種感覺了。他覺得大地、天空和遠處綻放的紫色花朵都好美。隨著離那棟擁有六百年老歷史的大房子越來越近，他心中湧起了一股暖流。上次他離開那裡的時候，他還很怕想起那些深鎖的房間和躺在四柱床上、被綢緞帷幔包圍的小男孩；這次回去後，他會不會發現自己的狀況好轉了一點，能克服心理障礙面對孩子、不再退縮？那場夢好眞實，那個呼喚他回家的聲音既甜美又清澈，「在花園裡！在花園裡！」

「我要去找鑰匙，」他說。「我要把花園的門打開。雖然我不知道爲什麼，但我一定要這樣做。」

克雷文先生抵達莊園後，傭人一如往常地迎接他。他們發現老爺的氣色變好了，而且沒有馬上回去自己以前常住的偏僻房間，只讓皮契爾服侍他。他走進書房，把梅洛克太太叫過去。她走進書房，看起來興奮、好奇又緊張兮兮。

「梅洛克，柯林少爺現在怎麼樣了？」他問。

「呃，老爺，」梅洛克太太回答。「某種程度上來說，他變得……變得不太一樣了。」

「情況惡化了嗎？」他又問。

梅洛克太太的臉紅了起來。

「呃，是這樣的，老爺，」她試著解釋。「克雷文醫生、保母和我都不太確定他到底是怎麼了。」

「爲什麼會這樣？」

「老爺，事實上，柯林少爺的狀況可能正在好轉，也可能正在惡化。老爺，他的胃口令人無法理解，還有他的態度——」

「他是不是變得更……更奇怪了？」克雷文先生焦慮地皺起眉頭。

「沒錯，老爺，現在的他跟以前比起來真的很奇怪。他以前什麼都不吃，最近他突然開始暴飲暴食，然後又什麼都不吃，跟之前一樣把食物原封不動地退回去。老爺，你可能不知道，他本來不准我們帶他到外面去，光是把他抱到輪椅上就會讓他發飆，嚇得我們像落葉一樣發抖，連克雷文醫生都說他無法承擔強迫這孩子的後果。不過呢，老爺——完全沒有預兆喔——他某次大鬧脾氣後沒多久，就突然堅持每天都要跟瑪莉小姐出去外面，還讓蘇珊・索爾比的兒子迪肯幫他推輪椅。他很喜歡瑪莉小姐和迪肯，迪肯還會帶著自己馴養的動物來。信不信由你，老爺，他現在從早到晚都待在外面呢。」

「他看起來怎麼樣？」克雷文先生接著問。

「老爺，如果他有正常進食的話，你會以爲他在長肉呢——但我們認爲那恐怕只是浮腫而已。他以前從來不笑的，可是現在他會在和瑪莉小姐獨處時發出奇怪的笑聲。如果可以的話，克雷文醫生想立刻來見你。他這輩子從來沒有這麼困惑過。」

「柯林少爺現在在哪裡？」克雷文先生問。

「在花園裡，老爺。他總是待在花園裡，但他不准任何人靠近花園，因爲他怕別人盯著他看。」

克雷文先生幾乎沒把她說的最後一段話聽進去。

「在花園裡，」梅洛克太太離開後，他站在書房裡一遍又一遍地重複。「在花園裡！」

他努力抓回自己飄忽的思緒。等再次回過神來後，他轉身走出房間，沿著瑪莉走過的路線走向花園。他穿越灌木大門，經過月桂樹和噴水池花圃；噴水池正湧出陣陣水花，一旁的花圃開滿了秋天的花朵；接著他越過草地，轉進常春藤圍牆外的長步道。他走得很慢，眼睛緊盯著地上，覺得自己似乎被帶回到他遺棄已久的地方，而且他完全不知道爲什麼。越靠近那個地方，他的腳步就越慢。雖然牆上掛著濃密的常春藤，他還是很清楚門在哪裡，只是不知道那把被埋起來的鑰匙究竟身在何處。

他停下腳步，靜靜地環顧四周。幾乎就在他停下來的那一刻，他猛然一驚，豎起耳朵仔細聆聽，同時疑惑地問自己，他會不會是走在一場夢裡？

牆上掛著厚實的常春藤，鑰匙埋在灌木叢下，過去寂寞又漫長的十年來完全沒有人穿越那扇門——可是現在有聲音從花園裡傳出來，那是在樹下追逐的腳步聲，還有刻意壓低的奇怪聲響，有點像驚呼聲和強忍住的開心吶喊，聽起來應該是小孩的笑聲，而且是無法克制的笑聲，他們似乎不想被別人聽見，可是每隔一陣子就會因爲越來越激動而突然爆笑。天啊，他是在作夢嗎？他到底聽見了什麼？他是不是瘋了，以爲自己聽到人類不應該聽到的聲音？這就是那個遙遠又清晰的聲音所蘊藏的涵義嗎？

就在這一刻，完全失控的一刻，花園裡的聲音忘了要保持安靜，腳步聲越來越快，朝著花園門口跑來。克雷文先生聽見了小孩無法克制的瘋狂笑聲和健康的喘氣聲，牆上的門猛然敞開，濃密的常春藤來回擺盪，有個男孩從裡面全速衝出來，根本沒注意到站在門外的克雷文先生，差點一頭撞上他的手臂。

克雷文先生及時伸出雙臂抓住男孩，免得他因爲橫衝直撞而跌倒。他握著男孩的肩膀微微往後推，想看清楚他的臉。眼前的人讓他驚訝地倒抽了一口氣。

男孩身材高䠷、長相帥氣，臉頰因爲奔跑而泛著健康的紅暈，散發出活力與生命的光彩。

「是誰——什麼？你是誰啊！」克雷文先生結結巴巴地說。

眼前的狀況跟柯林期待的完全不一樣，這不是他原本的計畫，他從沒想過自己會以這種方式跟爸爸相見，但現在這樣從門裡衝出來、贏了賽跑或許更好也說不定。他挺直身體，努力讓自己看起來高一點；跟著一起衝出來的瑪莉看著他，覺得他看起來比之前更高，高了好幾公分。

「爸爸，」他說。「我是柯林。你很難相信吧？我自己也不敢相信。我是柯林。」

他和梅洛克太太一樣不懂爲什麼他父親要一直急匆匆地說：

「在花園裡！在花園裡！」

「對啊，」柯林也急匆匆地回答。「就是花園讓我好起來的——還有瑪莉、迪肯和動物——還有魔法。沒有人知道這件事，我們一直保密，就是爲了要等你回來再告訴你。我的病已經好了，我能在賽跑的時候跑贏瑪莉，我要當一個運動員。」

他講話時就像個健康的小孩，不但滿臉通紅，還因爲太急所以含糊不清，每個字都黏在一起。克雷文先生開心到難以置信，連靈魂都忍不住顫抖。

柯林把手搭在爸爸的手臂上。

「爸爸，你不開心嗎？」他問。「你不開心嗎？我會活到永遠的永遠的永遠喔！」

克雷文先生用手抓住柯林的肩膀，靜靜地抱著他，好一陣子都不敢開口說話。

「帶我去花園吧，我的孩子，」他終於開口。「把這段時間發生的事都告訴我吧。」

於是他們便帶著他走進花園。

秋天的金色、紫色、靛藍與豔紅色在花園中恣意綻放，到處都是遲開的百合花，有純白的花瓣，或是白色與深紅相間的花瓣。克雷文先生還記得很清楚，當初他們是在什麼時候種下第一株百合，遲開的百合總是在這個季節綻放出絢爛之美。遲開的玫瑰蔓生至各個角落、攀爬到圍牆上，一簇簇懸掛著；陽光照耀著樹林，將秋葉的金黃染得更深，讓人覺得好像站在一座枝葉交纏的金黃色廟宇裡。初來乍到的克雷文先生靜靜地站著，就像那三個孩子第一次走進灰色的花園時一樣。他環顧四周，看了一遍又一遍。

「我以為花園已經死了。」他說。

「瑪莉一開始也是這麼想的，」柯林說。「但是花園活過來了。」

他們全都坐在樹下，只有柯林站著。他想站著說故事。

柯林用直率的男孩態度一口氣把故事說完，克雷文先生邊聽邊想，這大概是他這輩子聽過最奇怪的故事。神祕的謎團、魔法、野生動物、奇怪的午夜邂逅、春天的到來、貴族少爺因為受辱的傲氣憤而起身走到班・韋德史達面前、特別的同伴和友情、演戲，還有小心保護的最高機密。有時克雷文先生笑到眼淚都快流出來了，有時又收起笑容、熱淚盈眶。這個身兼運動員、演講者和科學探險家的男孩真是幽默、可愛又活力滿滿。

「現在，」柯林講完故事後繼續說。「祕密花園已經不再是祕密了。我敢說他們看到我的時候一定會嚇到昏倒。但是我不想再坐輪椅了，爸爸，我要跟你一起走回去——走回我們家。」

一般來說，班．韋德史達的工作不太需要離開花園，可是這時他卻刻意用「送蔬菜」當藉口跑進廚房裡。梅洛克太太一看到他，便邀請他到傭人房喝杯啤酒，也正因爲如此，他才能如願在傭人房中親眼目睹密蘇威特莊園在這一代所發生的最戲劇化的事件。

傭人房裡有一扇面向庭院的窗戶，能看到外面的草坪。梅洛克太太知道班才剛從花園回來，所以想打聽一下他有沒有看到老爺，或是剛好看見老爺遇到柯林少爺。

「你有看到老爺或少爺嗎，韋德史達？」她問。

班放下啤酒杯，用手背抹抹嘴脣。

「有哎，我看到啦。」精明的他用一種意味深長的語氣回答。

「兩個人都看到了？」梅洛克太太追問。

「兩個人兒都看到啦，」班回答。「謝謝妳啊，好心兒的太太，我還能再喝上一杯兒呢。」

「他們兩個在一起嗎？」梅洛克太太好興奮，急忙幫他倒啤酒，結果不小心滿出來了。

「在一起兒啊，太太。」班咕嚕咕嚕地猛灌，一口氣喝掉半杯啤酒。

「當時柯林少爺在哪裡？他看起來怎麼樣？他們說了什麼？」

「我啥兒也沒聽見，」班回答。「再說我只是爬到梯子上越過牆頭偷看而已。但是我可以告訴妳，外面發生了不少事兒，你們這些待在房子裡的人兒卻啥兒也不曉得。不過你們很快就會知道該知道的事兒了。」

不到兩分鐘，他就灌下最後一口啤酒，然後嚴肅地揮舞著酒杯，指向那扇可以看到灌木叢和一小片草坪的窗戶。

「妳看，」他說。「妳要是好奇兒的話，就看看是誰兒從草皮兒上走過來啦。」

梅洛克太太往窗外一看，立刻舉起雙手尖叫。每個聽到尖叫聲的傭人無論男女，全都飛快地跑到窗邊盯著外面猛看，看到眼睛都快掉出來了。

從草坪上走過來的是密蘇威特的老爺，現在的他看起來跟以前截然不同，而走在他旁邊的人抬頭挺胸，眼裡滿是笑意，步伐就跟其他約克郡男孩一樣穩健，那是……柯林少爺！

愛經典 014

祕密花園【珍藏獨家夜光版】
The Secret Garden

作　　者　法蘭西絲．霍森．柏納特 Frances Hodgson Burnett
譯　　者　郭庭瑄
出 版 者　愛米粒出版有限公司
地　　址　台北市10445中山北路二段26巷2號2樓
編輯部專線　（02）25622159
傳　　真　（02）25818761

【如果您對本書或本出版公司有任何意見，歡迎來電】

總 編 輯　莊靜君
特約編輯　金文蕙
印　　刷　上好印刷股份有限公司
電　　話　（04）23150280
初　　版　二〇一九年（民108）十二月一日
定　　價　299元
總 經 銷　知己圖書股份有限公司　郵政劃撥：15060393
（台北公司）台北市106辛亥路一段30號9樓
電話：（02）23672044／23672047
傳真：（02）23635741
（台中公司）台中市407工業30路1號
電話：（04）23595819
傳真：（04）23595493
法律顧問　陳思成
國際書碼　978-986-97892-6-4　CIP：873.59/108017538

愛米粒出版有限公司
Emily Publishing Company, Ltd.

因為閱讀，我們放膽作夢，恣意飛翔——
在看書成了非必要奢侈品，文學小說式微的年代，愛米粒堅持出版好看的故事，讓世界多一點想像力，多一點希望。

愛米粒出版
Emily

當 讀 者 碰 上 愛 米 粒

線上回函
QR Code

掃回函 QR Code 線上填寫或填寫回函資料後，拍照以私訊愛米粒臉書或寄到愛米粒信箱 emilypublishingtw@gmail.com，即可獲得晨星網路書店 50 元購書優惠券。

得獎名單會於愛米粒臉書公布，敬請密切注意！
愛米粒 FB：https://www.facebook.com/emilypublishing

更多愛米粒出版社的書訊

晨星網路書店愛米粒專區
https://www.morningstar.com.tw/emily

愛米粒的外國與文學讀書會
https://www.facebook.com/groups/emilybooks

愛米粒出版
Emily

- 書名：祕密花園【珍藏獨家夜光版】
- 您想給這本書幾顆星? ☆ ☆ ☆ ☆ ☆
- 這本書是在哪裡買的?

____

- 是如何知道或發現這本書的?

____

- 會被這本書給吸引的原因?

____

- 對這本書有什麼感想?想對作者或愛米粒說什麼話?

____

____

____

- 姓名：__________ □男 □女 出生年月日：__________
- 職業/學校名稱：______________________________
- 地址：______________________________
- E-mail：______________________________

購書優惠券將mail至您的電子信箱（請以正楷填寫，未填寫完整者，恕無法贈送。）